FRANÇOISE BOURDON

Le Fils maudit

CALMANN-LÉVY

ISBN : 978-2-253-08738-0 – 1re publication LGF

« Les arbres aux racines profondes
sont ceux qui montent haut. »

Frédéric MISTRAL

Prologue

1855

Le ciel bleu, d'une pureté incomparable, faisait chanter le vert des prairies et le sommet enneigé du mont Viso.

Les cloches sonnaient à la volée, attirant les familles sur le seuil de leurs maisons en pierre, chapeautées de lauzes, ornées de fenêtres géminées.

Livia ajusta sa coiffe de dentelle et de lin blanc sur ses cheveux blonds et se retourna pour vérifier si grand-mère Susanna la suivait.

— Attends-moi, petite ! la héla la vieille dame.

Tentée de faire la sourde oreille, Livia hésita un instant avant de se résoudre à obéir. Même si Susanna Rocha se montrait de plus en plus exigeante avec elle, elle avait permis à sa petite-fille de vivre à Mongioia, loin de la vallée Vermenagna, où demeurait le reste de sa famille.

Dans la petite ville, Livia avait fréquenté l'école des religieuses, appris à lire, à écrire, à broder et à compter. Sœur Lucrezia lui avait prêté de nombreux livres. Le soir, réfugiée dans sa chambre, la jeune fille s'évadait en compagnie de Pétrarque, de l'Arioste ou de Goldoni. La lecture constituait pour elle le meilleur dérivatif.

Lorsqu'elle se rendait dans sa famille, du côté de Limone, dans la région du col de Tende, elle mesurait le chemin parcouru. Là-bas, elle se sentait une étrangère. Tout lui apparaissait comme… rétréci.

— Attends-moi, petite, répéta Susanna, essoufflée.

Elle crocheta le bras de Livia, s'y appuya lourdement.

— Qu'est-ce qui te prend de courir comme une chevrette folle ? gronda-t-elle.

La tendresse perçait sous le reproche. Veuve, propriétaire de trois fermes, Susanna vivait dans une certaine aisance. Elle avait pris Livia chez elle alors qu'elle n'était qu'un bébé. Elle était née seulement dix mois après son aînée, Rosa. De toute manière, le lait de Maria, sa mère, était tari. Livia avait été nourrie au lait de chèvre, n'avait pas connu la promiscuité des deux pièces abritant la famille Neri. On la jalousait, d'ailleurs, à ce sujet. Rosa et ses frères l'appelaient *principessa*, « princesse », et lui faisaient sentir sa différence. Livia n'en avait cure.

Sa grand-mère et elle pénétrèrent dans l'église, une merveille du style baroque qui séduisait les étrangers. Federico affirmait que des peintres itinérants avaient sillonné les vallées du Piémont aux XVe et XVIe siècles, illustrant de scènes bibliques ou de la vie des saints les murs des églises. Il l'avait fait sourire en lui racontant qu'ils préparaient leur colle à base de fromage et d'œuf.

Livia rougit, comme chaque fois qu'elle songeait à Federico.

Elle savait, naturellement, que tous deux commettaient un péché mortel, mais elle refusait d'y penser. Ils s'aimaient. À ses yeux, cela justifiait tout !

Elle esquissa un sourire en le voyant sortir de la sacristie à la suite du père Renato. Brun, les yeux bleus, de haute taille, Federico attirait les regards féminins.

Un frémissement parcourut le corps de Livia. Ils s'étaient donné rendez-vous cet après-midi dans la cabane de berger, à l'ombre d'un majestueux pin cembro, où ils avaient l'habitude de se retrouver. C'était mal d'aimer un séminariste. C'était interdit. Un péché.

Livia secoua la tête. Pour elle, l'amour légitimait tous les manquements à la loi de Dieu comme à la loi des hommes.

Quand Federico s'allongeait avec elle sur une litière fraîche, et caressait son corps, elle oubliait tout le reste. Elle oubliait même qu'elle encourait un châtiment divin parce qu'elle le soustrayait à son sacerdoce.

1

1868

— Un vrai travail de galérien, marmonna Lorenzo en chargeant sur son dos une quantité impressionnante de bois coupé.

Il s'était exprimé en français mais son père avait compris qu'il en avait assez.

— Tu dois gagner le pain que tu manges ! vociféra-t-il en patois piémontais.

Lorenzo, s'il comprenait ce dialecte, préférait et de loin parler le français que sa mère lui avait appris. Il aurait aimé se rendre à l'école du village, comme il l'avait fait durant une année. Un an seulement, ce qui lui avait permis d'apprendre à lire et à écrire, et avait suscité chez lui une soif irrépressible de savoir. Une scène terrible l'avait opposé à son père quand celui-ci avait refusé tout net qu'il continue de fréquenter l'école. Scène qui s'était terminée par une correction mémorable. Le nez en sang, le corps marqué d'hématomes, Lorenzo avait pensé mourir sur place sous les coups de Giuseppe Lupo. Il le haïssait.

Il s'arrêta un instant, huma l'odeur chaude du bois mêlée à celle de la forêt. Il rêvait d'aller marcher dans les bois pour repérer les essences susceptibles d'être travaillées, au rabot et à la gouge.

Il supportait mal l'état de charbonnier, le métier de son père. Ils détruisaient chênes verts, chênes blancs, hêtres, ces arbres que lui, Lorenzo, aurait aimé sculpter.

Il avait accompagné un jour son camarade Eugène, avec qui il s'était lié d'amitié à l'école, chez son père, menuisier. Lorenzo avait respiré avec bonheur l'odeur des copeaux, caressé du plat de la main le bois poli, sous le regard attentif de Léon, le père d'Eugène.

— Tu aimes le bois, toi, lui avait-il dit en lui administrant une bourrade.

La gorge serrée par l'émotion, Lorenzo s'était contenté d'incliner la tête. Intimidé, il avait tout observé sans mot dire. Rabots droits, scies à main, scies à refendre et à débiter constituaient un outillage conséquent.

À cet instant, il enviait Eugène parce qu'il était fils de menuisier. Et lui, le fils d'un Piémontais brutal et ignorant.

Une image de son enfance hantait ses souvenirs. Sa mère, dans la modeste cabane leur servant de logis, qui lisait un livre à la chandelle. Lui, Lorenzo, jouait à ses pieds avec des chutes de bois. La scène était paisible. Et puis Giuseppe avait ouvert la porte d'un coup de pied. Le vent avait tourbillonné dans la salle, soufflant la bougie. Et Lorenzo avait crié, autant de surprise que de peur. Il se rappelait les imprécations du père et le vent glacial. Il se rappelait aussi le raidissement de sa mère. Elle avait peur, elle aussi, même si elle s'efforçait de ne pas le montrer. Giuseppe ne supportait pas de voir son épouse oisive, un livre à la main. Rien de tel, assurait-il, pour donner des idées de grandeur aux femmes. Qu'entendait-il par là ? se demandait Lorenzo. Car, en vérité, il n'y avait guère plus pauvres que les Lupo !

Sa mère lui avait déjà raconté qu'ils étaient descendus à pied du Piémont. La tradition aurait voulu que Giuseppe vienne travailler seul avant d'inviter sa famille à le rejoindre. Mais il n'avait pas supporté l'idée de se séparer de sa femme, lui avait confié sa mère d'une drôle de voix, indéfinissable. Alors, malgré son gros ventre, elle l'avait accompagné sur les chemins muletiers. Un périple qu'elle évoquait en frissonnant, douze ans après. Lorenzo sentait la peur l'envahir quand sa mère racontait les portes fermées, à Breil-sur-Roya, et les hurlements des loups dans la nuit. Giuseppe haussait les épaules. « Nous n'avions rien à craindre des loups », affirmait-il.

Mais Giuseppe ne redoutait personne, pas même Dieu qu'il injuriait copieusement au moindre souci. Ne se vantait-il pas de « bouffer du curé » ? Il ne se rendait pas à l'église le dimanche et, la plupart du temps, s'arrangeait pour empêcher sa femme d'assister à la messe. Il fallait travailler, l'argent ne se gagnait pas tout seul, et les curés n'étaient que des hypocrites, répétait-il à l'envi.

Lorenzo connaissait par cœur le discours de son père. De toute manière, il ne l'écoutait plus depuis longtemps. Depuis le jour où il l'avait vu lever la main sur sa mère. Ce jour-là, il s'était interposé, avait pris le coup, qui l'avait fait chanceler. Giuseppe s'était déchaîné contre lui, mais cela n'avait pas vraiment d'importance. Il était fort et savait pratiquer l'art de l'esquive, tandis que sa mère… Dieu juste !

Plus tard, quand Giuseppe était parti surveiller sa meule, sa mère avait soigné Lorenzo. Elle cueillait les plantes dans la montagne avant de les faire macérer dans de l'alcool.

Elle avait appliqué de l'eau de lys sur ses plaies. Il serrait les dents.

— Il ne faut pas prendre les coups à ma place, lui avait-elle dit en pleurant. Giuseppe a ses raisons.

Lorenzo secouait la tête, obstiné.

— Non, mama, il ne doit pas te battre. Jamais.

Mais elle continuait de secouer la tête, tandis que des larmes silencieuses roulaient sur ses joues, et elle répétait :

— Tu ne connais rien à notre histoire.

Il se rappelait aussi ces nuits durant lesquelles les gémissements assourdis de sa mère le réveillaient.

Lui couchait sur une paillasse de feuilles de hêtre, devant le petit poêle à bois. Ses parents gardaient un semblant d'intimité derrière une couverture accrochée à une corde à linge. Maria, sa petite sœur, dormait à côté d'eux dans un moïse en osier. Le bébé lui était indifférent. Lorenzo avait seulement eu peur pour sa mère au moment de la délivrance. Luisa, l'épouse d'un charbonnier, amie de Livia, était venue aider et avait chassé les hommes de la cabane. Après la naissance, Giuseppe était allé se soûler au village.

— Même pas capable de me donner un fils ! avait-il maugréé à l'encontre de sa femme.

Lorenzo n'avait pas cherché à lui rappeler que lui était là depuis longtemps. Pour une raison mystérieuse, Giuseppe ne l'avait jamais traité comme son fils, mais plutôt comme un valet. Cela importait peu au garçon, qui avait appris très jeune à se débrouiller seul.

Il se délesta de sa charge au pied de la meule. Giuseppe avait déjà entrepris de monter la cheminée en entrecroisant des rondins de cinquante centimètres de long. Il travaillait vite et bien, en commençant par les morceaux de bois les plus gros dont il plaçait le côté le plus large vers le bas.

Il jeta à Lorenzo par-dessus son épaule :

— Ne reste pas là les bras ballants ! Va me chercher du petit bois.

La tâche était moins rude mais dépourvue d'intérêt. Lorenzo crispa les poings. Il perdait son temps dans la forêt, il n'avait pas la moindre intention de devenir charbonnier à son tour. Cependant, comment le faire comprendre à Giuseppe sans risquer une nouvelle raclée ? Il rêvait de plus en plus souvent de partir, loin de cette terre sombre et de l'odeur persistante de bois brûlé qui collait à la peau et aux vêtements. S'il restait, c'était avant tout pour protéger sa mère.

Un jappement bref le fit sursauter. Alba, sa chienne, s'avança vers lui à pas prudents. Elle savait qu'elle n'était pas la bienvenue quand Giuseppe se trouvait dans les parages, mais rien n'aurait pu l'empêcher de rejoindre son jeune maître. Grande, le poil blanc, le poitrail gris, les yeux gris-bleu, Alba était née d'une louve et d'un chien domestique. Lorenzo l'avait recueillie après que des chasseurs avaient abattu la louve. Il l'avait nourrie de pain et de lait avec la complicité de sa mère. Alba était son unique amie.

Giuseppe releva la tête, esquissa un sourire mauvais.

— Foutue bête, fiche le camp ! hurla-t-il. Si je la vois rôder autour de la cabane, je lui tire dessus, reprit-il à l'intention de Lorenzo.

Le garçon savait qu'il ne s'agissait pas d'une menace en l'air.

— File ! ordonna-t-il à Alba qui obéit, la queue basse.

— Tu ne la retrouveras pas à la fin de la saison de chasse.

Lorenzo croisa les bras devant sa poitrine. Il pressentait que le charbonnier cherchait à le faire sortir de ses gonds.

— C'est ma chienne, déclara-t-il fermement. Je la protégerai.

Giuseppe ricana.

— Rien n'est à toi, ici !

Il exsudait la haine. Brusquement, Lorenzo eut peur de ce qu'il pourrait lui dire. Il tourna les talons, jetant par-dessus son épaule :

— Je vais chercher le petit bois.

Giuseppe le suivit des yeux.

— Je n'en ai pas fini avec toi, petit morveux, grommela-t-il.

2

1868

Si on lui avait posé la question, Amédée Darnaud aurait répondu qu'il préférait la terre rouge à la jaune. Mais, au fond, peu lui importait. Il aimait sa terre, celle de ses ancêtres, entre Roussillon et Gargas. Les Darnaud s'y échinaient depuis plus d'un demi-siècle.

Son père, Léonce, s'était détourné du rêve de son aïeul, prénommé lui aussi Amédée. Léonce affirmait que l'ocre ne valait pas ses vignes et ses bons champs de luzerne, mais Amédée, deuxième du nom, habitué à parcourir les sentiers d'ocre depuis l'enfance, projetait d'exploiter le précieux minerai. C'était un rêve caressé par nombre d'habitants de la région, entre Apt et Cavaillon, depuis qu'un certain Jean-Étienne Astier avait découvert en 1785 le principe de séparation de l'ocre du sable.

— Il y en a autant, sinon plus, sous terre, affirmait Amédée à son père.

Léonce ne voulait rien entendre. La crise du phylloxéra, survenue juste avant sa mort, lui avait apporté un sanglant démenti. Arracher les vignes familiales lui avait déchiré le cœur. Il s'était allongé sur son lit, avait tourné la tête contre le mur et s'était éteint deux jours plus tard, sans avoir accepté de recevoir le père Alphonsi. Sa femme, Margarido, en avait pleuré deux jours et deux nuits. Comment savoir si son époux était parti en règle avec le bon Dieu ? Le père Alphonsi l'avait réconfortée : Léonce n'était pas un mauvais homme, il avait seulement un fichu caractère.

Depuis le décès brutal de Léonce, Amédée avait les coudées franches. Il lui avait fallu un peu de temps avant d'en prendre conscience. Il avait hérité des terres et de la ferme de la Brémonne tandis que Félicité, sa sœur, recevait des terrains du côté du pont Julien. Son épouse, Mireille, avait marqué une hésitation au moment de franchir le seuil de la demeure.

« Il me semble que je ne m'y sentirai jamais chez moi », avait-elle soufflé.

Sa belle-mère, Margarido, avait imprimé sa marque sur la Brémonne. Femme autoritaire, elle dirigeait d'une poigne solide personnel et membres de la famille.

Mireille, bon gré mal gré, avait forcé sa nature pour se montrer à la hauteur. À son tour, elle avait accroché à sa taille le clavier[1] à deux rangs en argent auquel pendaient la clef de la Brémonne ainsi que ses ciseaux à broder.

Elle avait inventorié les armoires, admiré en silence les nappes et les piles de draps fleurant bon la lavande.

Elle avait la haute main sur la basse-cour, le linge, les repas, le ménage et la couture. Si elle ne brillait guère dans ce dernier domaine, elle s'était gardée de le faire savoir. Elle avait besoin d'être appréciée, reconnue à sa juste valeur. Certainement parce qu'elle était la fille d'un ouvrier agricole et redoutait de décevoir son mari.

Margarido était partie vivre chez son frère, un vieux garçon installé à Apt. Selon elle, deux femmes ne pouvaient vivre en bonne harmonie dans la même maison. Mireille lui en était reconnaissante.

Maître chez lui, à la Brémonne… Amédée allait pouvoir creuser le sol à la recherche de l'ocre mythique dont il rêvait depuis l'enfance. Ces derniers mois, il s'était renseigné, aussi bien à Roussillon qu'à Rustrel ou à Gargas. On se défiait de ce qui apparaissait comme une chimère. Rien ne

---

1. Chaîne accrochée à la ceinture du tablier portant les clefs de la maison et une paire de ciseaux, réservée aux femmes mariées.

valait la terre, l'agriculture, l'élevage. Assurément, si l'ocre était autant recherchée, son exploitation ne durerait pas longtemps !

Amédée ne tentait plus de convaincre ses voisins agriculteurs. Il faisait confiance à son intuition. Refusant d'écouter les mises en garde de Mireille, il avait acheté un tombereau et un cheval, des pics, des pioches, des pelles, des tarières[1] et des coins[2]. Il avait embauché Bébert, le fils du cantonnier, un gars bien bâti, taillé en force, et confié le soin du potager à son épouse.

Désormais, chaque matin, les deux hommes partaient pour le champ de l'Étoile, où ils creusaient des gradins successifs après avoir enlevé une première couche. Amédée était propriétaire de ce terrain traversé par trois ruisseaux, ce qui était de bon augure, car l'extraction de l'ocre nécessitait beaucoup d'eau, notamment pour le lavage.

Amédée avait d'ailleurs commencé à creuser des puits près du lit du cours d'eau le plus important et à construire des norias[3] qui seraient actionnées par des mulets.

---

1. Outil, sorte de foret à main, de forme hélicoïdale, destiné à percer des trous étroits et profonds.

2. Pièce de fer ayant une forme prismatique dont on se sert pour fendre.

3. Ancêtres des pompes hydrauliques permettant l'irrigation.

— Tu me fais peur, mon époux, lui avait dit Mireille quelques jours auparavant, alors qu'elle était venue à sa demande jusqu'au champ de l'Étoile admirer ses installations. Toute cette bonne terre à blé... Que dirait ton père ?

Amédée avait enfoncé son chapeau sur sa tête.

— Mon père est mort, Mireille. C'est moi le maître, à présent.

Le ton dont il usa avait contrarié la jeune femme. Elle pressentait qu'il avait une revanche à prendre – le vieux Léonce avait imposé sa loi à sa famille durant des lustres – ; mais elle, Mireille, redoutait les conséquences de la passion d'Amédée pour l'ocre. Où cela allait-il les mener ? Comme Léonce, elle partait du principe que seule la terre importait.

— Nous allons bâtir une maison en pierre pour Bébert, à côté du champ, prévoyait Amédée, et nous planterons un chêne.

Son cœur se serra lorsqu'il chercha du regard les cimes des arbres. Les charbonniers de la montagne d'en face effectuaient des coupes sombres et travaillaient à l'année. Gavots, Piémontais défrichaient Lagarde-d'Apt pour répondre à la demande croissante de fabricants de fruits confits d'Apt. Et il fallait toujours plus de charbon de bois. Amédée, lui, aimait les arbres et avait planté, adolescent, deux amandiers et deux oliviers dans la cour de la Brémonne. Symboles de prospérité et porte-bonheur, les arbres se devaient d'aller par deux, Margarido y tenait.

Amédée se surprit à songer à sa mère avec une pointe d'émotion. Femme de tête, la belle Margarido lui avait inculqué le sens de la droiture et le désir d'aller de l'avant. Elle l'avait encouragé lorsqu'il lui avait confié son désir d'exploiter l'ocre sur leurs terres.

— Tu as raison, mon fils, lui avait-elle dit. La terre nous doit une compensation.

Elle avait ajouté, en comptant sur ses doigts :

— Il y a d'abord eu la pébrine, la maladie des vers à soie, puis le phylloxéra, qui a fait mourir ton père de chagrin. À présent, on raconte que la garance est finie elle aussi.

Oui, pensa Amédée, le temps de la garance était révolu.

Dieu savait, pourtant, que la « rouge », la plante tinctoriale, avait fait la richesse du Vaucluse ! Mais les terres s'étaient épuisées ; des producteurs peu scrupuleux avaient mêlé à la poudre de garance de la brique pilée ou même de l'ocre rouge et, surtout, il avait lu dans le journal que deux chimistes allemands avaient trouvé le moyen de produire un colorant artificiel.

Il fallait trouver autre chose. De l'ocre, de préférence.

3

1869

C'était un pays différent de celui où il avait toujours vécu, qui paraissait à la fois plus rude et plus austère.

Lorenzo marchait, son maigre baluchon sur l'épaule. Il économisait les sous que Léon le menuisier lui avait donnés. C'était tout ce qu'il avait, ce pécule et la chaîne en or de sa mère.

— Je sais que tu en feras bon usage, lui avait-elle dit en le serrant une dernière fois dans ses bras.

Il ne pouvait fermer les yeux sans la revoir, silhouette frêle devant la cabane recouverte de toile goudronnée, tenant dans ses bras sa petite sœur Maria. Tous deux savaient que Lorenzo devait partir. Sinon, Giuseppe mettrait sa menace à exécution et le tuerait.

Lorenzo frissonna malgré le soleil de juin qui tapait fort.

Il n'avait rien oublié. Il se rappelait la douleur éprouvée le jour où il avait découvert Alba, morte, une balle dans la tête, au pied de la charbonnière. Il avait creusé la terre pour enterrer sa chienne. Les larmes ruisselaient sur ses joues. Il les avait essuyées d'un geste rageur. Ensuite, il était parti à la recherche de son père. L'affrontement avait eu lieu devant la charrette, alors que Giuseppe triait le charbon de bois à placer dans les couffes[1] de sparterie[2]. Il avait pour habitude de garnir le fond de la couffe de débris et de réserver les plus beaux morceaux pour le dessus.

— À toi de faire, dit-il, en se tournant vers sa femme.

Elle se pencha au-dessus de la couffe, une grande aiguille à tapisser à la main. Elle cousit à grands points le dessus de la couffe, qui portait le nom du patron.

— C'est toi qui as tué ma chienne ! avait hurlé Lorenzo.

Il se souvenait du regard de Giuseppe. Deux fentes étrécies dans un visage buriné, marqué de noir autour des yeux et de la bouche, comme un masque sinistre.

---

1. Amples paniers, flexibles et résistants, servant à faire des balles pour le transport de produits en Provence.

2. Fibre végétale, souple et résistante, tressée et travaillée pour fabriquer des paniers notamment.

— Je t'avais prévenu, avait laissé tomber le père avant de se détourner et de gratifier son épouse d'une méchante bourrade.

Livia était tombée à genoux sur le sol où elle était restée quelques instants immobile.

À cet instant, Lorenzo avait vu rouge et chargé Giuseppe. Le charbonnier avait évité le choc, l'avait saisi par le col et bourré de coups de poing. Le visage en sang, l'arcade sourcilière éclatée, le nez cassé, le gamin était incapable de se protéger. Il entendait les cris et les supplications de sa mère qui lui parvenaient de très loin. Sa vue était brouillée, son nez pissait le sang et il respirait de façon saccadée.

L'arrivée de deux charbonniers dans la clairière l'avait sauvé. Sentant que son bourreau relâchait sa prise, il avait détalé. Sa mère l'avait rejoint au pied de son arbre préféré, un chêne immense aux branches étendues comme les bras d'un orant.

Elle était livide.

— Pars, mon fils, je t'en supplie, lui avait-elle dit. Si tu restes un jour de plus, il te tuera.

Lui tremblait sous le choc.

— Va chez le père de ton ami, lui avait recommandé sa mère. Raconte-lui ce qui s'est passé.

Il avait hoché la tête en étouffant un gémissement. Pendant qu'il le rouait de coups, Giuseppe avait hurlé des imprécations que Lorenzo n'avait pas retenues, comme si celles-ci lui avaient fait peur. Mais de quoi pouvait-il avoir peur désormais ? Il avait fui la montagne sans jeter un regard en arrière. Il ne pleurait plus. La main en coupe sous son nez, il avançait à grands pas, s'arrêtant de temps à autre, pris de vertiges. Des cailloux roulaient sous ses pieds. Il avait croisé le chemin d'autres charbonniers qu'il connaissait vaguement. L'un d'eux avait voulu le retenir, un autre lui avait proposé un mouchoir, lui s'était éloigné sans dire un mot.

Il était arrivé chez Eugène dans un triste état. Eulalie, la mère, bugadière, l'avait aussitôt soigné. Par chance, elle n'avait pas posé de questions. Lorenzo ne l'aurait pas supporté. Elle lui avait préparé une paillasse dans un réduit attenant à l'atelier. Il y avait dormi plusieurs heures. À son réveil, il avait eu l'impression que son corps ne lui répondait plus.

Léon, appelé à la rescousse, l'avait examiné dans la salle. Suivant ses instructions, sa femme avait étroitement bandé le torse du gamin après avoir appliqué sur ses côtes une pommade à l'arnica.

La mère de Léon connaissait les plantes et avait transmis son savoir à son fils.

Léon avait serré les poings.

— Ce sale type mériterait qu'on appelle les gendarmes.

Mais Lorenzo l'avait supplié de n'en rien faire.

— Je vous en prie, monsieur, il se vengerait sur ma mère.

Livia, descendue au village à la nuit tombée, avait confirmé les paroles de son fils.

— Il cuve son vin, avait-elle déclaré dans un français presque parfait, à peine teinté d'une pointe d'accent.

Elle portait Maria sur son dos, dans une sorte de hotte en toile de jute qu'elle avait confectionnée. Le bébé dormait. Livia avait serré son garçon contre elle, lui avait donné les quelques pièces qu'elle possédait et son unique bijou, une chaîne en or.

— Prends soin de toi, mon fils, et garde la tête haute. Oublie Giuseppe.

C'était impossible, tous deux le savaient. Lorenzo avait suivi du bout du doigt l'ecchymose violacée sur la joue de sa mère.

— Il a levé la main sur toi ?

— Non, voyons, je me suis fait mal en tombant.

Elle avait soutenu le regard inquiet de son fils. « Pars ! » avait-elle pensé avec force. Le moment tant redouté était arrivé. Lorenzo, du haut de ses treize ans, était presque un homme et rappelait à Giuseppe qu'il n'était pas son fils.

Il fallait le mettre à l'abri. Elle-même devait continuer à expier sa faute. Elle ne voulait à aucun prix qu'on apprenne la vérité au sujet de

Lorenzo. Un frisson l'avait parcourue. Giuseppe la tenait en son pouvoir à cause de lui.

Elle avait insisté :

— Il ne faut pas revenir. Jamais.

La petite Maria s'était agitée dans sa hotte. Livia avait pressé Léon de questions. Où pouvait-il envoyer Lorenzo ? L'adolescent avait eu le sentiment de ne pas être vraiment concerné. Il avait mal, et peur pour sa mère.

Il avait mesuré sa solitude quand Livia s'était coulée dans la nuit après une dernière caresse sur sa joue. Il était resté longtemps sur le seuil de la maison du menuisier, guettant les froissements dans les branches, le hululement d'un oiseau de nuit. L'air ne sentait pas le bois brûlé. Il avait pris une longue inspiration, vite interrompue par une horrible douleur dans les côtes. Pour la première fois depuis sa naissance, il s'était senti libre.

« Un pays noir », pensa Lorenzo en découvrant les puits de mine jalonnant Firminy, La Ricamarie et tout le bassin minier de l'Ondaine. Il avait marché sans relâche depuis Rustrel, suivant le cours de la Durance, puis celui du Rhône, avant de bifurquer à Andance vers Saint-Étienne.

Il portait sous sa chemise un précieux viatique, la lettre écrite par Léon à l'intention de l'un de ses amis, compagnon menuisier dans la ville minière.

Lorenzo avait découvert un pays en ébullition, réclamant une diminution du temps de travail à onze heures par jour et une augmentation des salaires. Plus de vingt mille mineurs étaient en grève et des patrouilles surveillaient les abords des puits.

Perdu, le fils de Livia se demandait pourquoi il n'était pas resté tranquillement à Saint-Étienne. L'épouse d'Abel, le menuisier ami de Léon, l'avait envoyé à La Ricamarie chercher son mari parti raisonner leur fils gréviste.

Le gamin allait d'un gars à l'autre, demandant « M. Abel, menuisier ». On lui prêtait à peine attention, ou bien on le priait de répéter parce qu'on comprenait mal son accent. Malgré sa haute taille qui le faisait paraître plus vieux que ses treize ans, il avait peur de la foule. Un climat étrange pesait sur La Ricamarie. Les mineurs grondaient. La Compagnie des mines avait fait appel à la troupe et le 4e de ligne occupait aussi bien les puits que les dépendances.

Son instinct soufflait à Lorenzo qu'il devait partir. Il ne connaissait personne et n'avait rien à faire sur le crassier.

Tout autour de lui, le paysage était empreint de désespérance. Des cabanes de planches étaient accrochées aux terrils, le sol était noir, le ciel lui-même paraissait maculé par les fumées sombres. Une rumeur courut dans la foule des mineurs et de leurs familles rassemblées : il fallait à tout prix empêcher le départ du convoi de charbon destiné aux aciéries Holtzer.

— Nous avons des droits sur ce que nous avons extrait, déclara un grand gaillard, à côté de Lorenzo.

Lui se demandait ce qu'il voulait dire. Il avait l'impression d'être dans un autre monde, si loin des bois de Lagarde-d'Apt ! Y avait-il seulement des oiseaux qui se risquaient par ici ?

Les mineurs resserrèrent les rangs autour du puits Devillaine. Le stock de charbon ne devait pas partir ! Le capitaine du détachement fit aussitôt encercler les grévistes et arrêter une quarantaine de mineurs.

La foule gronda, menaça. Lorenzo s'était reculé. Il sentait la poudre, et aussi une odeur plus forte, celle de la peur. Les militaires jetaient des coups d'œil chargés de défiance aux ouvriers qui hurlaient leur révolte.

L'atmosphère était devenue lourde, irrespirable. Les femmes se montraient les plus virulentes. Non seulement elles manquaient de tout pour nourrir leurs enfants mais, de plus, on arrêtait leurs hommes !

Lorenzo, réfugié contre un pilier, perçut l'inquiétude du militaire commandant la troupe. Lui-même n'avait qu'une hâte, rentrer à Saint-Étienne. Il y attendrait le retour de M. Abel en priant pour que celui-ci ne fasse pas partie des grévistes appréhendés.

Les soldats, encadrant les mineurs, se mirent en route sous les imprécations de la foule. Lorenzo suivit le mouvement, en restant prudemment à distance. Il avait compris que les hommes arrêtés étaient conduits à Saint-Étienne.

Le soleil cognait fort en ce début d'après-midi. Les soldats étaient pressés d'atteindre la prison de Bellevue. La foule grossissait, se massant autour de la troupe. « Ça va mal finir », pensa Lorenzo.

Le capitaine avait choisi de passer par un chemin encaissé entre deux talus hauts d'environ trois mètres. Une passerelle enjambait la voie et, très vite, les ouvriers s'y pressèrent. La troupe risquait fort de se retrouver prise en tenaille. Cette impression s'accentua quand un groupe de mineurs et de femmes dévala le talus en demandant que leurs camarades, leurs maris ou leurs pères soient libérés.

Les soldats paniquèrent-ils en voyant que des grévistes leur lançaient des pierres ? La fusillade éclata, sans sommation, fauchant les manifestants. Lorenzo, qui s'était jeté à terre, entrevit des scènes d'horreur.

Les soldats tirèrent de nouveau à trois reprises, à l'aveugle. Le cœur soulevé, il vit tomber un vieil homme, un enfant dans les bras de sa mère. Hurlements de douleur, supplications et coups de fusil emplissaient le chemin, résonnant d'un talus à l'autre. Une femme à genoux, suppliant qu'on lui rende son fils, fut abattue sous ses yeux. Il se soulagea dans l'herbe, en éprouvant un horrible sentiment de honte et de colère mêlées.

Quand le silence enfin retomba, les protagonistes de la fusillade s'entre-regardèrent, hébétés.

Dans un état second, Lorenzo compta treize cadavres et plusieurs blessés. Il se frotta les yeux. Il lui semblait émerger d'un cauchemar.

Deux jours plus tard, le 18 juin, il assistait avec M. Abel aux funérailles. On déplorait en fait quatorze victimes, dont deux femmes et un bébé de seize mois, la petite Marguerite Basson. Trois autres femmes avaient été grièvement blessées, ainsi qu'un garçon et une petite fille, Eugénie Petit.

De nombreux journalistes parisiens s'étaient rendus à Saint-Étienne pour couvrir l'événement. Drapés dans leur chagrin, dignes, les mineurs et leurs familles rendirent hommage à leurs morts sous la surveillance de cinq mille soldats et gendarmes.

On avait arrêté d'autres grévistes. La colère, le chagrin le disputaient à l'horreur.

— N'oublie jamais ce jour, petit, recommanda M. Abel à Lorenzo.

4

1873

Un soleil insolent illuminait l'étude de maître Sautel, égayant la pièce austère. Bibliothèque de bois sombre, bureau et sièges Empire, rideaux de velours vert foncé et lampes à pétrole composaient un décor empreint de sérieux et de respectabilité. À l'image du notaire de Fontrouge.

Maître Charles Sautel attachait une extrême importance à sa réputation. Son père l'avait élevé dans l'idée qu'il fallait avant tout inspirer confiance. Le notaire n'était-il pas l'équivalent du confesseur dans les campagnes ? Détenteur de secrets inavouables, témoin de dissensions, de lâchetés et de tromperies, son silence était le principal garant de sa fortune.

Maître Sautel ne dérogeait pas à la règle. Encore moins depuis l'horrible scandale. Chaque fois qu'il croisait le regard de Pélagie, sa gouvernante, il se demandait si elle pensait encore au jour où leurs vies avaient basculé. Oui, bien sûr, comment aurait-il pu en aller autrement ?

Deux ou trois vieilles continuaient à se signer lorsqu'elles passaient devant l'étude. Maître Sautel devinait ce qu'elles pensaient : « Pourquoi n'a-t-il pas quitté la région ? »

Sa fille, Albertine, en avait profondément souffert. Afin de mettre un terme à l'ostracisme dont elle avait été victime, tant à l'école qu'à l'église, le notaire l'avait inscrite comme pensionnaire à Cavaillon. Albertine y avait appris le grec et le latin, l'algèbre et l'art des belles-lettres. Elle jouait correctement du piano, abhorrait la broderie et aimait par-dessus tout les longues promenades à cheval sur le plateau des Claparèdes.

Elle montait à califourchon, au grand dam des bonnes âmes de Fontrouge, qui avaient la critique facile.

« Jamais il ne la mariera », chuchotait-on à la veillée, à propos du notaire et de sa fille. Et l'on ajoutait : « À moins que la dot ne soit conséquente… »

Albertine savait qu'on clabaudait à son sujet mais n'en avait cure. Depuis qu'elle était revenue au village, elle passait son temps à monter Iseut, sa jument alezane, à lire et à écrire. Elle rêvait aussi, beaucoup, de l'homme qu'elle épouserait.

Car Albertine Sautel avait une revanche à prendre : retrouver l'enfance dont on l'avait privée, jadis. Quand elle s'asseyait dans le jardin, au pied du vieux figuier, elle tentait de se remémorer le visage de sa mère et s'exaspérait de ne pas y parvenir. Son père et Pélagie ne lui étaient d'aucun secours, le notaire ayant ordonné à la gouvernante de faire disparaître tous les portraits de l'absente. C'était là une décision douloureuse, qui avait provoqué des crises de larmes chez l'enfant. « Maman, sanglotait-elle la nuit, pourquoi ne revenez-vous pas ? »

Elle se confiait à Iseut, qui comprenait tout et ne risquait pas d'ébruiter ses confidences.

Albertine se pencha, tapota l'encolure d'Iseut. La jument encensa avant de filer vers la forêt de Gargas. C'était l'une de ses promenades préférées, jusqu'à ce chêne très vieux, très beau, très protégé, qui donnait l'impression d'être invulnérable. La foudre l'avait déjà frappé à deux reprises et une partie de sa couronne de branches était calcinée. Cependant, il en imposait encore.

Albertine sauta à terre et chercha le coin à champignons de Pélagie. La gouvernante, d'origine ardéchoise, partait à l'automne de bon matin, son panier au bras, et rapportait des cèpes et des pinins. Victorine, la cuisinière, confectionnait avec ces champignons de délicieuses omelettes, du veau farci ou de simples pommes de terre arrosées d'huile d'olive, à l'ail et au persil. Albertine s'en réjouissait à l'avance.

Elle s'arrêta devant une minuscule chapelle ceinturée de buis à l'odeur douceâtre, se signa. Elle avait gardé de ses années chez les ursulines une foi quelque peu mise à mal par la lecture des philosophes.

Albertine avait une vision panthéiste du monde, elle se sentait plus proche de Dieu en pleine nature. Elle se pencha, ramassa une feuille de chêne déjà jaunie. L'automne était en chemin.

Que lui réservaient les mois à venir ? Appréciant sa liberté après des années de pensionnat, elle aurait aimé continuer à vivre au gré de ses envies. Elle savait que son père cherchait à la marier, sans pour autant se sentir réellement impliquée. Âgée de dix-huit ans à peine, elle estimait avoir encore du temps devant elle. De plus, le mariage ne l'attirait pas particulièrement, à moins de rencontrer l'homme de ses rêves, à l'image des personnages de ses romans préférés, comme *Mauprat* ou *Le Comte de Monte-Cristo*.

Elle aurait voulu en parler avec son père, mais maître Sautel accordait peu de temps à sa fille unique. Il se défiait d'elle, parce qu'elle était une femme, et la fille d'Edmée Sautel.

Celle dont on ne parlait plus jamais, à Fontrouge.

Chaque année, pour la fête de la Toussaint, maître Sautel attelait son cheval Neptune à la jardinière et partait dès potron-minet en direction d'Avignon. Il emportait, dans sa mallette de voyage, un pâté de grives confectionné par Pélagie, des financiers aux amandes, un flacon de vin rouge de Châteauneuf et du nougat. Douceurs qui, il le savait, seraient appréciées.

D'habitude, ce déplacement ne lui posait aucun problème, Albertine se trouvant au pensionnat de Cavaillon. Cette année-là, il hésita longtemps à se confier à sa fille pour finalement s'en aller dès l'aube sans la prévenir.

Maladroite, Pélagie accentua le désarroi d'Albertine.

— Soyez raisonnable, voyons ! Monsieur votre père a le droit de vivre comme il l'entend.

Ce jour-là, la jeune fille se sentit doublement abandonnée.

Sans parvenir à l'exprimer au retour de son père. D'ailleurs… celui-ci l'aurait-il comprise ? Il estimait que, ayant le vivre et le couvert, ses livres et sa jument, elle n'était pas à plaindre. De toute manière, elle devait s'endurcir.

Pour ne pas ressembler à sa mère.

5

1874

Émilien Pélissier considéra d'un air satisfait la dizaine de tombereaux chargés de couffins empruntant le chemin pierreux en partie défoncé par les passages incessants. Il avait bien fait de lancer l'exploitation d'une carrière sur les terres lui venant de son grand-père. Les premiers temps, on avait chuchoté dans son dos. Émilien avait la folie des grandeurs. Il pensait qu'un marchand de moutons pouvait se transformer en chef d'entreprise. Avait-on jamais vu pareille foucade ? Les faits lui avaient donné raison. Il y avait bel et bien du minerai à Gargas, et un minerai particulièrement riche en ocre. Son épouse avait beau tenter de le mettre en garde contre ses investissements dispendieux, il refusait de lui prêter attention. L'ocre, la terre jaune, orangée ou rouge, ferait de lui un homme riche. Et ses fils poursuivraient son entreprise.

Il fronça les sourcils en voyant un mulet trébucher. Si le tombereau versait, le conducteur perdrait un temps fou à ramasser les couffins emplis d'ocre. Ce genre d'incident survenait encore assez souvent, beaucoup trop au goût d'Émilien.

Il se targuait d'être un patron proche de ses ouvriers car il avait lui-même manié la pioche les premiers temps mais, en abandonnant le travail d'exécutant, il avait voulu oublier combien la tâche pouvait être pénible. Pour leur part, ses fils se tenaient à bonne distance de la mine. L'aîné, Achille, avait abandonné des études de droit pour se consacrer aux comptes de l'entreprise. Cependant, il passait plus de temps à Apt qu'à Gargas. Le cadet, Hector, souhaitait devenir peintre. Passionné de dessin, il rêvait d'effectuer un voyage en Italie. L'un comme l'autre décevaient Émilien. Il se disait de temps à autre qu'il en irait sans doute autrement s'ils avaient connu la faim. Certes, ses fils portaient beau, étaient habillés par un tailleur d'Apt ayant pignon sur rue, mais ils donnaient l'impression à Émilien de mépriser les ocres. Lui s'était toujours passionné pour le minerai et voulait plus encore. Devenir un maître ocrier. Ne pas se contenter d'extraire mais aussi produire la poudre d'ocre.

Pour ce faire, il lui fallait des capitaux. Beaucoup plus que ce dont il disposait. Dieu merci, il n'avait que deux fils ! Sa femme, Célestine, ne lui avait pas donné de filles, ces bouches inutiles.

Célestine faisait partie intégrante de sa réussite. Ils s'étaient mariés très jeunes. Elle l'avait toujours épaulé. Désormais, elle se tenait dans son ombre. À cinquante ans, droite et sèche dans ses vêtements sombres, elle en imposait aux domestiques, sans pour autant se mettre en avant. Elle restait à sa place. Émilien avait compris qu'elle n'avait guère apprécié de quitter la ferme familiale pour s'installer dans la bastide qu'il avait fait restaurer et agrandir non loin de la mine.

Célestine avait paru un peu perdue dans la grande maison mais, finalement, elle avait su imposer sa marque. La demeure Pélissier, baptisée les Terres Brûlées par Émilien, avait belle allure avec son étage et son toit à triple génoise.

Célestine s'occupait elle-même de la basse-cour et des repas. Elle avait apprivoisé une poule qu'elle appelait Fleurette. Celle-ci la suivait comme un petit chien et s'aventurait même dans l'office. Pour Fleurette, friande de fromage de chèvre, la maîtresse de maison achetait les meilleurs du marché, ceux de la belle Juliette, qui venait chaque semaine de Simiane.

Son époux, s'il manifestait parfois quelque agacement, appréciait que Célestine ne se montre pas plus dépensière. Les servantes filaient doux sous sa férule.

D'un geste familier, Émilien consulta sa montre à gousset. Dans moins d'une heure, les mineurs, recouverts de poussière jaune, quitteraient les galeries creusées sous la falaise, avides de respirer l'air pur. Les mineurs de devant effectuaient le travail le plus pénible. Au fond de la mine, ils arrachaient le minerai des parois à l'aide de leurs pics à deux pointes. Ils procédaient à des essais, n'hésitant pas à le goûter afin de vérifier s'il était suffisamment riche en ocre. Si c'était le cas, droitiers et gauchers s'attaquaient aux parois latérales. Les mineurs gauchers, plus rares, étaient mieux payés.

Les parois une fois dégagées, les hommes creusaient, avec une barre à mine ou une tarière, un trou d'environ deux à trois mètres de profondeur perpendiculairement au front de taille.

L'étape la plus délicate consistait à introduire dans les trous un explosif assez puissant pour faire sauter la partie centrale sans occasionner de dégâts à la galerie concernée ainsi qu'aux autres.

Émilien se rappelait un grave accident, survenu durant la première année d'exploitation. Les mineurs avaient provoqué un éboulement et l'un d'entre eux avait été grièvement blessé, le bassin et une jambe fracturés. Émilien tenait à lui verser une pension tous les mois, mais il avait été profondément choqué par l'accident. Il s'était opposé sur ce point à Achille, qui ne comprenait pas ses scrupules.

— Ma foi, père, ce sont les risques du métier, lui avait-il déclaré avec désinvolture.

Achille n'était qu'un enfant gâté. Émilien aurait dû le faire travailler à la mine plutôt que de lui payer des études de droit à Aix.

Le convoi de tombereaux prenait la direction de Roussillon, où les ocres seraient traitées à l'usine Rey. S'il créait sa propre unité de production, Émilien pourrait facilement doubler ses gains. Il avait tout planifié dans sa tête. Seul l'argent lui manquait.

Le maire lui avait fixé rendez-vous le soir même. Émilien avait tout de suite compris qu'il s'agissait encore d'un problème de voierie. Les riverains se plaignaient de la dégradation rapide des routes. Assurément, le maire de Gargas allait réclamer à Émilien une participation pour la remise en état du chemin. Les villageois se lamentaient, reprochant aux exploitants des ornières toujours plus profondes et les nuisances des boues d'ocres qui salissaient durablement les ourlets des robes, les bottines et les bas de pantalon.

— Les ocres sont notre richesse, répondait invariablement le maître des Terres Brûlées.

Si Célestine le soutenait, Achille et Hector renchérissaient. À les entendre, il aurait presque fallu avoir honte des ocres ! Les ingrats ignoraient le sens du mot « reconnaissance »... Peut-être plus encore Achille que Hector. Le cadet vivait pour l'art, tandis que l'aîné travaillait dans l'entreprise familiale, sans passion cependant, comme s'il s'acquittait d'un devoir incontournable.

Pélissier haussa les épaules. Achille l'exaspérait, le décevant un peu plus chaque jour. La sirène retentit, annonçant la fin de la journée de travail. Quelques minutes s'écoulèrent avant que la cohorte des ouvriers, clignant des yeux, ne paraisse à l'entrée de la mine. Douze heures passées à la lueur des lampes à acétylène laissaient des traces ; les hommes devaient s'accoutumer à la lumière du jour. Certains étiraient leurs membres, soulagés d'échapper à l'humidité régnant sous la terre. Douleurs, rhumatismes, affections des bronches et des poumons étaient les maux les plus fréquents chez les mineurs. Un travail rude, contraignant, dont ils étaient fiers pourtant.

Ils saluèrent Émilien en passant devant lui, ôtant leurs casquettes en signe de respect. Le patron les connaissait tous par leur prénom. Il savait que, leur journée à la mine à peine terminée, les ouvriers-agriculteurs allaient s'occuper de leurs lopins de terre. La tâche ne leur faisait pas peur, il fallait juste que le corps tienne.

Une lampe à acétylène à la main, Émilien s'enfonça dans la galerie après avoir prévenu Eusèbe, le gardien. Celui-ci, revenu avec une patte folle de la guerre de septante[1], habitait une cabane toute proche de la mine. Comme à chaque fois qu'il pénétrait sous la falaise, Émilien éprouva une sourde émotion. Les tunnels creusés par les mineurs étaient d'une beauté saisissante. L'usage du fil à plomb par les contremaîtres permettait l'obtention d'un travail régulier. Les voûtes arrondies évoquaient une église romane.

« C'est ici que je me sens proche de Dieu », pensa Émilien.

L'exploitation de la mine Pélissier était pour lui l'aboutissement d'un rêve d'enfant. Lorsqu'il avait donné les premiers coups de pioche, il avait refusé de songer à l'éventualité d'un échec. Il *savait* que l'ocre serait d'une qualité exceptionnelle.

Il progressa jusqu'à un endroit baptisé le Lac par les mineurs, une nappe d'eau étonnamment claire.

Le ruissellement des eaux constituait l'un des principaux soucis d'Émilien. Parfois, les galeries étaient inondées. Il fallait alors se déplacer en barque et, naturellement, suspendre l'exploitation. Le lieu avait un aspect fantasmagorique et, de nouveau, Émilien déplora de ne pouvoir partager son émerveillement avec ses fils. Pour eux, les ocres ne constituaient qu'une source

1. Nom donné alors à la guerre de 1870.

de revenus appréciable. Ils n'avaient pas encore compris que c'était la passion de leur père.

Un petit cri caractéristique le fit sourire. Après le départ des ouvriers, les chauves-souris se faisaient entendre. Il ne les avait jamais chassées, conscient du fait qu'elles contribuaient à l'équilibre de la mine.

Il s'intéressa au gisement en cours d'extraction, passant les doigts sur l'ocre et portant la main à sa bouche pour goûter. Satisfait, il sourit. La qualité de cette ocre était exceptionnelle, comme il l'avait pressenti.

À présent, se dit-il, il ne lui restait plus qu'à réaliser son rêve, traiter lui-même ses ocres.

6

Bon sang ! Son fils ne pouvait donc pas donner l'impression de s'amuser ? pensa Émilien Pélissier en tirant sur le col de sa chemise.

Il avait un peu trop bu mais peste ! il fallait bien célébrer une fois l'an la fête patronale. Les mineurs y participaient ainsi que leurs familles. Sous le soleil chaud du 24 juin, tous les habitants du village s'étaient déplacés pour s'essayer aux jeux d'adresse, se faire tirer le portrait par le photographe ambulant, manger des croquets aux amandes.

Les hommes s'étaient vite attablés dans les cafés de la place où ils faisaient honneur à l'absinthe, dont les effluves couvraient ceux des amandes. Les enfants couraient d'un manège à l'autre, excités et heureux. Les femmes s'étaient rassemblées à l'ombre des platanes. Elles devisaient tout en surveillant du coin de l'œil enfants et époux. La jeunesse, de son côté, préparait les feux de la Saint-Jean qui seraient allumés sur les collines dès le coucher du soleil. On assistait à des conciliabules, on voyait passer des brouettes et des tombereaux chargés de gros fagots de bois. Émilien savait, pour l'avoir fait dans ses jeunes années, qu'il convenait de choisir du bois de résineux, qui crépitait et faisait des étincelles, du genévrier pour les arômes qu'il dégageait et aussi des genêts d'or. Une atmosphère joyeuse régnait sur la place.

« Dommage, pensa Émilien, qu'Achille affiche aussi ostensiblement son ennui. » Il avait dû batailler avec son aîné afin que celui-ci daigne se montrer à la fête. « Espèce de gournau[1] ! se dit-il, furieux. Même pas capable de se rendre compte que nous devons participer à la vie du village ! » De son côté, Hector s'était éclipsé. Il rendait visite à son parrain qui habitait Les Taillades. Ce qui avait accru la mauvaise humeur d'Achille… Que croyait-il donc ? Qu'Émilien n'avait eu qu'à claquer des doigts pour créer son entreprise ? Certains jours, le patron avait envie de tout abandonner.

Il songea de nouveau à ses problèmes d'investissements. Il s'était déjà endetté pour développer l'exploitation de la mine et ses banquiers se faisaient tirer l'oreille. On lui rappelait la faillite des frères Péreire, survenue en 1867. On lui parlait d'une crise à laquelle il

1. Imbécile, stupide.

ne comprenait goutte. Peu lui importait ! Il avait besoin d'argent. La région, comprenant Roussillon, Rustrel et Gargas, connaissait une évolution rapide. S'il tardait trop, on lui brûlerait la politesse. Une perspective intolérable pour un Pélissier !

Il sentit un regard peser sur sa nuque, se retourna. Un notable en habit sombre l'observait. Il le salua d'un geste de la main. Émilien fronça les sourcils. Son nom ne lui revenait pas. Il s'en souvint brusquement : maître Sautel, le notaire de Fontrouge, distant d'à peine deux lieues. Sa présence au village était surprenante, Sautel n'ayant pas une réputation de joyeux drille. Après avoir marqué une hésitation, Émilien s'avança dans sa direction. Après tout, que risquait-il à aller le saluer ? Les notaires étaient gens importants et celui-ci avait du bien. Les deux hommes se serrèrent la main devant les violoneux.

— Je ne vous attendais pas sur nos terres, plaisanta Émilien.

Maître Sautel haussa légèrement les épaules.

— J'ai cédé à un souhait de ma fille. Elle désirait rencontrer une femme félibre avec qui elle correspond.

— Une femme savante, commenta Pélissier avec dédain.

Maître Sautel soupira en s'essuyant le front. Décidément, il supportait mal la chaleur.

— Je ne dirais pas cela, quoique… Je me défie de l'univers féminin. Avez-vous des filles, Pélissier ?

— Dieu m'en garde ! se récria Émilien.

Les deux hommes échangèrent un regard complice. La même misogynie les animait.

— Il faudra nous présenter votre fille, à mon épouse et à moi, reprit Émilien, plus par politesse que par réel intérêt.

— La voici qui vient vers nous.

Albertine Sautel portait ce dimanche-là une robe en taffetas bleu paon, comportant des manches pagode et un col de dentelle. Ses cheveux d'un blond cendré bouclaient sous le grand chapeau de paille bise orné d'un ruban assorti à la ceinture de la robe. Son élégance discrète, sa haute taille attiraient les regards.

« C'est la fille du notaire de Fontrouge, chuchotait-on derrière les éventails. Vous savez, celle qui… »

Généralement, on ne terminait pas cette phrase, ce qui faisait enrager Albertine. Elle avait dû beaucoup insister pour convaincre son père de l'accompagner à la fête de la Saint-Jean. S'il avait su de quoi s'occupait Flore Bessis, la correspondante de sa fille, le notaire en aurait avalé son Code civil ! Institutrice originaire des Basses-Alpes, Flore Bessis avait mis sur pied dans son village un banquet strictement féminin, le jour de la Sainte-Agathe. Cette idée révolutionnaire avait enthousiasmé Albertine.

Cependant, elle n'avait pas encore rencontré Flore et se demandait si l'institutrice n'avait pas eu un empêchement.

Émilien considéra la jeune fille d'un air surpris. Pourquoi diable n'avait-il jamais croisé son chemin ? Elle était belle et paraissait avoir du caractère. « Tout à fait la femme qu'il faudrait à Achille », pensa-t-il.

De près, elle avait le teint clair, de grands yeux gris-bleu et une bouche aux lèvres pleines. Un beau brin de fille, en vérité, qui lui donnerait de robustes garçons.

Émilien sourit à Albertine.

— Je suis ravi de faire votre connaissance, mon enfant, lui dit-il tout en se demandant où avait bien pu encore passer Achille.

« Lui ou un autre… », pensa Albertine, en jetant un coup d'œil critique au miroir de sa coiffeuse.

Les pères avaient rondement mené leur affaire. Après avoir rencontré une seule fois Achille Pélissier, Albertine s'était retrouvée fiancée.

— À croire que mon père désirait se débarrasser de moi ! avait-elle confié à Pélagie d'un ton mi-figue mi-raisin.

La gouvernante avait détourné les yeux.

— Voyons, mademoiselle Albertine, qu'allez-vous imaginer ?

C'était bien cela, pourtant, et maître Sautel n'avait pas lésiné sur la dot de sa fille unique. Achille, s'il était plutôt bien de sa personne, n'inspirait à Albertine que de la curiosité. Ils avaient parlé musique et chevaux. Albertine avait bien insisté : elle ne se séparerait pas d'Iseut. Achille avait esquissé un sourire.

La jeune fille redoutait de vivre dans une autre demeure, sous la tutelle de sa belle-mère. Depuis qu'elle avait quitté le pensionnat, elle avait bénéficié à Fontrouge d'une liberté rare pour une jeune personne du beau sexe. Son père ne se préoccupait guère de son emploi du temps à partir du moment où elle était là pour les repas et se rendait à la messe chaque dimanche.

Elle frotta ses joues pour leur donner un peu de couleur. Elle avait peur. Peur de cette nouvelle vie qui l'attendait aux Terres Brûlées, peur de cet inconnu qu'était Achille. Elle ne s'était pas troublée, comme dans les romans qu'elle lisait avec passion, ne s'était pas sentie défaillir lorsque les doigts de l'aîné des Pélissier avaient frôlé les siens. Non, elle s'était juste demandé si elle pourrait échapper à son sort, déjà scellé par son père. À cet instant, elle avait pensé à sa mère. Edmée aurait pu la guider, la conseiller.

Pélagie s'était chargée du trousseau à la demande du notaire. Albertine emporterait dans la maison Pélissier son armoire à la corniche chantournée, aux ferrures en fer forgé poli, sa commode et sa coiffeuse au dessus de marbre gris veiné. Son trousseau était imposant : draps, contrepointes, taies, nappes, serviettes, tous brodés à ses initiales.

On frappa à la porte de sa chambre. Pélagie passa la tête dans l'entrebâillement.

— Mademoiselle Albertine… Léonie est là.

— Qu'elle entre !

Précédée par un parfum de muguet, la couturière pénétra dans la grande chambre ensoleillée. Elle portait, enveloppée dans du papier de soie, sa robe de mariée.

Pélagie joignit les mains en découvrant la toilette en soie de couleur verte, symbole d'espérance, comme le voulait la tradition provençale.

— Mademoiselle, quelle merveille ! s'écria-t-elle.

Léonie, une quadragénaire replète, avait, de l'avis unanime de ses pratiques, de l'or dans les mains.

Elle enveloppa Albertine d'un regard pénétrant.

— Votre poids ne changera pas d'ici à la cérémonie ? glissa-t-elle d'un ton innocent.

Albertine sentit ses joues s'empourprer en comprenant l'allusion.

— Quelle idée ! protesta-t-elle. Je connais à peine mon fiancé.

— Faites excuse, bredouilla Léonie, gênée. Vous savez, j'ai de nombreuses clientes qui fêtent Pâques avant les Rameaux, aussi, je me renseigne pour ne pas avoir de mauvaise surprise le jour des noces. Comme celles-ci sont rapides…

— A-t-on idée ? bougonna Pélagie, furieuse. Comme si ça ressemblait à Mlle Albertine…

Albertine, elle, songeait que, si elle avait éprouvé un coup de cœur pour Achille, elle l'aurait volontiers rejoint dans quelque borie sans se soucier des convenances. Mais ce n'était pas le cas.

Elle l'épousait parce qu'elle n'avait pas le choix.

7

« *Vivo li novi*[1] *!* » s'époumonaient les enfants postés sur les marches menant à l'église de Fontrouge. L'un d'eux passa la tête à l'intérieur de l'édifice.

— Ils n'ont pas encore fini, dit-il à ses camarades.

— Le marié a fait tomber l'alliance, remarqua un gamin.

Dans l'église romane, un enfant de chœur venait de ramasser l'anneau. On s'agita sur les bancs, des murmures féminins s'élevèrent.

« Laisser tomber la bague au moment de la passer au doigt porte malheur », entendit distinctement Albertine. Elle s'efforça de ne pas y prêter attention. De toute façon, il lui semblait que tout allait de travers depuis le début de la journée.

1. « Vive les nouveaux mariés ! »

D'abord, il pleuvait. Une pluie tiède de septembre, qui risquait fort de gâcher une partie de la fête.

— *Que tèms, nosti gènt vendran pas*[1] *!* avait gémi Pélagie, et la mère d'Achille, sur le parvis de l'église, avait fait remarquer d'un ton sentencieux :

— Quand il pleut le jour de la noce, c'est que la mariée a quelque chose à se reprocher.

Albertine en aurait pleuré ! Elle avait eu l'impression que tout le village, rassemblé dans l'église, chuchotait sur son passage et avait dû résister à la tentation de faire demi-tour pour s'enfuir. Son père lui tenait le bras d'une poigne ferme.

— Je te souhaite de rendre ton mari heureux, lui avait-il dit en s'arrêtant devant l'autel.

Elle avait réprimé un sourire ironique. Elle ne comptait pas, comme d'habitude. Achille seul avait de l'importance. Achille qui demeurait pour maître Sautel un inconnu, ou presque.

Elle s'était raccrochée à l'idée qu'elle gagnerait peut-être un peu plus d'indépendance en étant mariée. Il lui fallait être mère. Ensuite, on lui lâcherait la bride. Son beau-père lui paraissait être le plus sympathique de la famille, et ce même s'il l'impressionnait.

Le prêtre bénit le couple, puis libéra les fidèles après un dernier chant. Les mariés remontèrent

1. « Quel temps, nos invités ne viendront pas ! »

l'allée centrale de la nef, sortirent sur le parvis. Les témoins, Hector Pélissier et Roxane Valenti, une tante de sa mère, jetèrent des dragées. Les enfants se ruèrent dessus. Certains, prévoyants, s'étaient munis d'un sac en papier.

— Ne vous faites pas de mal, surtout ! implora la jeune femme.

— Laissez donc faire les gosses, conseilla le père Pélissier. Plus ils se bagarrent, plus ils hurlent, plus la noce est belle !

Albertine ne répondit pas. Depuis la cérémonie à l'église – depuis qu'elle était mariée, en fait –, un mal de tête tenace lui martelait le front et les tempes.

Les gamins s'empoignaient, faisant dégringoler les dragées dans le caniveau.

Voyant que la situation risquait de mal tourner, Hector, le fils cadet, fit la grosse voix et ramena l'ordre, le temps de laisser passer le cortège. La pluie avait cessé.

— Tous en carriole ! s'exclama le père du marié.

Il avait été convenu en effet que, le notaire étant veuf, le repas de noces se tiendrait aux Terres Brûlées. On s'entassa gaiement sur les charrettes, réservant le boghei aux jeunes mariés. Pendant le trajet, Albertine aurait aimé bavarder avec Achille, mais il garda un silence obstiné. Éprouvait-il tout comme elle, une sorte de vertige à l'idée qu'ils venaient de s'unir pour la vie ?

Elle avait lié son destin à celui d'un inconnu. Elle l'observa à la dérobée. Il était grand, noir de poil, avait les yeux sombres et une bouche gourmande. Dans son habit à queue-de-morue, son chapeau claque à la main, il incarnait à merveille l'homme de bonne compagnie, mais Albertine se demanda brusquement s'il ne jouait pas un rôle.

Elle se reprocha cette pensée aussitôt. Comment pouvait-elle juger son époux alors qu'elle ne le connaissait pas ? Et lui… que pensait-il d'elle ?

Ils échangèrent un regard incertain.

— Qu'attendez-vous de moi ? s'enquit Achille tout à trac.

Albertine rougit.

— Je ne sais pas, répondit-elle, persuadée qu'il allait la croire idiote.

Qu'aurait-elle pu lui confier de ses rêves ? Il n'était pas un personnage de roman, mais un homme de vingt-huit ans.

Son sourire protecteur provoqua chez Albertine une furieuse envie de le gifler.

— Laissons-nous le temps de nous connaître un peu mieux, reprit-elle.

Il haussa les épaules, se carra dans son siège.

— À quoi bon ? fit-il d'une voix soudain empreinte de lassitude. Vous et moi sommes condamnés à partager le même attelage.

C'était dit avec un tel cynisme qu'Albertine ne put se retenir :

— Il ne fallait pas m'épouser, dans ce cas ! répliqua-t-elle vivement.

La réponse d'Achille la glaça.

— Ma chère… pensez-vous vraiment que j'aie eu le choix ?

Le ciel de novembre, dégagé par un grand coup de mistral, lumineux, incitait à la promenade.

Debout sur le seuil des Terres Brûlées, Albertine prit une longue inspiration, comme pour se gorger de soleil. Elle allait monter Iseut et parcourir les collines. C'était pour elle le seul moyen de se libérer de l'emprise de Célestine.

Il n'y avait pas deux mois qu'elle était mariée et elle ne supportait déjà plus sa belle-mère. Albertine avait le sentiment d'étouffer, de se cogner contre les murs de la demeure. Célestine ne lui laissait pas de répit, traquant l'oisiveté comme s'il s'était agi de quelque maladie honteuse. Sa bru devait aller nourrir les poules, dont l'irascible Fleurette qui lui inspirait une peur bleue lorsqu'elle voletait autour d'elle, apprendre à cuisiner, démarier le linge et même faire la bugade, la lessive. Toutes tâches qui rebutaient la jeune femme et qu'elle n'avait jamais effectuées sous le toit paternel.

Comparé à sa mère, Achille lui paraissait presque… reposant, même si la première nuit lui avait laissé un souvenir amer.

Albertine se rappelait sa gêne quand Célestine l'avait prise à part avant qu'elle ne prenne place à la table du repas de noces.

— Ma fille, comme vous n'avez pas de mère, c'est à moi de vous préparer.

Elle avait voulu tourner les talons, s'enfuir, mais Célestine la tenait sous son regard perçant.

— Je… Pélagie s'en est chargée, avait-elle balbutié.

Le bras de Célestine avait crocheté celui de la jeune femme.

— J'espère que c'est vrai. Tu as intérêt à avoir un fils le plus vite possible. Mon époux y compte bien.

On ne pouvait être plus claire. Écœurée, Albertine s'était détournée. Surtout, ne pas pleurer.

Le soir même, après un repas trop lourd et trop arrosé, Achille et elle s'étaient retrouvés dans le même lit. Contrairement à ce qu'elle avait affirmé, Albertine ignorait tout de cette fameuse nuit de noces qui avait provoqué allusions et rires égrillards parmi les invités. Achille l'avait entraînée vers son cabriolet afin de lui éviter la chasse aux mariés et les farces de la jeunesse du village. Il avait retenu une chambre d'hôtel à Apt et elle lui avait su gré de cette attention.

Elle avait voulu se retirer dans le cabinet de toilette ; il avait souri.

— Prenez votre temps, ma chère.

Lorsqu'elle était revenue dans la chambre, il l'attendait en fumant un cigare.

Les cheveux dénoués, Albertine portait une chemise virginale ornée au cou et aux poignets d'entre-deux de dentelle de Valenciennes.

Achille avait écrasé son cigare, s'était avancé vers elle.

— C'est une formalité qui risque de ne pas être très agréable, ma chère, mais nous devons en passer par là si nous voulons donner un héritier à mon père.

« Et nous ? » avait-elle pensé, crispée.

Elle attendait un soupçon de tendresse, peut-être un baiser. Il l'avait couchée sur le lit, s'était penché au-dessus d'elle.

— N'ayez pas peur.

Ses moustaches lui avaient chatouillé le nez. Elle aurait pu en sourire, si elle n'avait été aussi tendue. Elle gardait les yeux fixés sur un tableau, près de la fenêtre, représentant un enfant jouant de la flûte. Un enfant... si c'était le prix à payer...

Elle n'avait pu retenir un cri. Il avait soupiré :

— Comme c'est ennuyeux, les jeunes filles ! Voilà, c'est fait. À présent, si vous voulez bien m'excuser...

Déjà, il se redressait, s'inclinait légèrement.

— Vous avez besoin de repos. Je vous laisse dormir.

Incrédule, elle l'avait vu traverser la chambre, ouvrir la porte donnant sur le couloir. Il était parti.

Le lendemain matin, il était venu la chercher, avait pris le petit déjeuner avec elle, comme si de rien n'était. Elle avait humé un parfum délicatement poudré autour de lui et compris qu'il avait passé la nuit en compagnie d'une autre femme.

Son corps étant encore endolori, elle avait décidé qu'elle s'en moquait. C'était sans compter sur son amour-propre. D'autant qu'Émilien évoquait chaque jour ou presque sa future grossesse.

— Tu es jeune, il faut me faire de beaux petits, répétait-il.

« Le ciel m'en préserve ! » pensait Albertine, le cœur au bord des lèvres.

Elle détestait sa condition de femme mariée. Émilien l'insupportait et Célestine lui faisait peur. Achille était le plus sympathique mais elle ne l'intéressait pas. Il passait en coup de vent aux Terres Brûlées, prétextait du travail, des rendez-vous urgents… Pour lui, elle n'était qu'une gamine. Cette certitude exaspérait Albertine.

— Encore à rêver ! fit la voix grondeuse de sa belle-mère dans son dos. Il faut profiter du beau temps pour finir la bugade.

— Chez nous, à Fontrouge, une femme de journée s'en chargeait, osa répondre Albertine.

Célestine ne se laissa pas désarçonner.

— Tu es une Pélissier, à présent.

Elle ajouta, fielleuse :

— Il fallait rester chez ton père, si tu voulais une autre vie. Mais l'aurait-il accepté ? Il tenait tant à se débarrasser de toi qu'il a payé le prix fort.

Le cœur d'Albertine se serra.

Parce qu'elle savait que Célestine disait vrai.

8

1876

Il éprouva une sensation étrange en reconnaissant le paysage autrefois familier.

Sous un ciel d'un bleu pur, les villages perchés s'enroulaient en colimaçon.

Il affermit son pas. Sept ans qu'il rêvait à ce retour au pays… Il s'était promis de ne pas se laisser émouvoir par l'afflux de souvenirs. Il était un homme, désormais. Il avait dix-neuf ans, bientôt vingt. Et, surtout, il avait un métier.

Lorenzo avait tout appris de M. Abel avant d'effectuer son tour de France.

Son maître était très attaché au voyage qui, affirmait-il, permettrait à Lorenzo de parfaire son apprentissage. C'était vrai. Au cours de son périple, le fils de Livia s'était « construit », comme il l'avait écrit aux Abel.

Il avait hâte de revoir sa mère. Durant toutes ces années, ils n'avaient même pas pu correspondre. Il ignorait ce qu'elle était devenue.

D'une certaine manière, la tragédie du Brûlé avait permis à l'adolescent de surmonter le choc de son départ. Hébergé par M. Abel et son épouse, il s'était passionné pour le travail du bois tout en s'intéressant au déroulement des événements suivant la fusillade de juin 1869. La région minière en avait été profondément marquée, d'autant plus que plusieurs grévistes avaient été arrêtés. On avait estimé en haut lieu que les militaires n'avaient pas commis de faute. Le capitaine Gausserand, responsable du bain de sang, avait même été décoré en grande pompe. Un désaveu sinistre pour le conseil municipal de Saint-Étienne qui avait demandé l'éloignement du 4e de ligne, le régiment en cause.

Écœuré, M. Abel avait donné une leçon républicaine à son apprenti. Son fils avait quitté La Ricamarie et était allé travailler dans le Sud, à Decazeville. Sa mère se signait chaque fois qu'elle prononçait son prénom. Dans ces conditions, la guerre de septante n'avait pas été bien perçue. On se défiait de l'armée comme de Napoléon III. On racontait que l'une des enfants du Brûlé, grièvement blessée – deux coups de feu et un de baïonnette –, une fillette prénommée Eugénie, n'avait reçu aucun soutien de l'impératrice, pourtant sollicitée.

Ses conseillers avaient craint qu'une intervention en sa faveur, même minime, ne constitue un précédent fâcheux. Le peuple de La Ricamarie avait grondé puis fait le dos rond. Mais personne n'avait oublié la sanglante répression.

Lorenzo observait son maître à l'ouvrage, ses tours de main, son savoir-faire. Il était resté discret sur son passé mais appréciait la chaleur du foyer des Abel.

Mme Abel était fine cuisinière et avait pris à cœur de remplumer le garçon qu'elle trouvait beaucoup trop maigre. Il dormait, dans une soupente, sur une paillasse et avait l'impression d'être au paradis.

Comme pour se rassurer, Lorenzo effleura de la main la poche intérieure de sa veste, dans laquelle il rangeait précieusement son « carré ». Il s'agissait d'un parchemin, plié en forme de carré, portant le nom de « Brûlé le Résolu » et attestant que le porteur, reçu compagnon en 1875, était passé à Tours, Sedan, Lyon et Avignon. Ce carré constituait pour lui une sorte de passeport. Il lui permettrait d'obtenir facilement du travail. La grande famille des compagnons menuisiers soutenait ses membres. Pascaline, la mère d'une auberge à Avignon, l'avait pris sous sa protection et lui avait recommandé de s'adresser à un patron installé à Apt. Séduit, Lorenzo avait décidé de s'y rendre ; il pourrait enfin embrasser sa mère. Pour l'instant, il refusait d'évoquer Giuseppe. Il était mort pour lui le jour où il avait tué Alba et l'avait roué de coups.

Il effleura de l'index l'arête de son nez cassé. Malgré ses efforts, il n'avait pu oublier la haine de Giuseppe.

Son cœur se gonfla en reconnaissant la végétation du maquis, puis les pins et les chênes verts dans lesquels jouaient l'ombre et la lumière.

La montagne s'était clairsemée sous les coupes des charbonniers. Lorenzo avait entendu dire que l'industrie aptésienne de fruits confits réclamait toujours plus de combustible. La guerre de septante était déjà loin et l'on produisait de plus en plus afin de se libérer au plus vite de la dette vis-à-vis de la Prusse.

Au cours de son tour de France, il avait constaté la force du désir de revanche qui animait les Français. Lui-même se sentait profondément patriote. Il avait lu, beaucoup, durant ces dernières années, prenant sur son temps de sommeil. Il avait aussi rencontré des hommes qui l'avaient marqué et contribué à développer sa conscience politique. M. Abel, bien sûr, mais aussi Agricol Perdiguier et Jean-Baptiste Clément, le communard réfugié dans les Ardennes.

Ayant connu la grande misère, dans les bois comme dans les crassiers autour de Saint-Étienne, Lorenzo était convaincu de la nécessité de changer et la société et les hommes. Il en parlait, dans les réunions en cayenne[1], avec quelques camarades attachés comme lui à la défense des libertés.

Il se pencha, cueillit une branche de genêt. Il lui suffisait de fermer les yeux pour revoir la silhouette de sa mère qui l'emmenait ramasser des champignons ou des herbes. Il avait hâte de la retrouver.

— Si je m'attendais ! répéta Léon.

Lorenzo le dépassait d'une bonne tête.

— Il faut dire que je me suis *ercourcho*[2], reprit le menuisier.

Ses traits s'étaient creusés. Sa femme était partie au cours de l'hiver 1872 d'une fluxion de poitrine. Eugène avait choisi la « boulange » et travaillait à Gordes. Léon était seul désormais au village.

Il s'essuya le front du revers de la main. De minuscules copeaux de bois parsemaient ses cheveux et sa barbe.

— Te voilà donc compagnon, enchaîna-t-il. Compliments, mon gars !

Lorenzo eut l'impression curieuse que le père d'Eugène cherchait à gagner du temps. Il le questionna, presque brutalement :

---

1. Maison des compagnons gérée par une femme, la mère.

2. « Raccourci. »

— Ma mère ? Comment va-t-elle ?

Léon parut très gêné.

— Petit… je ne savais pas comment te le dire… Ta mère est morte il y aura deux ans l'hiver prochain.

Lorenzo, sous le choc, recula. Il passa la main sur son front, comme pour repousser cette idée intolérable.

— Morte ? répéta-t-il. C'est lui qui…

Léon secoua la tête.

— Non, ce n'est pas le Piémontais. Ta pauvre mère est morte en couches. Luisa l'assistait. Elle n'a rien pu faire, la pauvre. Eh, mon gars, où tu vas ?

Sa casquette à la main, Lorenzo avait filé. De nouveau, Léon secoua la tête.

— Pauvre gamin, marmonna-t-il.

Il avait détesté se faire le messager du malheur.

Rien n'avait vraiment changé dans la forêt dominant Rustrel, songeait Lorenzo, le cœur serré. Il avait fui l'atelier de Léon, couru vers la montagne. Un soleil insolent lui brûlait le dos. Il ne voulait pas penser, surtout pas. Il fallait qu'il voie Luisa.

Un flot de souvenirs l'envahit quand il se retrouva sur le seuil de la cabane de la Piémontaise. Il se revoyait, enfant, lorsqu'il venait se réfugier chez elle pour échapper à la colère de Giuseppe. Luisa avait toujours été un soutien pour sa mère. Plus âgée qu'elle, elle lui avait appris à se débrouiller pour vivre dans les bois, l'avait assistée à chacun de ses accouchements. Forte femme, le cœur sur la main, Luisa était l'âme de la forêt. Son époux Sergio lui vouait un amour sans bornes. Ils n'avaient pas d'enfants.

— Qui es-tu, toi ?

Il sourit en la découvrant telle qu'en son souvenir, grande, massive, les cheveux juste un peu plus grisonnants.

— Luisa ? Tu ne me reconnais pas ? Je suis Lorenzo, le fils de Livia.

Son visage s'éclaira tandis qu'elle lui ouvrait les bras.

— Le petit Lorenzo… Santa Maria ! Comme tu as changé !

Tandis qu'elle le serrait contre elle, les larmes se mirent à couler le long de ses joues.

— Oh ! Lorenzo *mio*… Ta chère mère aurait été si heureuse de te voir beau et fort comme tu l'es. Elle me parlait de toi chaque jour.

— Où est-elle ?

— Dans la forêt, sous le chêne. Tu te souviens de votre arbre ? Elle tenait à lui. Elle disait en riant qu'il était son refuge. Ta mère riait, parfois…

La voix de Luisa se brisa. Elle ne raconterait pas à son fils que Livia avait déjà failli mourir juste après son départ, en 1869. Ce monstre de Giuseppe, qu'elle aurait voulu voir rôtir en enfer, furieux que Livia ait aidé Lorenzo à s'enfuir, avait roué la jeune femme de coups. Les charbonniers étaient venus à son secours et avaient rossé le mari violent. Giuseppe s'était tenu tranquille durant quelques années, d'autant que Lorenzo ne donnait pas de nouvelles et que Livia, visiblement, le vivait mal. Giuseppe semblait se nourrir de la souffrance de sa femme. C'était un être malfaisant, que Luisa aurait voulu voir sous terre.

Elle soutint le regard brillant de larmes du jeune menuisier.

— Elle n'aurait pas dû avoir d'autre enfant, déclara-t-elle doucement. Pourtant, elle se réjouissait de cette naissance à venir, elle était persuadée qu'il s'agirait d'un garçon, ce qui aurait fait plaisir à Giuseppe.

— Que s'est-il passé ?

Luisa haussa les épaules.

— Que puis-je te répondre, mon garçon ? La volonté de Dieu ? Le destin ? Le travail a duré trop longtemps, ma pauvre Livia souffrait le martyre. L'enfant est mort à la naissance et elle… Seigneur ! Elle a fait une hémorragie. Je n'ai rien pu faire, crois-moi, Lorenzo.

Il hocha la tête. Sa gorge était nouée par l'émotion. Jamais plus… La certitude de ne plus jamais revoir sa mère le crucifiait.

— Et lui ? jeta-t-il. Il est resté à la cabane ?

Luisa secoua la tête.

— Il est devenu comme fou. Ils ont dû s'y mettre à quatre pour le maîtriser. Possédé, te dis-je ! Il s'est saoulé à mort la nuit suivante et, le lendemain, il avait disparu après avoir mis le feu à la cabane.

Lorenzo blêmit. Il n'y avait plus de souvenirs, plus rien.

— Maria ?

— Partie avec lui. On n'a jamais eu de nouvelles, comme s'ils s'étaient évaporés dans la nature.

Il serra les poings.

— S'il lui a fait du mal…

— La petite est débrouillarde, le rassura Luisa.

Elle le considéra avec tendresse. Il ressemblait tant à sa mère. Et il était si jeune encore, malgré sa taille et sa carrure.

Elle le fit entrer dans sa cabane, lui offrit du café. Il retrouva le goût du café de Livia, épais et fort. Il s'essuya les yeux d'un air détaché. Luisa fit celle qui n'avait rien remarqué.

— Tu vas réussir, mon garçon. Pour toi, bien sûr, mais aussi pour ta mère. Tu étais toute sa vie, tu le sais.

La gorge toujours nouée, il inclina lentement la tête.

— Pourquoi est-elle restée avec lui ? parvint-il enfin à articuler.

Luisa n'hésita pas. Elle ne pouvait tout simplement pas lui rapporter ce que Livia lui avait confié. C'était un secret trop lourd pour un gamin de dix-neuf ans. Pourtant, il faudrait bien lui dire un jour la vérité. Elle haussa les épaules.

— Tu reviendras me voir ?

Il lui jeta un regard perdu.

— Laisse-moi un peu de temps.

Elle le raccompagna, le regarda marcher en direction du chêne, le rappela.

— *Dio mio*, j'allais oublier…

Elle fouilla la poche de son grand tablier noir, courut vers Lorenzo.

— Ta mère m'a donné ça pour toi.

Elle lui glissa dans la main une petite breloque qu'il considéra d'un air intrigué.

— Livia l'avait toujours sur elle. Elle m'a demandé de la garder le jour de sa mort. Regarde, on dirait une salamandre. Chez nous, dans la vallée Pellice, on l'appelait *Salamendra Lanzai*, la salamandre de Lanza. Ta mère y tenait beaucoup.

Le bijou était minuscule mais Lorenzo eut l'impression qu'il réchauffait sa main. Il le glissa dans sa poche poitrine.

— Merci, Luisa, souffla-t-il.

Il s'éloigna à grands pas, soucieux de ne pas pleurer devant elle.

9

Apt paraissait trop petite pour satisfaire les ambitions d'Achille Pélissier. Il connaissait la ville par cœur et, malgré le va-et-vient des attelages et l'animation du marché du samedi, il s'y ennuyait très vite.

Les fabriques de fruits confits s'étaient développées depuis une quinzaine d'années, entraînant l'essor d'activités annexes comme les usines d'emballages ou les ateliers de mécanique. Mathieu Wood, un riche Anglais, avait découvert la Haute-Provence en 1868 et apprécié en connaisseur les fruits confits locaux, notamment les cerises, indispensables à la recette des cakes. Grâce à lui, le marché britannique s'était ouvert aux confiseurs aptésiens.

Achille se demandait parfois s'il n'aurait pas préféré travailler dans cette branche pour, l'instant d'après, hausser les épaules : il rêvait de Paris. Être journaliste, critique littéraire, lui aurait certainement apporté la reconnaissance à laquelle il aspirait. Les ocres l'ennuyaient à mourir, et plus encore la tenue des comptes de la mine.

S'il avait eu un peu plus de courage, il aurait claqué depuis longtemps la porte des Terres Brûlées. Cependant, il connaissait assez son père pour savoir qu'Émilien lui couperait aussitôt les vivres.

Or Achille était habitué à vivre sur un certain pied. Il fréquentait le meilleur tailleur d'Avignon, les bons restaurants, achetait de nombreux livres, tout en se sentant ligoté par son père. Et il supportait de plus en plus mal cette situation.

Si seulement Albertine lui avait donné un fils, se dit-il, amer.

Sa jeune femme avait été victime d'une fausse couche cinq mois après leurs noces. Toute la maison avait porté le deuil, d'autant que le docteur Galifant avait révélé qu'il s'agissait d'un garçon. Émilien était parti chasser en jurant. Célestine pinçait les lèvres. Elle avait toujours dit que ce mariage n'apporterait que du malheur aux Pélissier.

— Un mauvais attelage, commentait-elle. Deux mangeurs de lune ne vont pas bien ensemble.

Mangeur de lune... On l'avait affublé de ce sobriquet dès sa petite enfance, alors qu'il passait son temps le nez plongé dans les livres.

— Une occupation de *peresous*[1], s'agaçait Célestine tandis qu'Émilien faisait preuve d'indulgence.

— Laisse donc, nous en ferons un savant.

Achille esquissa un sourire ironique. Son ambition constituait à vivre selon son bon plaisir sans s'encombrer de son épouse.

Elle l'ennuyait. Certes, elle était ravissante, mais un peu trop cérébrale pour lui. Il se défiait des femmes savantes. Achille avait besoin d'une compagne de plaisir. Il avait fui la chambre conjugale dans laquelle flottait l'odeur douceâtre du sang. Depuis la fausse couche, même s'il savait que la pièce avait été durablement aérée, assainie, il lui semblait sentir cette odeur dès qu'il y pénétrait. Il lui avait bien fallu pourtant se résigner à « visiter » sa femme, dans le seul but de lui faire un enfant. Albertine ne se dérobait pas à son devoir mais demeurait raide et crispée. Aussi Achille avait-il été soulagé lorsqu'une deuxième grossesse s'était annoncée. Il fallait du repos à sa jeune femme ; il avait donc une excuse toute trouvée pour déserter le lit conjugal.

La délivrance avait été longue, éprouvante. Dès qu'Albertine avait perdu les eaux, sa belle-mère l'avait entraînée dans la cour et l'avait encouragée à marcher durant une vingtaine de

1. « Paresseux. »

minutes, jusqu'à la route menant à Gargas, et retour.

— Tu dois m'écouter, répétait Célestine. J'ai eu deux fils en bonne santé.

Albertine aurait désespérément souhaité avoir sa mère à ses côtés, Pélagie à la rigueur. Mais Célestine s'y était opposée.

— Veux-tu qu'on me croie incapable de m'occuper de toi ? Il ferait beau voir !

Albertine avait compris depuis déjà un certain temps que la mère d'Achille désirait garder la haute main sur les Terres Brûlées.

Célestine avait fait boire à sa bru une tasse de bouillon d'oignon, puis un petit verre d'*aigo ardènt*, l'eau-de-vie de pays. Émilien faisait les cent pas devant la porte. Achille, lui, lisait le journal dans le bureau. Il trouvait qu'Albertine prenait son temps. « Pourvu que ce soit un fils ! pensait-il. Sinon, père en fera une maladie. »

Des gémissements sourds provenaient de leur chambre. À cet instant, il se demanda quels sentiments il éprouvait pour Albertine. Certes, elle était son épouse, mais peu de choses les liaient. Ils n'aimaient pas les mêmes livres, elle était trop sage pour lui et il était trop joueur pour elle. Ils n'étaient même pas amis. Rien que deux étrangers condamnés par leurs pères à cohabiter. Quelle mauvaise farce !

Cependant, il se sentit soulagé à l'arrivée de Galifant. Le médecin, âgé d'une cinquantaine d'années, se déplaçait dans un boghei tiré par une jument baie.

— Eh bien, eh bien..., fit-il comme pour se donner une contenance.

Il avait confié à Émilien qu'il redoutait des complications. Albertine était menue et avait assez peu grossi malgré les exhortations de ses beaux-parents. « Mange pour deux », lui recommandait-on, alors qu'elle ne pouvait rien avaler.

Le docteur Galifant professait un certain fatalisme pour tout ce qui concernait l'enfantement. « À la grâce de Dieu... », répétait-il souvent.

Achille frissonna. Il savait, bien sûr, qu'Albertine risquait sa vie, même s'il n'avait pas envie d'y penser.

« Le mal joli », disait sa mère. L'idée des souffrances endurées par sa femme révulsait Achille. Il avait eu l'impression qu'il pourrait l'aimer, tandis que ses gémissements allaient crescendo et que sa mère et Yvette, la servante, multipliaient les allées et venues entre l'office et la chambre. Toute la maison avait frémi en entendant le long cri qui s'était répercuté d'un étage à l'autre. Achille avait serré les poings. Seigneur ! Comment pouvait-on souffrir autant ?

— Mon vieux, si c'est un garçon, je double vos honoraires ! lança Émilien à Galifant sorti réclamer de la charpie.

Achille s'était détourné, comme pour signifier qu'il n'approuvait pas son père. Il avait fallu attendre encore une bonne heure avant que Célestine n'apparaisse sur le seuil de la chambre.

— *Es uno fiho*[1] *!* avait-elle laissé tomber, et Émilien était parti à grandes enjambées.

Quand Yvette était sortie à son tour, le bébé dans les bras, les hommes de la maison avaient déserté le petit salon. L'enfant hurlait.

— Pauvre petite, tu ne les intéresses guère, murmura la servante.

« Maman, pensa Albertine, le cœur serré, maman, j'ai tant besoin de toi. » Il lui semblait qu'elle ne savait rien faire, et sa belle-mère ne se gênait pas pour conforter cette impression. Les premiers jours suivant son accouchement difficile, la jeune femme avait dû rester alitée. Elle avait perdu beaucoup de sang et le docteur Galifant avait recommandé de lui faire manger de la viande rouge. Yvette s'était chargée du bébé, et il avait fallu trouver très vite une nourrice car Albertine n'avait pratiquement pas de lait. Elle n'avait pas osé protester quand Célestine s'était acharnée sur ses mamelons, en marmonnant que même une chatte était capable de nourrir ses petits. Elle se sentait inutile. Pis, on lui faisait comprendre qu'elle avait failli à sa tâche en donnant naissance à une fille.

1. « C'est une fille ! »

— Une pisseuse ! grommelait Émilien Pélissier. Même pas capable d'avoir un gamin !

Il n'en démordait pas ; il lui fallait un héritier. Et, pour bien manifester son mécontentement, il n'était pas allé saluer sa bru.

Albertine supportait mal son isolement. D'autant que son père s'était joint aux lamentations.

— Ma pauvre enfant, ce n'est pas de chance, avait-il soupiré. Tu sais combien ton beau-père est impatient d'avoir un petit-fils !

Lui non plus ne s'était pas intéressé à la petite fille. Guère plus à sa fille, d'ailleurs. Ce n'était plus son problème.

— J'ai pourtant enterré le *nourrimen*[1] sous le plus beau figuier du jardin, soupira Célestine en constatant que le lait de la jeune mère était bel et bien tari.

La tradition voulait en effet que cette pratique assurât un lait abondant à la mère. Mais Albertine ne faisait rien comme tout le monde ! Célestine l'avait assez répété à Émilien : il ne sortirait rien de bon de ce mariage. Il devrait s'estimer heureux si l'enfant n'était pas idiote !

— Tu ne vas tout de même pas *plourounia*[2], reprit Célestine. Tu dois te remettre, vite, pour avoir enfin un fils.

Cette fois, Albertine se révolta.

1. Placenta.
2. Pleurer, geindre.

— Eh quoi ? Laissez-moi le temps de souffler, mère. De plus, j'aimerais prendre le temps de faire baptiser ma fille.

Célestine se signa en toute hâte.

— C'est vrai que cette petitoune n'a pas encore de prénom ! C'est pas chrétien, ça !

Quel prénom lui donner ? Albertine aimait celui de Virginie. Galant, Achille avait laissé son épouse choisir. Après tout, il lui devait bien ça ! Mais sa mère n'avait pas cédé quant à la date du baptême. Ils avaient déjà perdu suffisamment de temps, pas question pour eux d'attendre les relevailles de la jeune accouchée. Albertine avait donc suivi les préparatifs depuis sa chambre.

Hector serait le parrain, son amie Félicité la marraine. Albertine avait fait la connaissance de Félicité Darnaud à une fête de charité organisée par le père Abel.

La jeune femme, vive et gaie, était couturière, ce qui ne plaisait guère aux Pélissier. Chaque fois que son amie arrivait aux Terres Brûlées, Albertine avait l'impression de respirer une grande bouffée d'air piquant.

— Mon bel ange, souffla-t-elle à la vue de son enfant.

Virginie portait la longue robe blanche brodée et garnie de dentelles qui avait été celle des frères Pélissier. Sa grand-mère l'avait enveloppée dans un châle de cachemire et un petit bonnet de dentelle était posé sur son crâne duveteux.

Ce duvet avait provoqué l'ire du chef de famille. Il soutenait que l'enfant serait rousse.

— Une graine de sorcière, malheur ! avait-il gémi en portant la main à son cœur.

Achille vint saluer son épouse. Il portait beau dans son costume sombre.

— Ma chère, nous revenons au plus vite. Reposez-vous bien.

Un baiser léger sur son front. Elle aurait pu croire l'avoir rêvé, si les effluves de son parfum n'avaient flotté dans la pièce bien après son départ.

Elle se signa en entendant sonner les cloches de l'église.

Virginie… c'était un beau prénom. Achille n'avait pas émis d'objection.

Albertine se demandait si ce n'était pas par indifférence. Elle ne se faisait plus d'illusions depuis longtemps.

10

Le silence. C'était certainement ce qui avait le plus marqué Élisa durant ses cinq longues années de captivité. Le silence et la violence, sourde mais bien réelle, de ses codétenues. Elle avait serré les dents. Chaque soir, elle se racontait les histoires que Charles lui lisait quand ils se retrouvaient dans sa chambre sous les toits. Charles travaillait sur le port, Élisa servait comme apprentie cuisinière chez des bourgeois bordelais après avoir connu une enfance chaotique, entre un père alcoolique et une mère phtisique.

— Toutes les misères de la terre, résumait sa tante Andrée, qui l'avait en partie élevée.

Élisa posa son regard sur le plafond à l'italienne des appartements de la duchesse d'Épernon.

Malade, elle avait été amenée à l'infirmerie, la seule pièce chauffée du château. Malgré la fièvre et la toux, elle avait l'impression d'avoir changé de monde et de se trouver au paradis.

Ici, elle aurait moins à souffrir de la promiscuité, quarante-trois lits seulement, le bonheur… Le plafond était orné de paniers de fleurs et de fruits peints sur fond blanc. La cheminée, de taille impressionnante, tout comme la grande tapisserie la fascinaient. Elle n'avait jamais rien vu de tel.

Le jour de son arrivée, Cadillac était en effervescence ; une détenue s'était jetée dans le puits de la cour.

Par la suite, au cours de ses cinq années d'emprisonnement, la jeune femme aurait connaissance de nombreux suicides, certainement provoqués par la rigueur du régime pénitentiaire de Cadillac. Marcher en silence, travailler en silence, manger en silence… ce silence terrible formait comme un gouffre qui vous aspirait.

— Je deviens folle là-dedans, gémissait Perrine, une gamine de dix-sept ans, en désignant sa tête.

Elle aussi s'était jetée dans le puits et, ce jour-là, les prisonnières avaient fait claquer leurs sabots sur les carrelages usés de Cadillac. En pure perte… Leurs geôlières prêtaient-elles seulement attention à ces mortes-vivantes ? Élisa avait longtemps espéré que Charles reviendrait de la guerre, qu'elle pourrait prouver son innocence. Elle savait sa patronne, Mme Blinet, particulièrement puritaine, mais jamais elle n'aurait imaginé qu'elle porterait une telle accusation contre elle. Comme si elle avait pu tuer l'enfant de Charles !

Ses yeux s'emplirent de larmes. Ici, elle avait le droit de pleurer, l'ignoble Séverine ne la poursuivrait pas de ses railleries. Elle se revoyait hurlant au juge que son bébé était mort dans son berceau, qu'elle l'avait découvert ainsi, au petit matin, mais Berthe Blinet affirmait que cela l'arrangeait bien, son amant n'étant pas revenu de la guerre de septante. Pauvre, sans famille, ayant vécu en concubinage, fille-mère, Élisa ne pouvait qu'être coupable. On l'avait condamnée à cinq ans de travaux forcés dans le château-prison de Cadillac pour infanticide. Et elle n'avait jamais revu Charles.

Elle joignit les mains. Elle devait sortir à la fin du mois, l'aumônier le lui avait assuré. Il l'avait soutenue durant sa détention, même si les plus anciennes prétendaient qu'il n'arrivait pas à la cheville du père Lataste. Un saint homme, en vérité, ce père !

Jeune dominicain membre de la congrégation de Saint-Vincent-de-Paul, le père Lataste était venu à Cadillac prêcher une retraite de quatre jours. Il avait su toucher la plupart des prisonnières en évoquant sa propre expérience, puis en leur parlant de Marie-Madeleine la pécheresse. Il avait aussi été le premier à considérer ces femmes comme ses égales et non comme des filles perdues. Par la suite, le père Lataste avait créé la communauté de Marie de Bethanie, dans laquelle d'anciennes détenues étaient devenues religieuses. L'histoire avait paru presque trop belle à Élisa, mais force lui était de reconnaître que l'aumônier lui ayant succédé faisait lui aussi preuve de compassion à l'égard des prisonnières.

Ainsi, le père Renouard l'avait écoutée. Il croyait en son innocence. Il lui avait même conseillé de partir s'installer dans une autre région afin d'entamer une nouvelle vie. Élisa se demandait si elle en serait capable. Confrontée à des voleuses et à des criminelles aguerries, elle avait dû endurer brimades et humiliations multiples. Séverine, une fille des barrières qui revendiquait haut et fort l'empoisonnement de son vieux mari, était la plus acharnée. Chaque nuit, dans la salle glaciale où deux cents lits se serraient les uns contre les autres, où un seul seau dans la cheminée était destiné aux besoins nocturnes des prisonnières, Élisa redoutait une agression de sa part. Aussi appréciait-elle le confort de l'infirmerie. Sous les effets conjugués du froid et de l'humidité, les détenues de Cadillac se recroquevillaient, se fanaient sous le mouchoir étroitement serré autour de leur tête qui dissimulait leurs cheveux coupés très court. Dans la pièce bien chaude, Élisa avait l'impression de reprendre des forces malgré la mauvaise toux qui lui déchirait la poitrine. Elle ne voulait pas mourir !

La vie, la société ne lui devaient-elles pas une revanche ?

« Curieux destin que celui du château de Cadillac », se dit le père Renouard, admirant, comme à chaque fois qu'il s'y rendait, l'élégance du corps principal de l'édifice. Lorsqu'on avait décidé de transformer la résidence du duc d'Épernon en maison de force, on y avait ajouté deux ailes et une conciergerie afin de fermer la cour d'honneur, utilisée pour la promenade des prisonnières. Son cœur se serrait chaque fois qu'il apercevait les femmes vêtues d'habits en toile grossière, chaussées de sabots, au regard vide, aux lèvres fermées sur un cri de désespoir muet.

Sa foi lui soufflait que même les plus coupables pouvaient se racheter, mais il devait batailler avec les religieuses et l'administration pénitentiaire. Il avait effectué des recherches sur l'histoire du château et découvert qu'Henri IV avait incité ce cadet de Gascogne altier, devenu un peu trop puissant à son goût, à bâtir Cadillac afin de l'éloigner de Paris.

Désormais, on y enfermait de pauvres filles dans le but de s'en débarrasser. Certes, les religieuses se dévouaient à leur tâche mais elles manquaient parfois singulièrement de compassion et de charité chrétienne.

L'aumônier effectua un détour afin de ne pas passer devant le puits. Chaque suicide constituait pour lui un terrible échec. Il sauverait la petite Élisa. Il était persuadé de son innocence. Lorsqu'il le lui avait dit, la lueur d'espoir éclairant le regard de la jeune femme l'avait ému. Cette lueur était pour lui le sel de la vie, le sens même de son apostolat.

11

1880

Le ciel, très bleu, accentuait par contraste la couleur chaude des falaises d'ocre, creusées à la pelle et à la pioche dans le champ de l'Étoile. Les cheminées des fées, créées par l'érosion, conféraient un aspect fantasmagorique au site.

Félicité se retourna vers son amie.

— Viens donc ! lui enjoignit-elle.

Albertine soupira en regardant ses bottines.

— Nous allons salir nos chaussures. Seigneur, serais-tu aussi passionnée que mon beau-père ?

Chez les Pélissier comme chez les Darnaud, tout tournait autour des ocres.

Félicité sourit.

— Chez nous, du côté de Rustrel, nous exploitons l'ocre à ciel ouvert. C'est…

— Moins rentable, paraît-il, la coupa Albertine.

— Certes, mais plus accessible aux petits agriculteurs manquant de capitaux. De toute manière, nous ne cherchons pas à rivaliser avec les Pélissier.

Le ton dont elle usait laissait penser tout le contraire. Lorsqu'elle était revenue au pays après avoir travaillé comme couturière à Paris, Félicité avait tout naturellement fait sien le combat de son frère Amédée. À trente-deux ans, elle n'avait rien de la vieille fille telle qu'on se la représentait. Beauté brune aux yeux verts, silhouette mince et nerveuse, sourire contagieux, Félicité Darnaud rêvait d'ouvrir boutique à Apt. Pour le moment, elle aidait sa belle-sœur Mireille à faire face à leur nouvelle situation.

Amédée se consacrait à l'exploitation et ne passait plus qu'en coup de vent à la Brémonne. Malgré ses efforts, Mireille se sentait dépassée. Elle avait donné naissance à deux enfants à moins d'un an d'intervalle. Des garçons, Joseph et Jean-Clément, à la grande satisfaction de leur père.

Tous deux étaient particulièrement vivants, et désobéissants. Ils n'écoutaient guère leur mère. Avec Félicité, ils filaient droit.

— Regarde ! s'écria la jeune femme, désignant de la main la roche entamée par des dizaines et des dizaines de coups de pioche.

Le cadre différait en tout point des mines Pélissier, même si la couleur des falaises était la même. À Rustrel, on attaquait la carrière en plein air suivant une tradition millénaire. Les ouvriers habitaient des cabanes en bois le temps de la saison.

Bébert, le contremaître, occupait, lui, une maison en pierre devant laquelle Amédée avait planté un chêne.

— Chez vous, à Gargas, le sable est beaucoup plus riche en ocre qu'à Rustrel, déclara Félicité. De l'ordre du double, vingt pour cent au lieu de dix.

Albertine soupira.

— Pourquoi cette fièvre de l'ocre ? Achille est le premier à s'interroger.

— Mon petit, Achille n'est pas le meilleur juge ! Il ne rêve que de Paris et se moque bien des carrières de son père. Cependant, ce sont les ocres, et ta dot, qui financent l'usine.

L'usine… On qualifiait ainsi ce qui n'était qu'un projet mais promettait de bouleverser la vie de la région.

Albertine fronça les sourcils.

— Il y aura encore un peu plus d'ocre autour de nous ! À croire qu'il s'agit de quelque malédiction antique… Toute leur vie, ils erreront dans la poussière…

— Tu devrais faire du théâtre, Albertine, fit remarquer Félicité. Ou bien écrire. Tu as tant de talents.

— Sauf celui de donner un fils à la famille Pélissier ! la coupa son amie, le cœur lourd. On me le reproche assez.

Au cours des dernières années, après la naissance de Virginie en 1876, Albertine avait fait deux nouvelles fausses couches. Désespérée, humiliée par les remarques de plus en plus cruelles de son beau-père, elle avait effectué plusieurs pèlerinages, en vain.

De toute évidence, Achille s'en souciait peu. Il menait sa vie comme il l'entendait, rentrant tard le soir aux Terres Brûlées ou, le plus souvent, découchant. Blottie dans le grand lit, Albertine lisait en guettant l'écho de ses pas dans l'escalier. Elle n'était pas heureuse mais ne voyait pas comment sa situation pourrait s'améliorer.

Célestine ne l'avait jamais vraiment fait participer à la tenue de la maison, lui réservant les tâches les moins intéressantes. Émilien faisait peser sur elle la responsabilité de ses fausses couches. On lui reprochait d'être trop menue, trop fragile. « Sa mère, déjà… », avait glissé un jour Célestine et Albertine s'était mise à frissonner. Que savaient donc les Pélissier à propos d'Edmée ?

Heureusement, l'amitié la liant à Félicité était pour elle comme une embellie. Lorsqu'elle se souvenait des rêves caressés avant son mariage, elle était prise de vertiges. Comment aurait-elle pu imaginer le genre de vie qu'elle mènerait dans sa nouvelle famille ? Elle restait une étrangère aux Terres Brûlées et n'avait plus sa place à Fontrouge. Maître Sautel se consacrait à son travail, sans chercher à savoir si sa fille était heureuse.

— Mon père a transmis le fardeau que je représente aux Pélissier, avait-elle confié un jour à Félicité. Désormais, il s'en lave les mains.

Son amie savait que c'était la vérité. Elle, si attachée à sa liberté, avait le cœur serré pour Albertine. Aussi l'emmenait-elle de temps à autre en promenade. Virginie aurait dû les accompagner mais, souffrant d'un coup de froid, la petite fille était restée à la bastide sous la garde d'Yvette, en qui Albertine avait toute confiance. Elle avait voulu reporter leur sortie, mais Félicité s'était insurgée. « Pour une fois que j'ai la jardinière à disposition ! » Elle entraîna son amie vers le fond de la carrière.

— Tu vois, lui dit-elle, quand il y a beaucoup de racines d'arbres, tu peux être certaine que le sol ne contient pratiquement pas d'ocre. Mon frère veut planter de nombreux chênes, les charbonniers épuisent la forêt. Les confiseurs d'Apt ont toujours besoin de plus de charbon.

— Tout cela me dépasse, avoua Albertine. J'aimerais…

Elle s'interrompit, incapable d'achever sa phrase. Elle aurait désiré quitter le pays ou, tout au moins, la région, découvrir le bord de mer, ainsi que les Alpes. Surtout, elle aurait souhaité avoir encore sa jument auprès d'elle. Après sa première fausse couche, Émilien avait vendu Iseut, arguant que l'équitation constituait une activité beaucoup trop dangereuse pour une jeune mariée. Albertine était alors trop abattue pour s'y opposer. Par la suite, elle l'avait amèrement regretté et ne l'avait pas pardonné, ni à son beau-père ni à son époux.

Félicité lui prit le bras d'un geste amical.

— Tu as ta fille, ma belle. Virginie vaut bien tous les sacrifices, non ?

Sacrifices… Comment son amie avait-elle deviné ? Albertine se troubla.

— Tu as bien de la chance d'être une femme libre, souffla-t-elle.

— Libre ?

Félicité esquissa un sourire ironique.

— Oui, bien sûr, je n'ai pas de mari à qui rendre des comptes, mais j'ai un frère et, crois-moi, il s'y entend pour se mêler de mes affaires ! Mais toi, ma belle, tu ne dois pas te laisser enfermer par ta belle-mère. Accompagne ton époux dans ses sorties. On m'a dit qu'il fréquentait les félibres…

— Ces messieurs préfèrent se réunir entre eux.

Le ton d'Albertine était lourd d'amertume. La jeune femme secoua la tête.

— Je ne suis pas l'amie d'Achille, reprit-elle. Nous sommes deux étrangers l'un pour l'autre et j'en souffre, profondément. Mais je n'avais pas le choix.

Sa résignation, sa soumission à un destin scellé par son père révoltaient Félicité. Elle sourit à son amie.

— Si tu as un fils, Émilien Pélissier ne te refusera pas un nouveau cheval. Réfléchis-y.

— Je me ferais honte si je me livrais à ce genre de marchandage ! se récria Albertine, choquée.

L'amitié avait ses limites. Elle s'imaginait mal confier à Félicité ses soucis féminins. Bien sûr, il aurait fallu s'en ouvrir auprès du docteur Galifant, mais elle ne s'en sentait pas le courage. Au fond d'elle-même, ne s'était-elle pas déjà résignée à l'idée d'être devenue stérile ?

12

— Mademoiselle Albertine... Il fallait me prévenir.

Pélagie, visiblement contrariée, ouvrit la porte de la demeure Sautel comme à regret. Elle ressemblait de plus en plus à une souris effrayée. Tout, chez la gouvernante, était gris, à commencer par ses cheveux, tirés en un chignon sévère, jusqu'aux vêtements en satinette.

Donnant la main à Virginie, la fille du notaire pénétra dans le vestibule. Elle reconnut avec un petit pincement au cœur la grande armoire en noyer et la radassière, une banquette de bois foncée de paille.

Elle se rappelait que, l'été, sa mère y posait souvent leurs chapeaux.

Virginie, qui se rendait rarement à Fontrouge, tout comme Albertine, ouvrait de grands yeux. Pélagie lui proposa de l'accompagner à l'office. Elle venait de confectionner des croquets aux amandes.

La petite acquiesça d'un sourire.

— Mon père est à l'étude ? s'enquit Albertine.

L'hésitation, la gêne même, de Pélagie étaient palpables. Vite, elle reprit :

— Maître Sautel s'est rendu en Avignon. Il avait à y faire.

— Dommage. J'aurais aimé déjeuner avec lui. Il connaît si peu Virginie.

Albertine avait d'ailleurs l'impression que le notaire ne se sentait guère impliqué dans son rôle de grand-père. Depuis son mariage, elle le voyait de loin en loin et n'avait pas le sentiment de lui manquer. C'était un triste constat qui renforçait son isolement.

Elle secoua la tête.

— Allons ! nous nous verrons une autre fois.

— Vous restez déjeuner, bien sûr, suggéra Pélagie.

Albertine fronça les sourcils.

— Oui, je ne veux pas décevoir ma fille. Dis-moi, j'étais venue chercher une poupée de cire dont je me souvenais. Tu n'as pas touché à mes jouets ?

De nouveau, la gouvernante parut mal à l'aise.

— Euh… non, je ne crois pas, balbutia-t-elle. Mais le ménage n'est pas terminé à l'étage, ajouta-t-elle précipitamment, et…

Albertine balaya cette objection d'un revers de la main.

— Voyons, Pélagie, ce n'est pas un peu de poussière qui va me gêner !

— Mademoiselle Albertine, je ne sais pas si..., reprit la gouvernante, de plus en plus embarrassée.

Cela suffit pour aiguiser la curiosité de la fille du notaire.

— J'aimerais aussi récupérer ma dînette. Tu sais, celle qui me venait de maman.

Elle était déjà dans l'escalier, Virginie sur ses talons.

Le visage de Pélagie se crispa. « Après tout... », se dit-elle. Elle avait répété durant des années à maître Sautel qu'Albertine était capable d'entendre la vérité. Il avait toujours refusé de l'écouter. « Ma fille doit être protégée », affirmait-il. De l'hérédité maternelle ou de ses propres tabous ? se demandait Pélagie.

Le cœur battant, Albertine ouvrit la porte de sa chambre d'enfant. Les volets étaient à demi fermés afin de préserver la pièce de la chaleur. Elle ouvrit la fenêtre, repoussa les persiennes.

— Regarde, dit-elle à sa fille, c'est là que je dormais quand j'avais ton âge.

Tout était impeccablement rangé. Le lit étroit à litoche, recouvert d'un boutis bleu et blanc, l'armoire en bois peint, la commode en noyer, le fauteuil paillé sur lequel étaient posées deux poupées au regard étonné, vêtues de velours passé.

— Oh ! fit Virginie, émerveillée, recevant dans ses bras tendus Vénétia, qui avait été la plus aimée.

La veille, Albertine s'était querellée avec ses beaux-parents qui refusaient d'acheter des jouets coûteux à sa fille.

— Vous n'avez qu'à lui confectionner un poupon de chiffon ! avait lancé Célestine, la fielleuse.

Elle savait sa bru incapable de coudre fût-ce un bouton. Albertine avait vu rouge. N'avait-elle pas apporté aux Pélissier une dot plus que conséquente ? Elle avait d'ailleurs compris depuis longtemps que cette dot avait décidé Achille à l'épouser. Un marché... Si elle l'avait aimé, elle aurait été désespérée.

Dieu merci, Achille lui était devenu presque indifférent. Tous deux menaient des vies parallèles. La plupart du temps, ils se contentaient d'échanger quelques mots polis. Il ne s'intéressait pas vraiment à leur fille, ce qui peinait Albertine. Heureusement, Virginie avait de la personnalité à revendre !

— Regarde, maman...

La petite fille caressa d'un air extasié les boucles blondes de Vénétia.

— Tes cheveux sont au moins aussi jolis, lui assura sa mère.

Virginie était rousse. Un roux flamboyant et chaud, contrastant avec ses yeux bleu turquoise.

Sa couleur de cheveux lui avait déjà valu des remarques aigres-douces et des quolibets. Célestine la première avait marmonné à plusieurs reprises que les cheveux roux, comme les taches de rousseur, étaient la marque de relations avec le diable. La dernière fois, sa bru lui avait enjoint de se taire d'un ton si résolu que Célestine se l'était tenu pour dit.

Albertine pensa avec une pointe de regret aux rêves qu'elle avait caressés dans cette chambre ouvrant sur le campanile de l'église.

À vingt-cinq ans, elle ne croyait plus vraiment en l'amour et n'attendait plus grand-chose de la vie. Seule Virginie comptait pour elle.

— Maman, viens voir...

Virginie s'était éclipsée sur la pointe des pieds et se tenait sur le seuil de la chambre du notaire.

— N'entre pas ! ordonna-t-elle à sa fille d'une voix pressante.

Virginie secoua la tête en riant et fit tourner le bouton de porte. Albertine s'élança pour la rattraper et resta figée à l'entrée de la pièce.

— Oh ! fit-elle, médusée.

Les volets, mi-clos, laissaient filtrer quelques rayons de soleil. Un mannequin d'osier portait une robe en velours vert, en vogue une quinzaine d'années auparavant. Sur la commode marseillaise de style Louis XV, des photographies, un portrait représentaient la même jeune femme à la beauté presque inquiétante. Sa mère, Edmée.

Albertine ne se rappelait pas qu'elle avait les cheveux roux elle aussi. À moins que ceux de sa mère n'aient pâli avec les années ? Sur la toile, ils étaient presque rouges. Virginie la désigna d'un doigt.

— Comme moi, fit-elle.

Elle ne reconnaissait pas vraiment la chambre de ses parents. Deux châles étaient négligemment posés sur l'une des deux bergères face à la fenêtre. Une robe d'été bouillonnait sur le lit à côté d'un costume appartenant à son père. Un parfum légèrement éventé flottait dans la pièce, entretenant l'illusion qu'Edmée allait y pénétrer d'un instant à l'autre.

Mal à l'aise, Albertine se demanda pour quelle raison le notaire avait ainsi conservé les vêtements de son épouse. Qu'espérait-il donc ? Entretenir l'illusion de sa présence ? Était-ce pour cette raison que Pélagie avait tenté de la dissuader de monter à l'étage ? Albertine ne savait que penser.

Et puis elle découvrit cet autre cliché, sur la table de nuit, et elle eut peur de devenir folle. La photographie avait été prise dans un parc. Son père donnait le bras à une femme aux cheveux grisonnants, portant une robe claire. Sa mère, avec quelques années de plus que dans son souvenir. Mais ce qui choqua Albertine, ce fut de voir maître Sautel avec son crâne dégarni et sa bedaine. Ces changements dans son apparence physique étaient intervenus moins de deux ans auparavant. Fallait-il donc penser qu'Edmée était toujours en vie ?

Le cœur au bord des lèvres, Albertine se détourna de la table de nuit et courut vers le palier.

— Pélagie ! cria-t-elle.

En bas, la gouvernante se signa.

Elle pressentait qu'elle allait devoir s'expliquer quant à une décision ne dépendant pas d'elle.

13

La jeune femme remontait la rue des Marchands. Elle aimait Apt. Ou, plutôt, elle s'y sentait bien. En sécurité. Les premiers temps, après un voyage éprouvant, alors qu'elle était à peine remise de sa pleurésie, Élisa avait été tentée de rebrousser chemin. Comparée à Bordeaux, en effet, Apt lui apparaissait comme un village et elle comprenait mal l'accent de ses habitants. Heureusement, un ami du père Renouard, le père Blondeau, l'avait prise sous sa protection.

Il lui avait expliqué qu'il ne pouvait l'engager comme servante. À vingt-cinq ans, Élisa était loin d'avoir l'âge canonique[1] requis. En revanche, le prêtre l'avait recommandée à un fabricant de fruits confits, M. Louis, qui avait repris et développé l'entreprise familiale.

1. Âge minimum (quarante ans) requis par le droit canon pour qu'une femme puisse entrer au service d'un prêtre.

Chaque matin, Élisa se rendait vers l'ancien cloître du couvent de la Visitation où était installée l'usine.

Suivant la saison, elle dénoyautait les fruits ou bien confectionnait des boîtes de carton. Un travail monotone et répétitif, qui lui plaisait cependant. Au moins, elle se sentait libre. Elle envoyait de ses nouvelles au père Renouard par l'intermédiaire du père Blondeau car elle se défiait de son orthographe.

Élisa logeait en ville chez une vieille demoiselle, Eugénie Laplace, qui avait bien voulu rendre service à l'abbé. Chaque dimanche, Élisa se rendait à la messe de sept heures afin de pouvoir ensuite profiter de sa journée de repos. Elle ne savait pas si elle avait encore la foi, mais s'acquittait de ce qu'elle considérait comme un devoir à l'égard des deux prêtres. Elle allait se promener du côté du plateau des Claparèdes, ou encore vers le pont Julien ou Gargas.

Elle qui venait d'un pays obstinément plat prenait plaisir à parcourir la montagnette. Les parfums – lavande, thym et romarin mêlés – la grisaient. Il lui semblait qu'elle reprenait chaque jour des forces et retrouvait le goût de vivre. Certes, pas question pour elle d'oublier Charles ni leur bébé, mais elle estimait que la vie lui devait une revanche après ces cinq années d'enfer passées à Cadillac.

Finalement, Apt lui plaisait. Elle appréciait surtout son anonymat dans la cité marchande. Mlle Laplace ignorait tout de son passé, Dieu merci, sinon elle la chasserait de sa maison séance tenante.

Élisa esquissa un sourire teinté d'amertume. Il lui semblait qu'elle avait laissé sa jeunesse et sa candeur loin, dans le château transformé en maison de force. Elle était désormais bien décidée à profiter de chaque jour. Et surtout des dimanches.

La ville était en travaux. On élargissait le Postel, on avait édifié une halle aux grains tout près de la cathédrale. Le chemin de fer allait participer au développement d'Apt. Pour le moment, charrettes, tombereaux et autres attelages constituaient les principaux moyens de transport.

— Place ! beugla un charretier.

— Attention !

Élisa se sentit entraînée en arrière par une poigne solide. Elle eut juste le temps de se blottir dans l'encoignure d'une porte cochère. Un attelage, passant à toute allure, la frôla.

Blême, elle se tourna vers la personne qui l'avait sauvée.

— Merci, déclara-t-elle. Je… je ne sais pas quoi vous dire.

— Eh bien, ne dites rien !

La personne en question était un grand gaillard aux cheveux sombres et aux yeux verts.

Il portait un tablier de cuir marron et elle se demanda quel était son métier.

Il lui sourit.

— À l'avenir, soyez plus prudente, mademoiselle…

— J'essaierai, répondit-elle, feignant de ne pas avoir compris qu'il cherchait à connaître son nom.

Embarrassée, elle lui jeta un coup d'œil incertain. Il paraissait être un homme honnête, mais elle était devenue trop méfiante pour accorder sa confiance à un inconnu. Elle poursuivit donc son chemin en se disant que c'était dommage. Il était temps de rentrer dans son logement, chez Mlle Laplace. Le lendemain, elle embauchait à six heures trente.

« Une jeune personne séduisante », se dit Lorenzo en suivant du regard la silhouette sombre qui s'éloignait à pas pressés. Elle portait une cape sombre, l'*envelopo*, en mérinos violet, sur une robe en cadis[1] mauve à imprimé ramoneur. Des vêtements passe-partout, signant l'appartenance aussi bien à la domesticité qu'à la paysannerie. Pourtant, il était persuadé qu'elle était habituée à vivre en ville. Cela tenait peut-être à sa façon de marcher. En tout cas, elle l'intéressait.

1. Étoffe de laine, proche de la serge.

Il pénétra dans l'échoppe. Il travaillait aussi le dimanche afin de pouvoir satisfaire ses clients. Il s'était engagé à réaliser une commode et une armoire sous deux semaines pour la fille de Mme Rauby et se demandait comment il pourrait honorer sa promesse. Depuis son installation, un an auparavant, le bruit s'était vite répandu dans Apt que le nouveau menuisier avait du talent. Il avait longuement hésité, pourtant, à franchir le pas ; son maître d'apprentissage lui avait répété qu'il allait au-devant des ennuis.

— Tu es trop jeune, petit, les clients ne te feront pas confiance. Reste encore à mon service quelques années.

Son caractère indépendant l'avait guidé dans sa prise de décision. Cela faisait près de douze ans que Lorenzo apprenait son métier. Il avait hâte, à présent, de devenir son propre patron. Les premiers temps, il avait survécu grâce aux quelques commandes de Vadon, son ancien maître d'apprentissage, et réalisé une panetière pour une cliente pressée.

Cette première cliente avait fait jouer le bouche-à-oreille et lui avait envoyé plusieurs pratiques. Très vite, l'atelier situé à l'entrée du Portalet avait connu une affluence croissante et Lorenzo avait pu s'acheter de nouveaux outils. Il aimait tout ce qui touchait au bois, éprouvant une satisfaction presque charnelle à caresser du plat de la main les différentes essences.

Il se plaisait à Apt. L'échoppe qu'il louait donnait sur le Calavon. Lorenzo occupait une soupente au-dessus. Elle manquait de confort, on y cuisait l'été et on y gelait l'hiver, mais cela n'avait pas vraiment d'importance. De toute manière, son logement était toujours plus accueillant que la cabane dans les bois de Lagarde-d'Apt.

Une ombre passa sur son visage. Il retournait rarement là-haut, seulement pour se recueillir au pied du grand chêne. Il avait eu beau interroger les rouliers et les charbonniers, personne ne savait ce que Giuseppe Lupo était devenu. Chaque fois qu'il prononçait son nom, Lorenzo éprouvait une bouffée de haine. Il n'avait rien oublié des insultes et des coups reçus. Il se rappelait la peur dans les yeux de sa mère dès que sa brute de mari poussait la porte de la cabane. Durant toute son enfance, lui-même avait vécu dans la crainte. À croire que Giuseppe lui reprochait jusqu'à sa naissance.

Il crispa les poings. Si Lupo était encore en vie, il finirait bien par croiser à nouveau le chemin de Lorenzo. Ce jour-là, il le tuerait.

14

« Ne pas pleurer », se répéta Albertine.

Devant la gêne manifeste de Pélagie, elle avait eu une explication houleuse avec son père. Virginie cueillait des fleurs dans le jardin. Le notaire et sa fille discutaient sous la treille.

— Parlez-moi de ma mère, avait attaqué Albertine.

Elle avait ajouté d'un ton résolu :

— J'exige la vérité.

Bien sûr, maître Sautel avait rétorqué qu'il n'avait pas de comptes à lui rendre. Il était chez lui et Albertine n'était qu'une effrontée. Elle était restée calme, lui exposant point par point ses découvertes, jusqu'à cette photographie de toute évidence récente.

Il y avait eu un silence. Albertine, effrayée, avait vu le visage de son père se décomposer. Il avait tiré sur son faux-col, comme s'il était victime d'un malaise. Brusquement, le notaire avait perdu pied. Il s'était effondré et, d'une voix lasse, avait raconté. Son amour éperdu, la naissance de leur fille, l'altération du caractère d'Edmée. Extrêmement jalouse, en proie à des crises nerveuses, sa jeune femme effrayait les domestiques par son comportement. Seule Pélagie était restée dans la demeure du notaire. Les servantes ne tenaient pas longtemps dans cette atmosphère lourde de suspicion. Et puis il y avait eu ce jour d'orage.

La voix de maître Sautel s'était brisée. Edmée avait bousculé pour une broutille une cliente plutôt jolie sortant de l'étude. Elle s'était ruée sur la jeune femme, un coupe-papier à la main. La cliente du notaire avait été blessée au visage et aux mains, le scandale avait été terrible. Le médecin avait parlé de délire, de grave atteinte des nerfs. Edmée avait échappé à la prison à condition d'être internée.

De nouveau, Albertine avait remarqué à quel point son père était bouleversé.

— J'ai préféré te dire que ta mère était morte, lui avait-il alors expliqué. C'était déjà assez difficile à vivre…

Elle avait, naturellement, établi le lien avec la suspicion dont elle avait été victime, durant son enfance et son adolescence. Compris aussi pourquoi son père l'avait placée en pension à Cavaillon. Il convenait de l'éloigner de Fontrouge, de la préserver du scandale. Elle avait fait front.

— Je veux voir ma mère.

Le notaire avait laissé échapper un sanglot.

— Ma pauvre petite, c'est impossible désormais. Edmée a sombré dans une nuit totale, elle ne me reconnaît même plus.

Albertine avait eu beau insister, Sautel n'avait pas cédé. Il s'était borné à répéter des phrases lénifiantes. Tout n'était-il pas mieux ainsi ? On finirait par oublier.

« Mais moi, Albertine ? » avait-elle eu envie de crier. On faisait peu de cas de sa souffrance, de ses interrogations. Pouvait-elle avoir hérité de la maladie d'Edmée ? Sa mère l'avait-elle longtemps réclamée ? Elle-même ne l'avait jamais oubliée.

Accablée, la jeune femme avait regagné les Terres Brûlées en compagnie de sa fille. Virginie cherchait à capter son attention, à lui arracher un sourire ; Albertine en avait été touchée.

À la bastide, Célestine houspillait les deux servantes. La vie reprenait son cours. Albertine avait fait face, en s'efforçant de ne pas laisser voir son trouble.

Après le dîner, pris en silence, sous le regard indifférent d'un ancêtre perruqué dont Émilien s'était procuré le portrait dans une vente aux enchères, elle avait couché Virginie puis était sortie. Achille était resté à Avignon pour une réunion de félibres. D'une certaine manière, son absence arrangeait Albertine. Elle n'aurait pas supporté devoir soutenir une conversation ce soir-là. La température était encore élevée. Le temps rêvé pour marcher au bras de l'homme aimé en devisant gaiement. Mais Albertine n'éprouvait pas d'amour pour Achille. Leur mariage avait été arrangé par leurs pères, eux-mêmes y avaient perdu leur âme. De nouveau, elle pensa à Edmée. Elle revoyait la photographie de ses parents. Malgré les années écoulées, malgré la maladie d'Edmée, ils étaient deux.

— Pourtant…, murmura-t-elle.

Jamais encore elle ne s'était sentie aussi seule. La folie de sa mère – elle refusait d'avoir peur des mots, aussi terribles fussent-ils – l'inquiétait moins qu'elle ne la frustrait. D'une certaine manière, pensait-elle, son père lui avait volé sa mère. Elle avait perçu dans la chambre interdite l'intensité de l'amour qui les liait. Un amour qu'elle-même ne connaîtrait jamais.

Cette idée la glaçait. Elle se rappelait ses rêves de jeune fille. Était-il vraiment trop tard ? Elle n'avait jamais rencontré l'homme séduisant qu'elle attendait, n'avait pas cherché à se libérer de l'emprise des Pélissier. Elle s'était résignée à un destin qu'elle n'avait pas choisi.

Elle marcha encore un bon moment, alors que le soleil embrasait le ciel, au-dessus de la cime des arbres. Lorsqu'elle regagna la bastide, à la nuit, elle avait arrêté sa décision.

Il fallait monter, bien au-dessus de Rustrel, vers les collines couvertes de chênes et de pins, puis les hêtraies du mont Saint-Pierre.

C'était un autre monde, se dit Élisa en se retournant vers Rustrel pour mesurer le chemin parcouru. Chacune de ses randonnées lui offrait un moment de bonheur intense. Ce jour-là, le bonheur était décuplé. Elle marchait en compagnie de Lorenzo. Leurs chemins s'étaient croisés à deux reprises dans Apt. Il l'avait reconnue, l'avait saluée. Elle lui avait répondu d'un bref signe de tête. La seconde fois, alors qu'une pluie aussi brutale qu'intense s'était abattue sur la cité, il lui avait proposé de venir s'abriter sous l'auvent de son échoppe. Élisa avait économisé plusieurs mois pour s'acheter un châle en cachemire et, craignant de l'abîmer, elle avait accepté l'offre du menuisier. Tous deux avaient échangé quelques mots tandis que la pluie ruisselait sur les toits et qu'un petit torrent dévalait la ruelle caladée.

Elle avait éprouvé une sensation bizarre, alors que l'humidité les cernait. Depuis Cadillac, elle supportait mal de se trouver dans un espace restreint, confiné.

Il lui avait souri.

— Je m'appelle Lorenzo. Lorenzo Lupo.

Élisa avait décliné elle aussi ses nom et prénom, en se demandant si elle ne commettait pas une erreur. Cela faisait plusieurs années qu'elle vivait à Apt en tentant de se fondre dans la masse des ouvrières. Il lui semblait retrouver son identité et elle en était fière.

— Vous n'êtes pas d'ici, avait-il repris.

Elle avait eu peur, soudain, comme s'il avait pu tout deviner de son passé. N'était-ce pas stupide ? Elle était redevenue une femme libre, comme le père Renouard le lui rappelait dans ses lettres. Les premiers temps, son soutien indéfectible l'avait aidée à rester debout. À présent, elle reprenait confiance en elle.

Le menuisier lui avait à nouveau souri.

— Il ne faut pas avoir peur de moi.

Il était de haute taille et avait du charme. Un visage aux traits réguliers, des yeux verts, une bouche aux lèvres bien ourlées… Élisa avait noté ces détails sans même en prendre conscience, pour s'en souvenir ensuite, de retour dans sa chambre. À vrai dire, c'était la première fois qu'elle prêtait attention à un homme depuis le départ de Charles, dix ans auparavant.

Ils s'étaient revus, à la sortie de la messe du dimanche. Élisa aimait à se rendre dans l'ancienne cathédrale, dont elle admirait tout particulièrement l'autel en marbre décoré de petits angelots. Malgré les nombreux fidèles, elle avait tout de suite reconnu la haute silhouette du menuisier. Il se tenait un peu à l'écart. Touchant de deux doigts sa casquette, il l'avait saluée.

— Mademoiselle Élisa…

Elle avait eu envie de rire.

— Appelez-moi Élisa, tout simplement.

Et il avait joint son rire au sien. C'était ainsi que tout avait commencé.

Elle s'arrêta quelques instants pour reprendre son souffle. Lorenzo se retourna.

— Tu traînes, paresseuse !

Il l'enveloppa d'un regard tendre qui bouleversa la jeune femme. Chaque jour, elle se demandait combien de temps ce qu'elle qualifiait de « miracle » durerait. Elle ne parvenait plus à croire au bonheur et se le reprochait. Paradoxalement, elle pressentait que Lorenzo lui ressemblait sur ce point. Il s'isolait parfois et Élisa avait alors l'impression d'être invisible. Lorsqu'il reprenait pied dans la réalité, il la regardait d'un air étonné avant de lui sourire.

Ce jour-là, il lui avait proposé de l'emmener dans les bois de Lagarde-d'Apt.

La forêt se faisait moins dense. Des zones clairsemées révélaient l'importance de l'activité charbonnière. « Comment s'en étonner ? » pensa Lorenzo. Les industries aptésiennes exigeaient toujours plus de charbon de bois. De nouveau, il se demanda s'il avait eu raison d'entraîner Élisa sur les chemins de son enfance. Pourtant, il le fallait !

Il éprouvait le besoin d'exorciser le passé afin de pouvoir construire une famille.

Il observa Élisa à la dérobée. Elle l'avait séduit dès le premier jour avec son air décidé et son regard profond. La jeune femme avait souffert, elle aussi, il le devinait, et il s'était senti proche d'elle. Il lui tendit la main.

— Attention, le sol est pentu. Tu vois, quand j'étais gamin, je débardais le bois débité à l'aide d'une chèvre. Imagine une branche fourchue, d'environ un mètre vingt de haut, en forme de Y, sur laquelle j'entassais les bûches. Ensuite, je prenais le pied de la chèvre que je plaçais contre moi. Les bûches pesaient sur mon épaule gauche. Il fallait compter six voyages pour transporter un stère de bois sec. C'était… éreintant.

— Ton père t'avait appris ?

Une ombre voila le regard de Lorenzo.

— Oui, mais je ne veux plus le considérer comme mon père.

Il était trop tôt pour se confier à Élisa. Trop tôt ou bien trop tard ? De toute manière, avec la prescience de ceux qui ont connu des jours difficiles, elle ne lui posait aucune question. Tout viendrait en temps et heure. Élisa lui pressa la main. Elle partageait jusqu'à ses silences et cette proximité lui faisait presque peur.

« Je ne veux pas le perdre », pensa-t-elle.

Il l'entraîna vers le grand chêne de Livia. Il le lui présenta en ces termes : « Le grand chêne de Livia » et elle se demanda que répondre avant de réaliser que cela importait peu.

Lorenzo était loin, perdu dans ses souvenirs. Lui avait un endroit où se recueillir, se dit-elle. Elle-même ignorerait toujours où Charles avait été enterré et elle avait été arrêtée le lendemain même de la mort de son enfant. Un goût amer lui emplit la bouche. Elle ne voulait plus y songer, sous peine de sombrer dans le désespoir.

Élisa se signa. Lorenzo, lui, restait figé, bras croisés, dans une attitude de défi. Lorsqu'il recula de deux pas, son visage était fermé.

— J'aurais tant voulu la revoir, la serrer dans mes bras, souffla-t-il.

Élisa lui effleura le bras, comme pour lui dire qu'elle comprenait.

— Tu vois, reprit-il, ma mère m'a souvent raconté qu'elle était venue du Piémont alors que je poussais dans son ventre. Elle a vécu durant des années dans une cabane rudimentaire, sans eau, où elle trouvait pourtant le moyen de nous préparer de délicieux repas. Un jour, pour son anniversaire, je lui ai déniché un livre en italien auprès du colporteur qui passait avec sa balle. Elle en a pleuré de joie ! Mais Giuseppe, ce maudit, l'a jeté au feu le soir même.

— Giuseppe... ton père ?

Il se borna à hocher la tête.

— Qu'il brûle en enfer ! ajouta-t-il.

Élisa frissonna. La haine de Lorenzo était palpable, effrayante. Pourvu, pensa-t-elle, que les deux hommes ne se revoient jamais ! Il reprit sa main.

— Viens, j'aimerais te présenter Luisa.

L'épouse du charbonnier préparait sa soupe de bâton dans la salle. Elle cligna des yeux, avant de se porter au-devant des visiteurs.

— Lorenzo, mon garçon ! s'écria-t-elle, le pressant contre sa poitrine. *Dio mio*, si je m'attendais ! Tu ne viens jamais me voir ! lui reprocha-t-elle en piémontais.

Il se retourna vers Élisa, lui adressa un sourire d'excuse.

— Luisa m'a vu naître et part du principe que j'ai encore cinq ans, lui expliqua-t-il en français.

Il reprit à l'intention de la Piémontaise :

— Luisa, je te présente ma fiancée, Élisa.

Luisa joignit les mains.

— Ta fiancée ! Quelle joie ! Viens, ma fille, que je t'embrasse.

Tout paraissait simple avec Luisa. Pourtant, en les observant, Élisa songea que quelque secret devait les unir. Cela se voyait dans leur regard, parfois hésitant, dans la façon dont ils se taisaient dès qu'ils prononçaient le prénom de Livia.

Luisa savait. Et Lorenzo n'était pas prêt à se confier. Le serait-il jamais ?

Peu importait à Élisa. Dans la forêt, devant la cabane de Luisa, elle se promit de rendre Lorenzo heureux.

15

1882

Ce jour-là, le mistral soufflait avec force, chassant les nuages dans le ciel. Les arbres se courbaient dans la plaine, rien ne semblait pouvoir arrêter la course folle du « maître », le vent descendu du nord.

Emmitouflée dans sa polonaise, une cape de velours doublé au grand volant, Albertine se cramponna au bras de son beau-frère.

— Je te remercie d'avoir bien voulu m'accompagner jusqu'ici, lui dit-elle.

Hector lui tapota la main.

— Je n'allais tout de même pas t'abandonner !

Depuis plusieurs mois, la jeune femme bataillait pour rendre visite à sa mère dans l'unique asile du département, Montdevergues. Son père avait poussé les hauts cris. Jamais il n'accepterait pareille folie ! De guerre lasse, Albertine s'était tournée vers son époux, à qui elle avait raconté la triste vérité. Fidèle à lui-même, Achille avait refusé de s'en mêler.

— Ma chère, ceci est une affaire de famille concernant les Sautel. Règle cela avec ton père. Franchement, je ne vois pas l'intérêt d'y aller.

Il n'avait pas eu un mot pour la réconforter et s'était replongé avec une belle indifférence dans la lecture d'une plaquette du félibrige.

Écœurée, Albertine s'était alors adressée à Hector.

Artiste, son beau-frère s'était installé comme peintre à Avignon. Sans la pension versée à regret par son père, il aurait tiré le diable par la queue. Passionné par le nouveau mouvement impressionniste, Hector travaillait sur le motif et réalisait aussi quelques portraits. Il avait du talent, estimait Albertine, tout en reconnaissant sa propre ignorance. Émilien, pour sa part, ne décolérait pas, menaçant régulièrement de couper les vivres à ce « feignant ». Sa mère lui faisait passer en cachette des œufs, des légumes et des fruits frais. On racontait que Hector s'était mis en ménage avec un jeune modèle. Il n'en avait jamais parlé à sa belle-sœur.

Albertine se souciait peu de sa vie soi-disant dissolue. Hector avait été le seul à l'écouter et à lui venir en aide, à l'exception de Félicité. Il lui pressa la main.

— On y va !

Depuis sa création en 1816, la Maison royale de santé de la ville d'Avignon avait pour rôle de prendre en charge des névrosés. Devenue très vite trop exiguë, on avait émis l'idée d'ouvrir un hôpital à la campagne, « dans l'intérêt de la salubrité et du traitement des malades[1] ».

En 1839, une ordonnance royale autorisait la Maison de santé à acheter une importante portion du domaine de Montdevergues, ce qui représentait environ dix-neuf hectares, ainsi que des corps de ferme et d'habitation. À la fin de 1848, une délibération du conseil général du Vaucluse décida le transfert total de la Maison royale de santé à Montdevergues. Pour ce faire, on lança de grands travaux suivant les idées d'Esquirol[2] et de Desportes[3]. Ainsi, on bâtit des « quartiers », pour séparer les curables des incurables, les calmes des agités, les femmes des hommes, et ce de façon extrêmement stricte. Albertine apprit tout cela du directeur, qui avait accepté de la recevoir dans son bureau. Le nom de Sautel lui avait ouvert les portes de l'asile, comme il fallait appeler désormais l'établisse-

---

1. Rapport daté de 1835 du préfet au conseil général du Vaucluse.

2. Médecin (1640-1722) à l'origine des instituts psychiatriques en France.

3. Administrateur, auteur en 1824 du *Programme pour un hôpital consacré au traitement de l'aliénation mentale.*

ment, et ce toujours conformément au souhait d'Esquirol :

Il existe dans la plupart des maisons où sont reçus les aliénés des dénominations humiliantes [...]. Je voudrais qu'on donnât à ces établissements un nom spécifique qui n'offrît à l'esprit aucune idée pénible, je voudrais qu'on les nommât asile[1].

En revanche, il se montra plus circonspect quand Albertine lui demanda l'autorisation de rencontrer sa mère. Il se retrancha derrière des arguments médicaux, lui rappela qu'Edmée Sautel pouvait faire preuve de violence, aussi bien contre autrui que contre elle-même. Albertine secoua la tête.

— Je n'ai pas effectué ce déplacement en vain. On m'avait assuré que ma mère était morte. J'ai besoin de la voir.

Elle était touchante. Le directeur se racla la gorge.

— Nous allons voir avec sœur Saint-Constant, la responsable du pavillon de Mme Sautel.

Albertine et Hector apprirent ainsi que les religieuses de Saint-Charles de Lyon avaient, depuis 1859, la charge du service intérieur de la section des femmes et la direction secondaire

1. Source : *Montdevergues, les mémoires d'un hôpital*, Éditions Œuvres sociales locales.

des services économiques : la cuisine, l'office, la buanderie, la lingerie et les ateliers des femmes.

Au-dehors, des cris, atroces, exprimant une souffrance et une désespérance infinies, les firent tressaillir. Albertine pâlit.

— La rumeur, madame Pélissier, déclara le directeur. Les habitants de Montfavet estiment la force du mistral à la manière dont elle leur parvient. Certains ne voudraient habiter par ici pour rien au monde. À croire que Montdevergues est hanté ! Ce n'est rien d'autre que la souffrance mentale, la pire qui soit.

Albertine serrait ses mains l'une contre l'autre pour les empêcher de trembler. Les questions se bousculaient. Quelle était la gravité de l'état de sa mère ? Pouvait-elle être, non pas heureuse, mais sereine à l'asile ?

Une servante, Sylvette, les conduisit dans un pavillon proche de la chapelle. En chemin, elle leur confia qu'elle venait de la Lozère. Même si le fait de côtoyer de pauvres folles était dur, elle s'estimait plutôt chanceuse.

Albertine regardait partout, en ayant l'impression de ne rien voir. Comment, se disait-elle, Edmée avait-elle pu passer toutes ces années dans cet environnement, avec cette rumeur dans les oreilles ? Cris, gémissements, pleurs vous serraient le cœur, jusqu'à vous donner la sensation de faire partie intégrante de vous.

Sylvette les présenta à une religieuse imposante qui était en train de distribuer ses ordres dans la lingerie.

Sœur Saint-Constant se tourna vers les visiteurs.

— Monsieur, vous n'avez rien à faire dans cette partie de l'établissement, déclara-t-elle froidement à Hector.

Il s'éclipsa en balbutiant une excuse. Albertine, demeurée seule, éprouva la tentation de lui emboîter le pas. Elle se redressa. Elle n'allait tout de même pas fuir aussi près du but !

— Je suis la fille d'Edmée Sautel. M. le directeur m'a autorisée à rencontrer ma mère, si vous le voulez bien, ma sœur.

Elle se sentit rougir sous l'examen de la religieuse. Rien, semblait-il, ne devait échapper à son regard incisif sous ses lourdes paupières.

— Je ne vous ai jamais vue à Montdevergues, laissa tomber sœur Saint-Constant.

Le trouble d'Albertine s'accentua.

— À vrai dire, je croyais ma mère morte, expliqua-t-elle. Dès que j'ai appris la vérité, j'ai entamé des démarches pour la voir.

— Mme Sautel est gravement atteinte, insista la religieuse. Je ne sais si…

De nouveau, elle examina la jeune femme, cherchant la faille. Celle-ci se raidit.

— C'est important, ma sœur.

— Pas question de vous évanouir ni de hurler, reprit sœur Saint-Constant. Mme Sautel est très fragile et…

Elle soupira.

— Venez, décida-t-elle.

L'une derrière l'autre, les deux femmes traversèrent la grande cour, se dirigèrent vers la chapelle qu'elles laissèrent sur leur droite. La religieuse désigna un pavillon d'un signe de tête.

— Mme Sautel fait partie de nos pensionnaires, elle est une malade « payante ». À ce titre, elle bénéficie d'une grande chambre et d'un petit salon. Elle y est comme chez elle.

« Comme chez elle, vraiment ? » s'interrogea Albertine, notant les barreaux aux fenêtres. Elle avait chaud, elle avait froid et elle tremblait. L'intérieur du pavillon était meublé avec goût et la jeune femme fut surprise de reconnaître certains meubles, semblables à ceux de leur maison de Fontrouge. Salon de velours Restauration, commode Louis XV…

— Mme Sautel est gâtée par son époux, fit remarquer sœur Saint-Constant avec un claquement de langue.

Albertine l'observa sans mot dire. Était-ce de la jalousie ? La religieuse lui paraissait peu accessible à la compassion, ce qui la navrait.

Et puis elle aperçut une silhouette recroquevillée auprès de la cheminée, et il lui sembla que son cœur s'arrêtait de battre. Celle-ci leva la tête vers les visiteuses avant d'émettre des bruits sourds.

— Bonjour, Edmée, déclara la religieuse. Votre fille est venue vous voir.

Sa fille… Face à cette démente au visage creusé, au regard vide, Albertine éprouva un sentiment de terreur irrépressible. Elle ne reconnaissait pas la belle Edmée, il ne pouvait s'agir de la même personne ! La femme du pavillon portait une robe de coton grossier évoquant un sarrau, et des galoches. Elle serrait les bras devant sa poitrine, dans un geste de protection et de défense. Elle se redressa lentement… Ses cheveux étaient blancs.

— Je n'ai pas de fille, déclara-t-elle d'une voix cassée.

Albertine, main tendue, fit un pas vers elle.

— Maman…

— N'approchez pas ! hurla Edmée.

Elle saisit un vase sur la cheminée, le lança dans leur direction.

— Arrière, voleuse ! Vous n'avez rien à faire chez moi !

Le visage blême, les yeux fous, elle était effrayante. Albertine pensa à son père, qui avait tenté de la mettre en garde, et regretta d'être venue à Montdevergues.

Désormais, l'image de cette « insensée » se substituerait à celle qu'elle avait gardée d'Edmée. Elle s'enfuit sans un regard en arrière.

16

Les cloches de l'ancienne cathédrale d'Apt sonnaient à la volée. Pourtant, il n'y avait pas foule pour assister au mariage célébré ce lundi-là. N'affirmait-on pas souvent : « *Maridage dan dilun, au bout de l'an ou tres ou un*[1] » ?

Les jeunes mariés n'en avaient cure ! Radieuse dans sa robe neuve en cadis, Élisa souriait au bras de Lorenzo. Lui portait un pantalon de drap sombre, une chemise en toile de lin écru, un gilet et une veste de velours ras noir.

Sans famille l'un et l'autre, les *novis* ne comptaient que des amis dans le cortège se dirigeant vers Saignon.

Luisa et son époux Sergio avaient fait le déplacement jusqu'à Apt, ainsi que M. Léon. Mlle Laplace avait tenu à offrir à sa locataire un châle grenadine. Son amie Alice, avec qui elle

1. « Mariage du lundi, au bout d'un an, ou un enfant ou un décès. »

travaillait à la fabrique de fruits confits, avait proposé la ferme de ses parents, en bas de Saignon, pour le repas de noces. La veille, Élisa et Alice avaient préparé le déjeuner : des volailles, des tourtes, des légumes frais, des tartes.

— J'aurais aimé cuisiner du poisson, avait confié Élisa à son amie. Comme chez moi, en Aquitaine.

Son regard s'était fait rêveur. Comment aurait-elle pu ne pas songer à Charles et à leur fils ? Ils faisaient partie d'elle.

Pourtant, elle ne voulait pas jeter d'ombre sur la fête. La vie avait repris ses droits et elle avait accepté sereinement d'épouser Lorenzo. Les quatre années qui les séparaient lui importaient peu. De toute manière, la peine qu'elle avait purgée à Cadillac lui avait donné une âme de vieille femme ! Le père Blondeau avait balayé d'un revers de la main ses derniers scrupules.

— Soyez heureuse, mon enfant, vous l'avez bien mérité. Mon ami Renouard vous croit innocente, tout comme moi. Dans ces conditions, vous avez droit à une revanche sur cette terre.

Curieux personnage, dont le discours aurait fait se pâmer Mlle Laplace ! Élisa l'estimait beaucoup car, à la différence des sœurs de Cadillac, il croyait en l'homme. Elle n'était pas encore parvenue à raconter ses années de détention à Lorenzo. Elle avait seulement évoqué une période difficile et il avait respecté sa discrétion.

Le respect, c'était certainement ce qui caractérisait leur couple.

Chacun conservait sa part d'ombre suivant un accord tacite. Élisa avait compris que de terribles secrets étaient enfouis dans les bois de Lagarde-d'Apt. Elle attendait que Lorenzo éprouvât le besoin de lui en parler. Ce temps-là viendrait, elle en était persuadée. Avec beaucoup d'amour.

Les mariés échangèrent un regard empreint de tendresse. Ce soir, ils dormiraient ensemble dans le logement du jeune homme. Une nouvelle vie, pensa Élisa. Un soleil radieux baignait le village de Saignon, perché sur son rocher.

« Merci, mon Dieu, pour ce bonheur que vous m'offrez », se dit Élisa. Lorenzo et elle seraient heureux, elle en était convaincue. Sa couturière, Félicité, lui avait fait la surprise de venir la saluer à la fin de la messe. Installée place du Septier à Apt, elle avait désormais une importante clientèle, attirée par le bouche-à-oreille. Félicité avait du chic et ses créations se reconnaissaient à un je-ne-sais-quoi indéfinissable qui vous donnait confiance en vous.

Elle avait confectionné pour Élisa un jupon en nansouk blanc. Une merveille, ce jupon orné des initiales E. et L. pour Élisa et Lorenzo, de deux colombes et d'une corne d'abondance. Le simple fait de le porter sous sa robe conférait à Élisa l'aisance d'une reine.

Les parents d'Alice, aidés par les jeunes gens, avaient bien fait les choses. Les tables, dressées sur des tréteaux dans la grange, étaient recouvertes de grandes nappes de fil blanc et décorées de rameaux d'olivier.

— C'est beau, souffla Luisa, terriblement émue.

À cet instant comme dans l'église, elle pensait à son amie Livia. Celle-ci aurait été si fière de conduire son fils jusqu'à l'autel de Sainte-Anne. « Comme une revanche », songea-t-elle.

Parfois, le secret que lui avait confié la mère de Lorenzo lui paraissait si lourd qu'elle aurait désiré pouvoir s'en libérer. L'instant d'après, elle se morigénait. Certes, elle en serait soulagée, mais Lorenzo risquait fort de mal le supporter. Or elle ne voulait pas jeter d'ombre sur son bonheur.

Elle jeta un coup d'œil en direction d'Élisa. La jeune femme était quelqu'un de bien, elle en était persuadée, même s'il se trouvait quelques mauvaises langues pour faire remarquer qu'elle n'était plus une jouvencelle.

— A beau mentir qui vient de loin, avait glissé Mlle Laplace, et Luisa était partie d'un grand rire.

— Moi aussi, je viens de loin !

Mais son interlocutrice avait secoué la tête.

— Non, ce n'est pas la même chose. Élisa, elle, a un passé.

Luisa haussa les épaules. C'étaient bien des idées de vieille fille ! Grenouille de bénitier, de surcroît. De nouveau, elle songea à Livia. Elle s'était occupée d'elle dès que le couple Lupo était arrivé dans les bois. La petite lui faisait peine avec son gros ventre et ses yeux cernés. Courageuse, avec ça, mais ne sachant pratiquement rien faire ! À croire qu'elle était née avec une cuillère d'argent dans la bouche avant de partir sur les chemins…

Luisa lui avait appris à cuisiner, à faire la lessive, à coudre. Les premiers temps, Livia l'appelait sans cesse à l'aide. Ç'avait été pire quand l'enfant s'était annoncé. Affolée, la jeune femme répétait qu'elle voulait accoucher dans une vraie maison et non dans cette cabane dépourvue de confort. Luisa avait assisté bien involontairement à une scène pénible. Livia, courbée en deux, se tenait le bas-ventre en gémissant, tandis que Giuseppe se moquait d'elle, disant qu'elle avait perdu sa beauté. Choquée, la Piémontaise avait voulu chasser le mari, mais il avait ricané avant de hurler qu'il était chez lui et que, si elle n'était pas satisfaite, la princesse n'avait qu'à accoucher dehors. Luisa, en femme énergique, avait conduit Livia dans sa propre cabane, ce qui avait mis fin à la discussion.

Elle tendit la main, caressa d'un geste timide les cheveux sombres de Lorenzo.

— Ta maman est là, avec nous. Elle nous regarde, lui dit-elle avec tendresse.

Elle le pensait sincèrement, et ce même si les confidences de son amie Livia l'avaient effrayée. Ce monstre de Giuseppe n'était-il pas le premier pécheur ?

Luisa avait la foi chevillée à l'âme. Mais elle avait tant vu Livia souffrir qu'elle estimait que ses péchés lui avaient été pardonnés. Après tout, elle avait aimé.

Les invités firent honneur au menu et complimentèrent Élisa pour ses talents de cuisinière. Elle rougit de plaisir. Elle n'avait jamais imaginé vivre une journée aussi magique.

Elle eut l'impression que le ciel s'obscurcissait d'un coup quand un grand bruit retentit à l'entrée de la grange. Elle vit Lorenzo pâlir et posa la main sur son bras dans un geste apaisant. Il l'ignora, se leva brusquement. Sa chaise bascula en arrière avec fracas.

— Malheur ! s'écria Luisa en se signant précipitamment.

Son époux se leva à son tour pour rejoindre Lorenzo sur le seuil de la grange. Élisa jeta un regard éperdu autour d'elle. Que se passait-il donc ?

— Bâtard ! rugit une voix furieuse. Sale bâtard ! Je te maudis, toi, ta gourgandine et votre descendance.

De nouveau, Luisa se signa. Elle était blême.

— *Il monstro, il demone*, souffla-t-elle. Comment a-t-il su ?

— De qui parlez-vous donc ? reprit Élisa.

Luisa désigna la silhouette trapue campée sur le seuil.

— Lupo le charbonnier. Le père de Lorenzo.

Les deux hommes se faisaient face. Le père, ramassé sur lui-même, poings serrés, exsudait la haine.

— C'est toi qui aurais dû mourir à la place de ta mère ! jeta-t-il en piémontais. Toi, le bâtard.

Lorenzo se rapprocha de Giuseppe.

— Bâtard ? répéta-t-il. C'est mon souhait le plus cher. Ne pas être votre fils… Quel soulagement !

Le poing de Giuseppe, lancé à toute vitesse en direction de son menton, le prit par surprise. Il tint bon cependant. Il n'était plus un enfant terrorisé.

Déjà, les hommes présents, Sergio en tête, tentaient de maîtriser le charbonnier. Élisa, la main plaquée sur la bouche, exhala un petit cri de détresse. Giuseppe lui lança, en français cette fois :

— C'est toi, la mariée ? Alors, écoute-moi bien, ton mariage est maudit. Ce bâtard, là, à qui j'ai donné mon nom par amour pour sa mère, n'est rien d'autre que le fils d'un prêtre.

Un murmure courut le long de la table. Luisa s'élança, se planta en face du charbonnier.

— Au nom de Livia, tais-toi ! l'exhorta-t-elle.

Giuseppe secoua la tête avec entêtement. Sa barbe en broussaille, ses vêtements verdis par l'usure, son vieux chapeau cabossé lui conféraient un aspect patibulaire.

— Pourquoi me taire ? répliqua-t-il. Livia est morte, je n'ai plus rien à perdre.

— Et Maria ? Qu'as-tu fait de Maria ? hurla Lorenzo.

Élisa ne reconnaissait pas celui qui était désormais son époux. Il lui inspirait presque de la crainte.

Giuseppe le défia du regard.

— J'ai fait ce que j'avais à faire. La gamine a été placée.

— Cela vaut certainement mieux pour elle, commenta Lorenzo.

Une lassitude infinie pesait sur ses épaules. Il fallait que cette horrible scène prenne fin. Lorenzo brandit un poing menaçant sous le nez de son père.

— Où as-tu abandonné la petite ? Tu vas me le dire !

De nouveau, Giuseppe ricana.

— Trop facile ! Tu ne la retrouveras pas. Le temps a passé, elle t'a oublié.

La haine qui émanait de lui était palpable, effrayante.

Élisa s'apprêtait à se lever pour courir rejoindre Lorenzo.

— Élisa, reste à table ! ordonna-t-il en se tournant vers elle.

Il avait baissé la garde durant quelques instants seulement. Cela suffit à Giuseppe pour lui plonger un couteau dans le cœur. Lorenzo s'effondra à genoux.

Son coup fait, Giuseppe se fondit dans la nuit qui tombait sans que personne ne cherche à le rattraper. Élisa vola vers son mari.

— Lorenzo..., gémit-elle.

Déjà, Luisa prenait les choses en main.

— Débarrassez-moi la table ! ordonna-t-elle. Et toi, Alice, file chercher le docteur de Saignon. Vite !

Élisa se cramponna au bras de la Piémontaise.

— Dites, il ne va pas mourir ? balbutia-t-elle.

Le visage grave, Luisa se dégagea.

— Je n'en sais rien, petite. Vraiment rien.

17

Le cœur dilaté de fierté, Émilien considéra les locaux neufs de l'usine d'ocres, son usine. Grâce à la dot d'Albertine, il avait acquis, plusieurs années auparavant, des terrains bien placés entre Roussillon et Gargas. Il y avait fait élever plusieurs bâtiments abritant un four, un moulin et un blutoir à la taille impressionnante.

Désormais, il traitait directement l'ocre extraite de ses carrières à l'usine Pélissier. Il avait éprouvé un sentiment indéfinissable au moment de placer dans le four les gros parpaings jaunes. Comme s'il avait eu peur de toucher au but, enfin. Seule Célestine avait deviné ce qu'il ressentait. Elle avait posé la main sur son bras, fait peser sur lui son regard sombre.

— Tu es bien sûr de toi, mon homme ? Nous ne risquons pas de tout perdre ?

Il avait ri, se disant qu'il convenait de ne pas trop irriter les dieux en cet instant.

— Que vas-tu chercher, ma femme ? Tu déraisonnes !

Pourtant, tous deux savaient qu'ils risquaient gros. En l'espace de quelques années, les entrepreneurs, attirés par la demande croissante d'ocre, s'étaient multipliés. La poudre d'ocre s'exportait vers l'Amérique du Sud ou le Canada et la ligne de chemin de fer Avignon-Forcalquier avait encore facilité l'expansion du commerce. Auparavant, en effet, les ocriers, pour livrer leur production à Marseille, devaient faire emprunter à leurs mulets la combe de Lourmarin.

« Si seulement j'étais mieux secondé ! » pensa Émilien. Ses deux fils le décevaient de plus en plus. Achille, s'il consacrait encore un peu de son temps à la tenue des comptes de l'entreprise, ne faisait plus mystère de ses ambitions littéraires. Il se déplaçait souvent pour se rendre à Avignon, à Maillane ou à Châteauneuf-de-Gadagne. Hector, qui avait renoncé à ses études d'architecture pour peindre, ne survivait que grâce à la pension versée par ses parents. Émilien l'appelait « le barbouilleur » avec mépris tout en souffrant horriblement de sa défection. Bon sang, il était bien content de travailler avec des pigments tirés de l'ocre ! Ses fils se croyaient-ils d'une essence supérieure qui leur interdirait de se salir les mains ?

Émilien ne supportait pas leur attitude. Il avait conscience d'avoir beaucoup sacrifié, de sa vie et de sa famille, à sa passion pour l'ocre. Célestine ne le lui avait jamais reproché. Mais, à cinquante-huit ans, Émilien se demandait avec une angoisse grandissante à qui il pourrait passer la main. Il lui fallait un héritier ! Achille et Albertine n'avaient toujours pas de fils. L'un et l'autre n'étaient pas stériles, Virginie en témoignait. Pourquoi tardaient-ils tant ? Émilien n'en pouvait plus d'attendre. Il multipliait les allusions fielleuses, sans résultat. De toute manière, Albertine paraissait ailleurs. Depuis plus d'un an, elle souffrait d'une sorte de maladie de langueur qui faisait soupirer le docteur Galifant.

— Les jeunes femmes sont si difficiles à comprendre, marmonnait-il.

Émilien, lui, enrageait. Albertine était trop oisive. Si elle avait travaillé sans relâche comme sa pauvre mère, oui, elle aurait eu des raisons de se plaindre, mais elle menait la belle vie. Achille n'y trouvait rien à redire ; il avait toujours quelque fredaine à se faire pardonner. Quelle idée, aussi, de s'investir autant dans ce mouvement littéraire ! Encore une invention de feignants !

Émilien fit quelques pas en direction des fours. Deux ouvriers y chargeaient un nombre important de parpaings jaunes qui, une fois cuits, deviendraient rouges. Émilien aimait le rouge, la couleur de la vie, du sang, de l'amour.

Il esquissa un sourire teinté d'autodérision. L'amour était depuis longtemps passé au second plan, loin derrière ses ambitions. Célestine s'en accommodait, devinant qu'il n'avait ni le temps ni le loisir de courtiser d'autres femmes. Il se rendait de temps à autre dans une maison accueillante à Cavaillon où il prenait soin de choisir une fille différente à chaque fois. Ainsi, il n'avait pas l'impression de tromper sa femme. De toute manière, se disait-il, cela ne comptait pas avec les filles de joie.

— Ne dépassez pas les quatre cent cinquante degrés, recommanda Émilien aux ouvriers.

C'était inutile ; ils connaissaient les consignes. Les parpaings allaient cuire environ trente-cinq heures à une température comprise entre trois cent cinquante et quatre cent cinquante degrés avant de ressortir rouges. Ils passeraient ensuite dans d'autres bâtiments où ils seraient réduits en poudre.

— Pierson n'est pas là ? s'étonna Émilien qui s'enorgueillissait de connaître chacun de ses ouvriers.

Le contremaître, la casquette à la main, s'avança vers lui.

— Pierson est malade, monsieur Pélissier. Les poumons. Le docteur ne sait pas s'il pourra revenir travailler.

— Bien ennuyeux, commenta Émilien.

Il refusait d'écouter ceux qui affirmaient que la poussière était dangereuse. Que diable ! Les ouvriers étaient de solides gaillards et ils se protégeaient d'un grand mouchoir à carreaux. Que pouvait-il faire de plus ? Les gars s'obstinaient à sortir dehors sans se couvrir après plusieurs heures de labeur. Un coup de froid était vite arrivé. C'était trop facile, ensuite, de rejeter la responsabilité sur la poussière.

— S'il n'est pas revenu d'ici à lundi, il faudra embaucher un remplaçant, dit-il à Vallat, le contremaître.

Dans la salle de tamisage, la poussière était omniprésente et s'insinuait jusque sous les ongles. On y blutait l'ocre suivant un système traditionnel, inspiré des moulins à farine. Déjà réduites en bloc dans le concasseur, les mottes d'ocre étaient ensuite déversées, *via* une goulotte, dans le broyeur.

Des meules en fonte, reliées entre elles par un axe horizontal, tournaient autour d'un axe vertical et écrasaient les fragments d'ocre. Ceux-ci passaient alors au blutoir dont les parois de soie retenaient la poudre d'ocre et renvoyaient les morceaux plus gros dans le broyeur. Lorsqu'elle était bien tamisée, l'ocre descendait dans un tonneau.

Il fallait passer dans l'atelier suivant pour voir la poussière conditionnée dans des barils de bois.

Chaque fois qu'il sortait du bâtiment, Émilien secouait ses vêtements, ses grosses chaussures, jusqu'à ses cheveux. L'ocre Pélissier serait acheminée à la gare d'Apt, puis expédiée vers l'Amérique du Sud, la Russie, les États-Unis, la Turquie ou même l'Afrique. Il en était fier. Profondément.

« Tout cela pour quoi ? » s'interrogea-t-il, l'instant d'après, désenchanté.

Il s'était endetté, avait bâti cette usine pour la transmettre à son petit-fils qui n'était pas né. Fan de lune ! Leur famille était-elle maudite ? À moins que…

Des bruits fâcheux couraient à propos d'Albertine. On racontait que sa mère était encore vivante mais qu'elle avait perdu l'esprit. Folle… Cette seule idée faisait dresser les cheveux sur la tête d'Émilien. Il avait essayé d'en toucher quelques mots au notaire mais Sautel avait esquivé. D'ailleurs, les deux hommes se fréquentaient de moins en moins. Le père d'Albertine s'absentait souvent. Il se murmurait qu'il avait réalisé des placements désastreux.

Avait-on idée ? pestait Émilien. Albertine était l'héritière du notaire, il ne pouvait le laisser dilapider ses biens. C'était assez fréquent d'ailleurs, ce côté dispendieux, pensait l'ocrier. Les Sautel étaient fortunés depuis plusieurs générations. Ils avaient perdu l'habitude de compter.

Émilien salua les ouvriers à la cantonade et prit la direction du bureau. Logiquement, il devrait y trouver Achille. Lorsqu'il arriva en vue des locaux, son fils fumait nonchalamment un cigare sur le seuil. Il paraissait las, et vieilli, remarqua Émilien, étonné. Pourtant, Achille n'avait jamais accompli de travail physique. C'était pour son père un paresseux dénué d'ambitions autres que littéraires. Avait-on jamais vu un scribouillard faire vivre grassement sa famille ?

— Tu n'as rien d'autre à faire ? attaqua Émilien.

Achille s'inclina légèrement.

— Bonjour, père. Vous portez-vous bien ?

— Pas de temps à perdre, grommela Pélissier. Tes livres sont à jour ?

Achille, réprimant un soupir, l'invita à pénétrer dans le bureau. La pièce, plutôt vaste, était aménagée de façon spartiate. Une table à écrire, deux sièges de part et d'autre. Des étagères couraient sur le mur du fond, chargées de registres. Seul un tableau coloré, accroché face au bureau, attirait l'œil.

— C'est nouveau, ça, fit Émilien, le désignant du bout de sa canne.

Achille sourit.

— Un cadeau d'Hector. L'île de la Barthelasse, à Avignon. Nous nous y réunissons autour de M. Mistral.

— Ça ne nourrit pas son homme, commenta son père, impitoyable.

Parviendraient-ils à se comprendre un jour ? Achille avait conscience de décevoir l'ocrier, mais la poésie constituait pour lui l'essentiel de sa vie.

Il fit face.

— Nous n'avons pas les mêmes ambitions, père, reprit-il d'une voix apaisante.

— Dis plutôt que tu n'as pas envie de travailler dans les ocres ! gronda Émilien. Pourtant, c'est grâce à cette poussière, que tu méprises tant, que tu vis à ta guise.

Saisissant sur le bureau un sachet d'échantillon, il l'ouvrit d'un coup sec et le jeta au visage de son fils. Achille, suffoqué, se mit à éternuer.

— Petite nature ! fit Émilien d'une voix chargée de mépris.

À cet instant, il se sentit vieux.

18

1884

Marseille donnait l'impression de ne jamais dormir. Et, cependant, Élisa s'y plaisait. La mer, miroitant sous le soleil, et l'ambiance du port l'avaient séduite d'emblée. Il n'y avait pas de villes plus dissemblables que Bordeaux et Marseille. Pourtant, Élisa avait reconnu les odeurs d'épices sur les quais et eu envie de partir, loin, en compagnie de Lorenzo. On racontait qu'il était possible de s'installer en Algérie si l'on ne craignait pas de travailler durement. Mais Lorenzo refusait de quitter la France.

Élisa croyait deviner pourquoi. À cause de l'horrible Giuseppe et de sa jeune sœur, Maria. N'avait-il pas juré de se venger ?

Un officier de santé aptésien, le docteur Pastour, avait sauvé le menuisier. Prévenu par le frère d'Alice, il était arrivé très vite sur les lieux. Il avait arrêté l'hémorragie, rapproché les lèvres de la plaie. Le couteau de Lupo était passé à moins d'un centimètre du cœur. Élisa, en larmes, avait promis à Dieu de se rendre à la messe chaque matin si son mari s'en sortait. Tremblante, elle ne parvenait pas à se rassurer et ce même si le docteur Pastour lui affirmait qu'il tirerait Lorenzo d'affaire.

Durant plusieurs jours, il était venu matin et soir changer le pansement du blessé. C'était un homme d'une soixantaine d'années, qui avait œuvré sur les champs de bataille de Sébastopol et de Solférino ; il possédait une solide expérience. Élisa lui accordait sa confiance. En revanche, elle s'était montrée plus distante avec la maréchaussée.

Les gendarmes dépêchés sur place – c'est-à-dire à la ferme des parents d'Alice puisque Lorenzo était intransportable – réclamaient des précisions qu'Élisa était incapable de leur fournir. Tout s'était passé si vite !

Pourvu, avait-elle pensé, qu'ils ne cherchent pas à en savoir plus sur son compte ! Elle avait payé pour un crime qu'elle n'avait pas commis ; Élisa se défiait de la maréchaussée. Heureusement, le père d'Alice, un fermier des plus respectables, avait témoigné. Il lui avait ensuite raconté que Lupo était recherché pour plusieurs forfaits. On savait le charbonnier violent et prompt à jouer du couteau. Pour l'instant, il avait toujours réussi à échapper aux gendarmes.

Le jour où Lorenzo avait enfin pu faire quelques pas autour du lit, Élisa avait laissé libre cours à ses larmes.

— J'ai eu si peur, avait-elle soufflé.

À compter de ce jour, Lorenzo s'était rétabli à une vitesse surprenante. Il avait hâte de reprendre son travail. L'argent manquait, bien qu'Élisa ait repris le chemin de la fabrique de fruits confits.

Pourtant, il avait choisi de quitter Apt. De bonnes âmes comme Mlle Laplace, présentes le jour du drame, avaient parlé. Lorenzo s'était vu stigmatisé en tant que « fils de prêtre », sans posséder les éléments lui permettant de se justifier. Se justifier de quoi, d'ailleurs ? Le fait de savoir que Giuseppe n'était pas son père lui avait procuré soulagement et bonheur. Il aurait aimé en savoir plus cependant sur son mystérieux géniteur. S'agissait-il réellement d'un prêtre ? Pourquoi sa mère ne lui avait-elle jamais parlé de lui ?

Las de soutenir des regards curieux ou malveillants, désireux de protéger Élisa, Lorenzo avait fini par proposer à sa jeune femme de s'installer à Marseille. Le port attirait les Français comme les étrangers et on y trouvait facilement du travail. Le père Blondeau les avait encouragés.

— Partez, mes enfants. Il faut laisser aux gens le temps d'oublier.

Oublier ? Lorenzo avait réprimé un ricanement amer. Il se souvenait de tout, de son enfance plus que rude, des coups de Giuseppe et de ce jour funeste où il avait tué sa chienne Alba. Il se rappelait le beau visage douloureux de sa mère, ses gestes de tendresse et sa voix douce. Pourquoi, se répétait-il, avait-elle épousé Giuseppe ? À cause de lui, assurément, le fils du prêtre, pour étouffer le scandale. Plus il y réfléchissait, plus la conscience politique de Lorenzo s'aiguisait. Il y avait eu son enfance, puis la fusillade du Brûlé à laquelle il avait assisté, impuissant. Ensuite, durant ses années d'apprentissage et son tour de France, il avait rencontré des personnes d'exception qui lui avaient permis de développer son sens de la justice.

La France changeait en cette année 1884. Le 21 mars, la loi Waldeck-Rousseau avait autorisé la création de syndicats.

À Marseille, où il travaillait dans un atelier de menuiserie, Lorenzo fréquentait un cercle ouvert aux idées nouvelles. Les camarades se prêtaient des livres, confrontaient leurs opinions, se transmettaient leurs connaissances.

Lorsqu'il rentrait de ses réunions, Lorenzo en rapportait le contenu à Élisa. Sa jeune femme était avide d'apprendre, même si elle avait une préférence pour les romans. Elle lisait aussi avec passion les feuilletons, avouant un faible pour les œuvres d'Alexandre Dumas et de Ponson du Terrail.

Une ombre voila le regard de Lorenzo. Certes, il éprouvait beaucoup d'affection et de tendresse pour Élisa, mais il savait au fond de lui qu'il aspirait à autre chose. Était-ce à cause de leurs destins tourmentés, de l'irruption de Giuseppe à leurs noces ? Tous deux partageaient une sorte de compagnonnage. Cela valait peut-être mieux, se disait Lorenzo, pressentant que sa mère avait payé au prix fort son amour pour un prêtre. Lui se défiait de la passion et préférait se consacrer à la lutte sociale. Il correspondait avec plusieurs communards revenus en France grâce à la loi d'amnistie de 1880.

Lorenzo rêvait d'un autre monde, sans misère ni inégalités. Il en parlait avec ses camarades, au travail comme au cercle.

Son engagement inspirait une certaine crainte à Élisa. Elle lui avait parlé de ses années passées à Cadillac avec infiniment de pudeur et de retenue. Elle avait refusé toute marque de compassion.

— Ne penses-tu pas avoir autant, sinon plus, souffert de l'attitude de Giuseppe ? lui avait-elle dit.

Tous deux étaient des rescapés et ils apprivoisaient timidement une certaine idée du bonheur. Lorenzo avait parfois l'impression de désirer plus, beaucoup plus, sans parvenir à déterminer ce à quoi il aspirait. L'instant d'après, il se morigénait. Le bonheur n'était pas fait pour des gens comme eux. « Des petites gens », disait Élisa en esquissant une drôle de moue.

Élisa vendait des poissons sur le marché. Elle rêvait d'intégrer la confrérie des bouquetières ; les fleurs incarnaient pour elle la beauté suprême. Elle aimait tout particulièrement les œillets, mais aussi les roses, et les pivoines joufflues. Son visage s'illuminait quand elle rapportait du marché un petit bouquet. Lorenzo ne pensait jamais à lui en offrir. Dans la forêt, les fleurs relevaient du superflu. Il avait gardé cette habitude de son enfance.

Il se demandait parfois s'il pourrait s'en libérer un jour.

19

On attrapait vite chaud à travailler sous le soleil de juin. Amédée Darnaud s'essuya le front à l'aide d'un grand mouchoir à carreaux, contemplant d'un air satisfait l'étendue de son exploitation. En un peu plus de quinze ans, celle-ci était devenue l'une des plus importantes de Rustrel. Il avait gagné son pari.

Nombre d'ocriers avaient suivi son exemple et entrepris de creuser des carrières à la pioche et à la pelle. Amédée avait vite compris qu'il s'enrichirait en vendant du matériel et avait ouvert à Rustrel une épicerie-bazar. Propriétaire de trois sources sur ses terres, il revendait aussi une partie de l'eau à ceux qui étaient moins bien lotis.

Les premiers temps, Bébert et lui avaient travaillé seuls sur le champ de l'Étoile. Au bout de trois ans, Darnaud avait pu embaucher du personnel saisonnier. Mireille lui répétait régulièrement : « Es-tu sûr que nous pouvons nous le permettre ? » et lui riait, sûr de son fait.

— L'ocre est là, ma belle. Depuis le temps que je te le dis !

L'extraction à ciel ouvert nécessitait moins d'investissements que les mines. Amédée et Bébert avaient vite appris à attaquer le minerai par gradins après avoir enlevé la couche de matériau stérile.

Amédée était toujours émerveillé lorsqu'il découvrait les trois couleurs – blanc, jaune, rouge – révélant une qualité exceptionnelle. Quand il usait de son pic, il se souciait peu de la poussière, fragments de silice et de quartz mêlés. À présent, il ne maniait plus les outils, se contentant de gérer la logistique.

Les tombereaux, tirés par de solides mulets, emportaient leur chargement vers le site de lavage où le minerai était déchargé en tas.

À l'automne, le tas était arrosé abondamment. Les mottes formées sous l'action de l'eau étaient dirigées vers le malaxeur. Celui-ci, une cuve métallique de un mètre de profondeur sur un mètre de diamètre, équipée de deux pales fixées sur un axe vertical tournant en sens inverse l'une de l'autre, cassait les mottes de terre pour obtenir un mélange homogène. Le mélange eau-minerai ocreux rejoignait alors le batardeau, un bassin tout en longueur, profond d'un mètre vingt environ, en légère déclivité, fermé à son extrémité et sur toute sa hauteur par une pierre calcaire, percée de trous obturés provisoirement par des bouchons de bois. C'était Jean-Amédée Astier qui avait mis au point le principe de lévigation[1]. Avec ce système, le sable, plus lourd, tombait rapidement au fond de l'eau par gravité alors que les grains les plus légers demeuraient plus longtemps en suspension. Les bouchons de bois étaient alors retirés, toujours du haut vers le bas, ce qui permettait à l'ocre d'être évacuée progressivement vers les batardeaux successifs pour finalement arriver aux bassins de décantation.

Amédée insistait sur l'obligation de prévoir un bassin intermédiaire, appelé reposoir, situé juste avant le bassin de décantation. En pente légère, il ralentissait le mélange pour exercer un dernier filtrage des grains de sable les plus fins qui pouvaient subsister.

Amédée se retourna vers son fils, Jean-Clément, qui observait, fasciné, toutes les opérations des ouvriers. Âgé de treize ans, le garçon rêvait de travailler aux carrières. Son père ne voulait rien entendre. « Tu feras de grandes études, mon fils », s'obstinait-il.

— Il faudrait fabriquer la poudre d'ocre nous-mêmes, glissa Jean-Clément.

Amédée exhala un soupir. Depuis plusieurs années, il mesurait la supériorité de Pélissier.

1. Séparation, par entraînement dans un courant d'eau, des constituants d'un mélange préalablement réduit en poudre.

Non content d'exploiter des mines importantes à Gargas, l'ocrier avait créé sa propre usine. Il réalisait de bonnes affaires, chuchotait-on. Mais ses deux fils se désintéressaient de l'ocre, se dit alors Amédée, fier de son gamin. Que ferait Pélissier de sa fortune s'il n'avait personne à qui transmettre son entreprise ?

Amédée se pencha au-dessus du batardeau. Il savait choisir le moment exact où il devait ouvrir les bouchons. C'était juste une question d'expérience. En effet, s'il les ouvrait trop tôt, tout le sable ne se serait pas déposé au fond du bassin. En revanche, s'il les ouvrait trop tard, l'ocre serait tombée au fond de l'eau. Pour ce faire, il prélevait un peu du mélange en surface et le goûtait. Si celui-ci crissait, il restait encore du sable mais, s'il collait aux dents, c'était la preuve qu'il convenait de retirer les bouchons.

Il s'appuya sur l'épaule de son fils.

— Tu viens manger la biasse, mon garçon ? Allons voir ce que ta mère nous a donné.

Malgré l'amélioration de leur situation, Mireille continuait de préparer chaque matin le casse-croûte de son époux. Elle cuisinait elle-même, suivant les recettes de sa mère et de sa belle-mère. Elle avait fini par apprivoiser la Brémonne et s'y sentir chez elle.

Amédée et elle formaient un couple uni et Mireille aurait aimé lui donner d'autres enfants. Ils avaient perdu Joseph, puis une fille,

Rosemonde, morte à quinze mois du croup. Mireille, folle de chagrin, avait inquiété les siens jusqu'à ce que sa belle-mère lui mette d'autorité Jean-Clément, âgé de quatre ans et demi, dans les bras. « Il vous reste celui-ci, lui avait-elle dit durement. Ne l'oubliez pas ! »

Même si elle pleurait toujours son petit Joseph et sa petite Rosemonde, Mireille avait repris goût à la vie. Cependant, elle avait été incapable de procréer par la suite. À croire qu'elle refusait de vivre une nouvelle tragédie en perdant un autre enfant…

Amédée affirmait qu'il était très heureux ainsi et Mireille, indulgente, souriait. Elle savait que son époux caressait de grands espoirs pour leur fils.

Seule dans la grande salle aux meubles imposants, Mireille grignota un peu de pain et de fromage, une belle poignée de cerises. Elle avait de l'ouvrage dans le verger, des fruits à cueillir en compagnie de Manette, la petite servante. Ensuite, elle irait ramasser le linge qui séchait, puis préparerait le souper. Une vie rythmée par les travaux de saison, qui la satisfaisait.

Même si elle songeait toujours à Joseph et à Rosemonde…

— Bientôt, j'irai travailler à la carrière, annonça Jean-Clément à son camarade, Max.

Celui-ci fit la moue.

— Que tu crois ! Ton père ne sera pas d'accord.

— Du moment que c'est pendant les vacances, il n'y verra pas d'inconvénient.

— Ouais ! fit Max, peu convaincu.

Tout le personnel avait eu vent des ambitions d'Amédée Darnaud. Il rêvait de voir son fils avocat, ou médecin, pourquoi pas ? Sans se rendre compte que Jean-Clément s'en moquait éperdument.

— Attention ! s'écria Max. Tu ne dois pas passer en dessous de la cheminée des fées.

— Pourquoi ? Tu redoutes un mauvais sort ?

— Idiot ! plastronna Max. Tu sais bien que cela risque de s'écrouler.

Pris en flagrant délit de distraction, Jean-Clément recula de trois pas. Il savait, pourtant, que les cheminées des fées, ainsi nommées pour désigner la séparation progressive d'un pan de la falaise sous l'action de l'érosion naturelle, avaient déjà été à l'origine d'accidents graves. Max lui pressa le bras.

— Enfermé toute la journée… Moi, je ne pourrais jamais ! dit Max, accentuant sans le vouloir le désenchantement de son ami.

Jean-Clément était persuadé de perdre son temps au collège d'Apt et manifestait un goût des plus modérés pour l'étude.

— Il faut bien que je m'y résigne, répliqua-t-il, plus amer que fâché.

Sa vie était là, au pied des falaises d'ocres, parmi les chênes blancs et les chênes verts. Comme la plupart des habitants de Rustrel, Jean-Clément savait que les racines des arbres s'enfonçaient là où il y avait moins d'ocres, servant ainsi de points de repère pour la recherche des meilleurs gisements.

Dans leur dos, Amédée Darnaud hélait son fils. Il devait réviser son latin.

— Je ne supporte pas le latin ! fanfaronna Jean-Clément.

— Mais tu dois obéir à ton père, glissa Max. C'est la règle.

Au fond de lui, il était plutôt satisfait de voir le fils Darnaud malheureux. Non par vengeance, mais plutôt par souci de justice. Lui aurait aimé étudier les mathématiques et les sciences afin de devenir ingénieur. Quand il avait osé s'en ouvrir à son père, il avait reçu une gifle magistrale. « On ne cherche pas à sortir de son rang, lui avait rappelé Lucien Pichon. Tu es un fils d'ocrier, tu seras ocrier ! »

Max avait l'impression que ce constat sonnait comme une condamnation. Il soupira tandis que Jean-Clément, redressant la tête, plastronnait :

— Il doit bien exister une solution !

Lui n'imaginait même pas que cela pût être. Les dés n'étaient-ils pas jetés dès la naissance ?

20

La chaleur martelait les tempes d'Albertine, victime d'une nouvelle migraine. Elle tituba sur le seuil, se réfugia à l'intérieur en portant la main à son front.

— Maman, ça ne va pas ? s'inquiéta Virginie.

À huit ans, elle avait pris le pli de s'occuper de sa mère tant celle-ci paraissait être inadaptée à la vie quotidienne. Depuis son retour de Montdevergues, trois ans auparavant, Albertine avait profondément changé. Choquée par l'état d'Edmée, elle avait sombré dans une sorte de maladie de langueur. Souffrant de cauchemars, Albertine ne s'intéressait plus à grand-chose, hormis à sa fille. Elle vivait en semi-recluse dans sa chambre, n'en sortant que pour se promener avec Félicité ou Virginie. Son amie était la seule à pouvoir la dérider un peu. Achille, pour sa part, fuyait sa jeune femme triste et abattue.

Conscient du gâchis, maître Sautel avait tenté de discuter avec sa fille, en vain. Hantée par la déchéance de sa mère, Albertine vivait dans la peur panique de basculer à son tour dans la folie. Galifant lui avait avoué son impuissance. S'étant intéressé comme tout un chacun aux travaux de Claude Bernard et étant préoccupé par le poids de l'hérédité, il avait été incapable de rassurer sa patiente.

En revanche, faisant bon marché du secret professionnel, il s'était ouvert de ses interrogations auprès d'Émilien Pélissier. Depuis, celui-ci en voulait à mort à maître Sautel. « On nous a trompés ! avait-il vociféré à l'intention de Célestine. La mère d'Albertine est internée à Montdevergues. »

Toute la région connaissait l'asile, au moins de réputation. Certes, les Pélissier avaient bien entendu quelques rumeurs, sans vraiment y prêter attention. Ils croyaient de bonne foi que le notaire de Fontrouge était veuf.

L'ambiance aux Terres Brûlées était devenue encore plus oppressante. Achille fuyait de plus en plus la demeure familiale. Il invoquait toujours de bonnes raisons : une réunion de félibres, la Sainte-Estelle à fêter…

Hector, lui, avait fait sa vie à Avignon. Camille, son modèle, partageait son appartement situé tout près de la place Pie.

Devant le refus de son fils de mener une vie rangée en épousant quelque beau parti, Émilien avait fini par lui couper les vivres. Hector commençait à se faire un nom et fréquentait des artistes.

Quand Albertine ne pouvait plus supporter l'atmosphère lourde des Terres Brûlées, elle se rendait à Avignon chez son beau-frère et Camille. Il lui semblait qu'elle respirait mieux en ville. À tout le moins, elle échappait au regard suspicieux de son beau-père. Émilien lui inspirait même parfois une certaine crainte. Il l'observait d'un air indéfinissable et Albertine se sentait alors fautive. Elle n'avait osé en parler à personne. Ne risquait-on pas de la traiter de folle, elle aussi ?

Albertine se débattait dans ces contradictions sans parvenir à déterminer ce qu'il convenait de faire. Il lui était impossible de se confier à son père. Le notaire passait la plus grande partie de son temps à Montdevergues, auprès d'Edmée. De toute manière, qu'aurait-il compris ? Il avait cristallisé sur Edmée tout l'amour dont il était capable. Au fond, le sort de sa fille et celui de sa petite-fille lui importaient peu.

Face à ce constat, Albertine se sentait perdue et impuissante. Elle était prisonnière d'un mariage décevant, d'une belle-famille indifférente, d'une situation qui la dépassait. Parfois, le soir, elle sanglotait désespérément de longues heures avant de trouver le sommeil. Si seulement Iseut était encore auprès d'elle… Sa jument lui manquait encore, malgré les années écoulées.

À vingt-neuf ans, Albertine avait le sentiment d'être à demi morte.

Sa mère était internée à Montdevergues.

Elle, elle tentait de survivre aux Terres Brûlées.

Félicité claqua de la langue afin d'inciter son cheval bai, Vaillant, à gravir la côte menant à Gargas. Des embarras à la sortie d'Apt l'avaient retardée. Elle espérait qu'Albertine ne lui en tiendrait pas rigueur.

L'état de son amie l'inquiétait. Elle avait beaucoup maigri, au point que Félicité avait dû reprendre toutes ses toilettes. Des cernes bistre soulignaient ses yeux clairs.

— Je n'en peux plus, déclara-t-elle d'emblée à sa couturière.

Elle invita Félicité à l'accompagner dans sa chambre. Virginie rentrerait de l'école d'un instant à l'autre. Il faudrait prendre ses mesures, elle avait encore grandi.

— Que t'arrive-t-il ? s'enquit Félicité.

Albertine soupira.

— Rien de bien nouveau, j'en ai peur. Je m'ennuie ici, je redoute jusqu'à mon ombre, je revois sans cesse ma mère, là-bas, à l'asile. Si tu savais… C'est atroce ! J'ai l'impression de devenir folle à mon tour.

— Il faut partir d'ici, lui conseilla Félicité. On raconte dans la région que les Terres Brûlées ne portent pas bonheur à leurs habitants. Un homme s'est pendu dans le grenier, au début du siècle. Une femme s'est rompu le cou dans l'escalier. Cette maison ne te convient pas, pas plus que la vie que tu y mènes.

— Et que veux-tu que je fasse ? s'emporta Albertine, élevant la voix. Divorcer en profitant de la loi Naquet toute récente ? Mon beau-père en ferait une attaque ! Pour lui, les femmes divorcées sont des monstres impies.

— L'histoire est en marche, ma belle ! Les femmes ne vont plus tarder à conquérir le pouvoir.

Albertine laissa échapper un drôle de rire, qui se brisa en sanglot.

— Le pouvoir, comme tu y vas ! Chez les Pélissier, le rôle d'une femme se limite à la reproduction et à la bonne tenue d'une maison. En réalisant des économies, de surcroît, pour que tout soit investi dans les ocres !

L'amertume de la jeune femme était perceptible. Félicité l'observa sans mot dire. Elle n'osait plus lui répéter que la situation s'arrangerait bien un jour, l'une et l'autre n'étaient pas dupes. La greffe n'avait pas pris entre la fille du notaire, romanesque et fragile, et le fils de l'ocrier, dilettante et avide de gloire littéraire. Achille était trop égocentrique pour mesurer la détresse de son épouse et le père Pélissier exerçait une pression trop forte sur le couple. Achille trouvait son salut dans la fuite mais Albertine était prisonnière des Terres Brûlées. Brusquement, Félicité eut peur pour son amie.

— Parfois, je me demande s'il ne vaudrait pas mieux que tu partes.

Albertine secoua la tête.

— J'y ai déjà pensé, mais je ne veux pas leur laisser Virginie. Si je quitte Achille, je serai la réprouvée, la Jézabel. Mon père lui-même me rejettera, je le sais.

Elle se tordit les mains.

— Il n'existe pas d'issue, crois-moi.

— À moins que tu n'aies un fils, osa lui suggérer Félicité. Émilien serait peut-être alors plus enclin à faire des concessions.

Albertine éclata de rire.

— Un fils… D'abord, Achille et moi nous voyons de moins en moins. De plus, quand j'ai appris pour ma mère, j'ai fait le nécessaire.

Félicité écarquilla les yeux.

— Tu as… quoi ? Toi ?

C'était elle, Félicité, l'aînée, la rebelle, qui s'étonnait de l'audace de son amie. Femme libre, elle professait une défiance certaine à l'égard du mariage. Mais elle imaginait mal son amie se rendre chez une matrone pour lui demander un pessaire.

Albertine soutint son regard étonné.

— J'ai parlé avec Pélagie. Elle a bien connu ma mère, elle a compris mes craintes. Grâce à elle, j'ai pu rencontrer une guérisseuse qui m'a expliqué comment procéder. Je…

Elle releva la tête, décocha un regard chargé de défi à Félicité.

— Je ne veux plus d'enfant, plus jamais. C'est trop risqué. J'ai déjà tellement peur pour Virginie…

— Je te comprends, ma belle, acquiesça Félicité, profondément émue. Je ne jurerais pas, en revanche, que ton beau-père réagirait comme moi…

Albertine crocheta le bras de son amie.

— Il ne doit pas savoir. Jamais, entends-tu ?

La couturière se dégagea doucement de son emprise.

— C'est ton secret, Albertine, pas le mien. Je ne te juge pas. Je suis et demeure ton amie.

Les deux jeunes femmes échangèrent un sourire un peu tremblé.

— Bien, reprit Félicité, si tu allais chercher Virginie, que nous prenions ses mesures ?

Quand Albertine ouvrit la porte, le couloir était plongé dans la pénombre, mais elle aperçut Célestine dans l'escalier. Une sueur froide l'envahit. Sa belle-mère avait-elle pu entendre leur conversation ? Cette seule idée la glaçait. Prenant sur elle, elle héla Virginie comme si de rien n'était. Sa fille jaillit de l'office, où elle passait beaucoup de temps en compagnie de Rosette, la cuisinière.

— J'arrive, maman ! cria-t-elle.

Albertine tenta de se rassurer. Célestine n'avait pas pu les entendre.

21

Le lundi matin constituait un moment privilégié dans la vie plutôt monotone d'Élisa. Ce jour-là, elle se rendait au lavoir, son panier d'osier plaqué contre la hanche. Elle y retrouvait Coralie et Jacinthe, deux voisines âgées comme elle d'une bonne trentaine d'années.

L'ambiance était sympathique dans leur immeuble, situé montée des Accoules, une rue à chaussée fendue[1] du vieux Marseille.

Le mari de Coralie travaillait dans une savonnerie, celui de Jacinthe était docker. Les trois ménages tiraient le diable par la queue, tout en s'estimant encore presque privilégiés : ils avaient du travail.

Ce lundi-là, Élisa s'étonna de l'absence de Jacinthe au lavoir.

— Son homme est malade, lui expliqua Coralie. Ça ne ressemble pas à Antoine, reprit-elle.

1. Rue traversée par un ruisseau central.

Le ciel bleu qu'elles apercevaient entre les toits de tuiles suscitait en elle le désir d'aller se promener, vers l'Estaque ou dans les collines. Élisa soupira en considérant son linge.

— J'aime bien la lessive d'ordinaire, mais aujourd'hui… je me sens si fatiguée.

— Chantons, ça nous donnera du courage, suggéra Coralie.

Donnant l'exemple, elle entonna « Bonhomme, n'entends-tu pas le bourgeois railler ta misère[1] ? » tout en plaquant une grande chemise blanche contre sa planche de bois.

Elle entreprit de savonner le col et les poignets. Elle procédait vite, avec efficacité. Élisa l'observait sans mot dire.

— J'ai l'impression que tu as fait ça toute ta vie, déclara-t-elle enfin.

Coralie laissa filer entre ses lèvres un joli rire.

— Je n'ai pas eu le choix, ma belle ! Aînée de sept gosses, mère de trois… Le linge, ça me connaît ! Je te dirai même que j'aime ça. Pour moi, le lavoir, c'est un rendez-vous entre filles, l'occasion de sortir.

La chemise, roulée en boule, était déjà remplacée par une autre, tachée sur le devant. Le battoir s'activa. Toujours soupirant, Élisa l'imita.

---

1. Chanson des années 1880 écrite en souvenir de la Commune.

— Pas encore de petitoun ? s'enquit Coralie, voyant que sa voisine entreprenait de laver ses linges mensuels.

Élisa secoua la tête.

— Rien ne se présente ! J'ai bien peur…

Elle n'acheva pas sa phrase, il n'en était pas besoin.

Coralie lui décocha un coup d'œil amusé.

— Oh ! ne te plains pas, va ! J'ai connu une époque où j'aurais bien aimé être stérile. Heureusement que René m'a mariée, sinon j'aurais été déshonorée !

Coralie sourit.

— Les enfants, crois-moi, c'est une vraie calamité ! Toujours faim, jamais sommeil, des fils à la patte !

— Tu dis ça alors que tu les adores.

— Certes, mais j'aurais préféré que leurs naissances soient moins rapprochées. J'ai eu beau allaiter mon aîné, rien n'y a fait. Si seulement…

La plupart des femmes, en effet, payaient un lourd tribut à la maternité. Les décès en couches ou suite à un avortement effectué dans de mauvaises conditions et les grossesses trop rapprochées provoquaient des coupes sombres chez les femmes âgées de moins de quarante-neuf ans. On se confiait sous le manteau des adresses qui inspiraient la crainte, on se transmettait des recettes de bonne femme, on racontait avec pudeur quelques-uns des nombreux « soucis de femmes » qu'on avait vécus au cours de sa vie. Le lavoir constituait l'endroit idéal pour ce genre de rendez-vous, même si le développement des fontaines créait une sorte de concurrence. Pour sa part, Élisa aimait l'atmosphère du lavoir, la proximité entre femmes, l'odeur du savon, la touffeur humide qui vous faisait perler la sueur au front. Avec ses voisines, elle commentait les événements majeurs tout comme les menus faits et gestes du quartier. On savait tout, au lavoir.

— Tu n'as pas de famille, par ici ? s'enquit Coralie.

Élisa se raidit. Longtemps, Charles avait été pour elle son unique point de repère, puis Lorenzo. Sa solitude l'avait handicapée dans ses relations avec autrui, la rendant vulnérable. Elle secoua la tête.

— Non, je n'ai que Lorenzo et il n'a que moi.

Elle ajouta d'un ton chargé de défi :

— Et cela nous convient fort bien.

— La famille, c'est bien aussi, reprit Coralie. Mes parents restent à Aubagne. Nous allons les voir l'été et à Noël. C'est la fête pour les petits, tu peux me croire ! Ma mère se jetterait au feu pour eux. Comme lui dit mon frère, elle n'a pas fait autant d'histoires pour nous ! Mais va, devenir grand-mère, ça vous attendrit le cœur.

— Je ne sais pas, fit Élisa d'une drôle de voix.

Elle n'avait pas le moindre souvenir de sa propre mère et son père se résumait pour elle à une silhouette immense et une voix forte. Elle n'avait pas connu ses grands-parents.

Coralie lui jeta un coup d'œil aigu.

— Sans famille, c'est bien triste, commenta-t-elle. Il faut que tu aies un petitoun.

Elle ne pouvait pas savoir, se dit Élisa. Personne ne pouvait se rendre compte de ce qu'elle vivait. Le prix du secret.

— Coralie ! Élisa !

La voix affolée de Jacinthe les fit sursauter. Leur amie dévalait la rue Fontaine-Saint-Laurent menant au lavoir. Son visage était gris de terreur.

— Vite, un médecin ! cria-t-elle. Mon homme se vide, j'ai peur. On parle du choléra, à Toulon.

Le choléra… Les habitants des ports comme Marseille ou Toulon redoutaient ces épidémies semeuses de mort.

La dernière en date remontait à 1868 mais avait suffisamment marqué les esprits pour qu'on l'évoquât encore en se signant.

Sa lessive achevée, Élisa remonta chez elle d'un pas lourd. Leur pâté de maisons bruissait de rumeurs. Des femmes à leur fenêtre rappelaient les enfants qui jouaient dans la rue. La chaleur lourde de début juillet accentuait la sensation de menace diffuse pesant sur le quartier. On racontait d'horribles histoires à propos du choléra, dont on énumérait les symptômes.

La vieille Fanette, sa voisine, arrêta Élisa au pied de l'escalier. Ses yeux brillaient de larmes contenues.

— J'ai perdu mon homme et mon fils en 68, lui confia-t-elle. J'espère ne jamais avoir à revivre ça.

— Il s'agit peut-être d'une fausse alerte, temporisa Élisa.

La vieille femme se signa.

— La bonne Mère t'entende, petite ! Le docteur Faure est chez Jacinthe. Ça me rappelle de bien mauvais souvenirs.

« Cela ne peut pas être », se répéta Élisa en gravissant la double volée de marches menant à leur logis. La fatigue pesait. Elle se serait volontiers allongée sur le lit, malgré l'ouvrage qui l'attendait. Le linge à étendre à la fenêtre, le souper à préparer, le ménage… Élisa faisait en sorte que leur deux-pièces soit d'une propreté irréprochable. Comme si les religieuses de Cadillac pouvaient arriver d'un instant à l'autre… comme dans l'immense dortoir, se disait-elle parfois. Les cinq années passées dans la maison d'arrêt l'avaient marquée plus encore qu'elle ne l'aurait pensé.

À vie.

Elle étendit son linge, délaça son caraco. Elle avait l'impression d'étouffer. L'instant d'après, des frissons parcoururent tout son corps.

Lorsqu'elle dut courir pour se soulager de violentes coliques, elle prit peur. Était-elle malade, elle aussi ?

22

Pourquoi cela leur arrivait-il à eux ? se demanda Lorenzo, entre désespoir et colère.

Il était rentré du travail la veille au soir pour découvrir Élisa alitée, Fanette à son chevet. La vieille femme ne craignait pas la contagion. Elle ne redoutait plus rien, d'ailleurs, depuis le grand malheur qui l'avait frappée.

Venue donner des nouvelles d'Antoine à Élisa, elle avait trouvé la jeune femme évanouie. Fanette n'avait pas perdu de temps et alerté le docteur Faure, qui ne savait plus où donner de la tête depuis deux jours.

Lui ne cherchait même plus à se cacher la vérité : après Toulon, Marseille était touchée par l'épidémie de choléra. On en parlait en ville depuis la fin juin. On évoquait des Toulonnais partis à Marseille dans l'espoir d'échapper à la maladie bleue, mais, dans le quartier du Panier, on ne se sentait pas vraiment concerné.

Une sorte de fatalisme paralysait les familles. Où auraient-elles pu trouver asile, de toute façon ?

Lorenzo serra les poings. En l'espace de quelques heures, l'aspect d'Élisa était devenu effrayant. Les yeux profondément enfoncés dans les orbites, le visage hâve, la jeune femme était victime de nausées et de diarrhées. D'une faiblesse extrême, elle se plaignait de fortes douleurs dans le ventre et gémissait sourdement.

Le docteur Faure avait avoué son impuissance. Face au choléra, il convenait de tenter plusieurs thérapies puisqu'on ne pouvait garantir l'efficacité d'aucune.

Le médecin avait fait transporter Antoine au palais du Pharo, transformé en hôpital vu l'ampleur de l'épidémie qui s'annonçait. Nombre de Marseillais fuyaient la ville, cherchant un refuge à la campagne. Marseille se vidait peu à peu de ses habitants les mieux lotis.

— Pousse-toi, petit, dit Fanette, apportant du linge propre.

La vieille femme faisait preuve d'un sang-froid et d'un dévouement admirables.

Lorenzo se tordit les mains, revint vers le lit où gisait Élisa. Comment son état avait-il pu se dégrader en aussi peu de temps ? Une peur atroce lui broyait le cœur. Il la sauverait, se promit-il. Il devait bien exister un moyen.

À cet instant, il songea à Luisa. Sa vieille amie connaissait l'art des plantes, mais il n'aurait jamais le temps de monter jusqu'à Apt et de revenir.

On frappa à la porte. Coralie passa la tête dans l'entrebâillement.

— Comment va-t-elle ? souffla-t-elle.

— File !

Lorenzo lui jeta un coup d'œil sévère.

— Tu as trois mômes, ne viens pas attraper le mal ! insista-t-il. Élisa est mal en point mais nous nous en sortirons.

— Embrasse-la pour moi. Courage !

Elle se retira, à son profond soulagement. Durant son tour de France, Lorenzo s'était intéressé aux différentes épidémies du choléra-morbus. Il en avait lu assez pour savoir que l'eau et la voie aérienne constituaient les meilleurs milieux de propagation de la maladie.

Devait-il demander à ce qu'Élisa soit hospitalisée au Pharo ? Serait-elle mieux soignée là-bas ? La peur panique qu'il éprouvait l'empêchait de raisonner calmement. Il aurait voulu être conseillé, épaulé. Le constat de sa propre impuissance le rendait fou d'angoisse et de rage.

Agenouillé au pied du lit, il soutint Élisa qui vomissait à nouveau.

La peau de ses mains était sèche. Elle s'évanouit à deux reprises.

« Élisa, mon ange, bats-toi ! » pensa-t-il avec force.

Les sanglots nouaient sa gorge. Il lui essuya le front, le coin des lèvres, essaya de lui faire avaler un peu d'eau sucrée, en vain. La déshydratation constituait le risque principal pour les malades.

— Élisa, ne meurs pas, pria-t-il, au désespoir.

Le Pharo, érigé sur le promontoire de la Tête-de-Maure, dominait une crique de sable. Un cadre enchanteur, presque choquant en cette période d'épidémie.

Certains moments, Lorenzo ne pouvait plus supporter l'atmosphère régnant à l'hôpital. Il sortait de la grande salle dans laquelle les lits étaient alignés, faisait quelques pas dans les jardins, s'approchait de la mer, respirant à pleins poumons. Il se le reprochait aussitôt après, comme s'il avait trahi Élisa.

L'état de la jeune femme ne s'améliorait pas. Il y avait à présent quatre jours qu'elle délirait et elle s'affaiblissait de plus en plus. Lorenzo espérait encore. On ne pouvait lui arracher Élisa ainsi ! En même temps, malgré son esprit cartésien, il ne pouvait s'empêcher de se remémorer la malédiction de Giuseppe. Était-il donc maudit parce qu'il était le fils d'un prêtre ? Dans ce cas, pourquoi frapper Élisa et pas lui ?

L'épuisement, l'angoisse obscurcissaient son jugement.

— Élisa..., gémit-il.

Une main se posa sur son épaule. Il se retourna brusquement, se retrouva face à un prêtre dont le visage exprimait de la compassion.

— Si je puis vous aider...

Lorenzo lui jeta un regard chargé de haine. Un anticléricalisme primaire l'animait alors.

— Allez au diable ! lança-t-il en s'éloignant à grands pas.

Titubant sous le coup de la douleur, Lorenzo marcha jusqu'au promontoire. C'était une superbe journée de juillet. La Méditerranée ne lui avait jamais paru aussi belle. Elle miroitait sous le soleil.

Pourtant, à cet instant, il aurait voulu mourir, ne plus penser que le sort s'acharnait contre les siens. Après sa mère, il allait devoir enterrer sa femme et il ignorait ce qu'était devenue sa petite sœur.

Une longue plainte monta à ses lèvres. Au fond de lui, il avait compris qu'Élisa était perdue à l'aube du cinquième jour, alors que, d'une pâleur cadavérique, sa peau s'était totalement desséchée. Malgré les efforts des médecins, elle ne gardait rien et avait pris l'aspect d'une vieille femme.

— Déshydratation classique, avait soupiré le docteur Italo, qui se dévouait sans compter au chevet des malades. Il faudrait...

Il n'avait pas achevé sa phrase. Il pensait à des piqûres intraveineuses, destinées à réhydrater les patients, mais il ne savait comment procéder. De toute manière, cette femme était condamnée, comme la moitié environ des cholériques du Pharo. Question de résistance physique, de malchance… Lorenzo, lui, pressentait que les cinq années passées à Cadillac avaient affaibli l'organisme d'Élisa. Il avait serré une dernière fois sa main entre les siennes, pour lui donner la force de se battre. Il l'avait exhortée à ouvrir les yeux, à lui parler, en vain. Une religieuse lui avait tapé sur l'épaule.

— La pauvre est partie.

Partie… Pour ne pas dire morte, après une existence de misère et de malheur. Il ne pouvait supporter cette idée. Une semaine auparavant, Élisa, retroussant ses jupes, avait marché dans la mer, du côté de l'Estaque.

Il la voyait encore se retournant vers lui, rieuse. Elle agitait la main pour l'inciter à la rejoindre. Était-ce l'eau qui l'avait contaminée ? Une véritable psychose agitait Marseille. Les bourgeois avaient fui la ville. Comme toujours, les pauvres étaient restés en première ligne.

Lorenzo allait partir, lui aussi. Il ne supportait pas l'idée de rester là où elle venait de mourir.

Il reprendrait la route.

Pour rester en vie.

23

— Maman, ne pleure pas, je t'en prie.

La voix décidée de Virginie fit tressaillir Albertine, qui se tamponna rapidement les yeux. Elle avait espéré que personne ne remarquerait sa détresse si elle se retirait au fond du jardin. Elle aurait dû se douter que rien n'échappait à la vigilance de Virginie.

Du haut de ses huit ans, la fillette veillait sur sa mère, n'hésitant pas à la défendre face aux attaques de ses beaux-parents. Ceux-ci, Émilien en tête, ne désarmaient pas. Il leur fallait un héritier. Les premiers temps, Virginie avait protesté.

— Je suis là, moi !

La réponse de son grand-père l'avait profondément blessée.

— Toi ? Tu n'es qu'une fille !

Elle leur montrerait, avait-elle pensé, qu'une fille valait largement un garçon. Mais les ocres ne l'intéressaient guère. Peut-être pour prendre le contre-pied de son grand-père.

Elle observa discrètement sa mère. Albertine n'avait pas trente ans mais donnait l'impression de s'être étiolée, d'être devenue transparente. Son extrême minceur lui attirait des remarques particulièrement désagréables de la part de son beau-père.

— Tu es trop plate ! lui reprochait-il. Comment veux-tu porter mon petit-fils ?

Albertine baissait la tête sans répondre. Elle avait compris qu'il était inutile de se rebeller. Émilien entendait agir en maître chez lui et n'admettait pas la contradiction. Ses fils avaient pris le parti de fuir les Terres Brûlées, elle les comprenait. Mais elle… Elle n'avait plus la force de se protéger, et peut-être lui en manquait-il le désir. Seule Virginie la rattachait encore à la vie.

Virginie qu'elle chérissait, sans oser lui parler d'Edmée. C'était trop lourd ; Virginie n'avait que huit ans. « Plus tard, se promettait Albertine. Je lui expliquerai plus tard. »

Parfois, la tâche lui paraissait insurmontable. Félicité venait la voir une ou deux fois par mois ou l'invitait chez elle à Apt, mais, le plus souvent, Albertine trouvait une excuse. Cette façon de s'isoler, de se couper du monde extérieur inquiétait son amie. Elle avait tenté d'aborder le sujet avec Achille Pélissier, un samedi matin où elle l'avait croisé sur le marché d'Apt, mais elle avait vite compris qu'il se désintéressait de la question. Comme s'il avait refusé d'affronter sa propre responsabilité.

— Albertine souffre de mélancolie, voilà tout, lui avait-il répondu d'un ton désinvolte.

Félicité aurait voulu l'attraper par le col de son habit et le secouer avec force. « Ne vous rendez-vous donc pas compte qu'Albertine est en train de sombrer ? » aurait-elle voulu hurler. Parce qu'elle savait que c'était inutile, elle avait choisi de se taire.

Félicité avait parfois l'impression d'être cernée par les ocres. Son frère et le beau-père d'Albertine en perdaient l'entendement. La fièvre de l'ocre se répandait à Rustrel, Gargas et Roussillon.

L'argent brassé, enrichissant ocriers et transporteurs, arrangeait les affaires de Félicité qui voyait affluer une clientèle plus aisée. Après plusieurs mois d'hésitations, elle avait décidé d'ouvrir boutique à Apt plutôt que de continuer à se rendre chez ses pratiques. Elle avait déniché le local de ses rêves place de la Bouquerie, l'un des lieux les plus fréquentés de la ville avec la rue des Marchands.

Consulté, son frère avait accepté d'avancer les fonds.

— Le vent tourne, Félice, lui avait-il dit. Nous participerons au renouveau de notre région.

« Ton frère me fait peur, parfois », lui avait confié Mireille. Sa belle-sœur peinait à suivre les ambitions d'Amédée.

Mireille Darnaud aurait rêvé d'une vie paisible, exclusivement consacrée à son époux et à leur fils. Fine et sensible, elle comprenait la frustration de Jean-Clément qui poursuivait ses études à contrecœur. Les deux belles-sœurs en parlaient de plus en plus souvent, sans parvenir à convaincre Amédée. Pour lui, son fils devait avoir accès à tout ce qui lui avait manqué.

Félicité haussa les épaules. Il devait bien exister un moyen de faire pression sur Amédée ! Avec le temps…

Elle se tira un sourire pour recevoir la cliente qui pénétrait dans sa boutique. Elle ne pouvait s'offrir le luxe de paraître soucieuse ou préoccupée. Félicité n'était-elle pas réputée pour sa bonne humeur ?

La journée avait été longue et pénible. L'un des meilleurs clients des ocres Pélissier n'avait pas été livré en temps et heure à cause d'un retard dans la production. Émilien avait piqué une violente colère, qui s'était déchaînée lorsqu'il avait constaté l'absence d'Achille. Que croyait-il donc ? vociférait-il, menant son tilbury à un train rapide. Que l'usine et les mines avaient pour seul but de financer ses fredaines ?

— Même pas capable de me donner un petit-fils ! soliloquait-il en sautant à terre dans la cour de la bastide.

S'étonnant de trouver la maison déserte, il se rappela brusquement la kermesse organisée par le père Abel. Célestine avait promis d'y tenir un stand et Virginie devait participer à la chorale des enfants. Les servantes les avaient-elles accompagnées ? Le vestibule était silencieux. Il y faisait plus frais qu'au-dehors. La chaleur lourde des deux derniers jours annonçait un orage redoutable, comme souvent après le 15 août. Émilien ôta sa veste, desserra son col de chemise avant de passer dans son bureau se servir un verre d'alcool. Il appréciait tout particulièrement le cognac, qu'il faisait venir de Jarnac. Il vida son verre ballon d'un trait, se servit une seconde fois. Il avait l'impression de bouillir de colère. S'il perdait ce client, Seigneur ! Achille n'aurait pas assez de toute une vie pour le lui payer.

« Au fait… », se dit-il. Son aîné se trouvait peut-être là-haut, dans la belle chambre qu'Émilien avait fait aménager à grands frais.

Il posa son verre vide sur le bureau, se dirigea vers l'escalier qu'il gravit pesamment. Il marcha vers la « chambre des *novis* », comme disait la servante.

— Chambre des *novis*…, marmonna-t-il. Quelle farce !

Il ouvrit la porte d'un coup de pied, eut la surprise de découvrir sa bru allongée sur son lit, en jupon et caraco. Elle était belle, la garce, bien que trop maigre à son goût !

Pâle, les traits tirés, Albertine lui fit face en tirant à elle une matinée[1] en basin.

— Que faites-vous ici ? Vous voyez bien que je suis souffrante.

L'ocrier haussa les épaules.

— Vous êtes toujours souffrante ! répliqua-t-il d'un ton mordant.

Il fit peser sur la jeune femme un regard empreint de rancune.

— Quand vous déciderez-vous à mettre au monde mon petit-fils ? N'importe quelle femme en est capable. Pourquoi pas vous ? Pour me contrarier ?

Albertine fit la moue. Il la fatiguait avec ses exigences.

— Je ne veux pas d'un autre enfant, répondit-elle froidement. Il y a trop de risques.

Pélissier se rapprocha d'elle. Ses yeux étaient injectés de sang.

— Oui, cette fameuse hérédité, grinça-t-il. Une mère folle à lier, je comprends que ça vous fasse peur. Mais tout est de la faute de votre père, il aurait dû me prévenir.

— Vous me comprenez, répéta Albertine, soudain pleine d'espoir. N'insistez pas, dans ce cas.

Pélissier ricana.

---

1. Vêtement d'intérieur féminin.

— Ma fille, vous rêvez ! Ces histoires ne veulent rien dire. Virginie est une petite tout à fait saine et intelligente. Vous n'avez qu'à recommencer.

— Non !

Debout face à lui, elle lui jeta un regard chargé de défi. L'ocrier et sa belle-fille s'affrontèrent, chacun refusant de baisser la garde. D'une certaine manière, Albertine avait le sentiment de lutter pour sa propre survie et celle de sa fille.

Un mauvais rictus déforma le visage de Pélissier. Il tendit la main vers Albertine.

— Si c'est Achille qui te rebute… ou qui n'est pas à la hauteur, je peux fort bien le remplacer, lança-t-il, goguenard.

Une nausée tordit l'estomac de la jeune femme. Parlait-il sérieusement ? Oui, semblait-il. Avec un gémissement étouffé, elle chercha des yeux une issue. La silhouette massive de Pélissier l'empêchant de prendre la porte, elle opta pour la fenêtre. Il tendit la main pour la rattraper, Albertine se dégagea d'un coup sec.

— Tu n'es pas de taille, ricana-t-il.

Par la suite, il penserait qu'il n'avait pas vu arriver le drame. Sous les effets mêlés de la colère, de la chaleur et de l'alcool, il était incapable de se maîtriser.

Il ne pouvait plus supporter d'attendre. Il venait de braver l'interdit de l'inceste en paroles ; à présent, il lui fallait aller jusqu'au bout, soumettre sa bru pour qu'elle lui donne enfin l'héritier qu'il appelait de toute son âme.

— N'approchez pas ! souffla Albertine.

Elle avait lu sa résolution dans les yeux de Pélissier.

Elle recula sur le balcon sans baisser le regard. « Faire face », se répétait-elle.

— N'aie pas peur, voyons, fit Pélissier d'une voix trop douce en se rapprochant.

— Laissez-moi, implora Albertine.

Elle sentait contre ses jambes la balustrade de fer forgé. Elle était acculée, tous deux le savaient. Pélissier savourait déjà sa victoire. Il touchait au but !

— Plutôt mourir ! reprit Albertine.

Elle était belle, se dit-il. Belle et vulnérable. À cet instant, il maudit son fils aîné. Fichu imbécile ! Il tendit la main vers Albertine.

— Je vous en prie, reprit-elle, suppliante. Attendons ensemble le retour d'Achille. Nous…

Elle s'interrompit brutalement. Pélissier vit une expression de stupeur intense se peindre sur son visage. L'instant d'après, elle basculait dans le vide en poussant un hurlement horrifié. Émilien s'élança, trop tard pour rattraper Albertine. Son corps tournoya avant de s'écraser sur les pavés de la cour intérieure.

24

Décembre 1887

— Nous avons un nouveau président, déclara posément Félicité, en tendant le *Mercure aptésien* à sa filleule.

Virginie la remercia d'un sourire.

— Mlle Pichon nous en a parlé cet après-midi. On l'appelle M. Sadi Carnot. C'est un prénom bien curieux. Tu ne trouves pas ?

Félicité opina du chef. L'une de ses clientes, épouse de notable, lui en avait fait la remarque une heure auparavant. Sadi ? Quelle drôle d'idée ! Ne dirait-on pas un prénom persan ? S'agirait-il d'un étranger ?

— Mlle Pichon nous a lu un poème intitulé *Les Roses de Saadi*, reprit Virginie.

Fermant à demi les yeux pour mieux se concentrer, elle cita :

J'ai voulu ce matin te rapporter des roses ;
Mais j'en avais tant pris dans mes ceintures closes
Que les nœuds trop serrés n'ont pu les contenir.

Elle marqua une hésitation avant de reprendre :

Les roses se sont envolées.

— Non, flûte, ce n'est pas ça ! Oh ! Félice, tu crois que maman avait ce livre ?

Le cœur de la couturière se serra comme chaque fois qu'elle entendait Virginie évoquer sa mère. Plus de trois années s'étaient écoulées. Pourtant, la peine était toujours là.

Félicité avait bataillé pour obtenir la garde de sa filleule.

Elle ne voulait pas laisser la fillette sous la coupe de ses grands-parents paternels. Si elle avait fait grand bruit dans la région, la mort brutale d'Albertine avait permis à Achille de s'affranchir de la tutelle d'Émilien.

Virginie n'oublierait jamais la vue de sa mère, étendue sur les pavés de la cour. Le docteur Galifant tournait autour du corps en poussant de longs soupirs.

— Je ne pense pas qu'elle ait eu le temps de souffrir, avait entendu Virginie avant que Josépha, la servante, ne l'entraîne à l'intérieur de la demeure.

Les trois adultes – Galifant, Émilien et Célestine – étaient restés pétrifiés auprès du corps.

— Laisse-moi voir maman ! répétait Virginie en se débattant dans les bras de Josépha.

Célestine les avait alors rejointes et avait déclaré brutalement :

— Ta mère est morte.

Ce jour-là, Virginie avait détesté sa grand-mère. Par la suite, leurs relations ne s'étaient pas vraiment améliorées. Plutôt que de chercher à réconforter sa petite-fille, Célestine se lamentait car Albertine était morte sans avoir reçu les derniers sacrements. Qu'allaient dire voisins et connaissances ? Et le père Abel ? Accepterait-il d'enterrer sa bru à l'église ? Quelle honte ce serait si elle était reléguée dans le carré des indigents et des mères célibataires !

Heureusement, il y avait Josépha, la doyenne des servantes, qui avait pris les choses en main.

Dès que Galifant l'avait permis, elle avait fait transporter le corps d'Albertine dans sa chambre et prévenu la maîtresse de maison qu'elle s'occuperait de la toilette de la jeune dame. Prévenu par un coursier, Achille, rentré en toute hâte aux Terres Brûlées, avait emmené Virginie dans le jardin. Elle se souvenait encore de l'embarras de son père, de sa gêne et de cette manière qu'il avait d'effiler les extrémités de sa moustache. Mal à l'aise, Achille ne savait qu'expliquer à sa fille. Celle-ci avait fini par dire :

— J'ai bien compris, tu sais, que maman est morte mais je voudrais savoir pourquoi.

Cette question l'obsédait toujours car, bien entendu, personne ne lui avait vraiment répondu.

Josépha n'avait pu empêcher Célestine d'amener Virginie devant le lit de sa mère. Elle lui avait montré comment bénir le corps avec un rameau d'olivier. La fillette, en larmes, avait caressé la joue de sa mère.

— Je ne jurerais pas que la maîtresse la regrette, avait marmonné Josépha en remuant sa terraille.

Elle avait ajouté :

— Pourtant, devant la mort tout s'arrête.

Mais la rancune de Célestine était tenace.

Pendant que la vieille Sidonie parcourait les rues de Gargas en agitant une clochette et en annonçant : « Il est mort Albertine Pélissier. On l'enterre après-demain à onze heures », Josépha confectionnait de quoi nourrir tout le village et Émilien allait prévenir le prêtre.

Une heure plus tard, le défilé des villageois commençait. Virginie se rappelait les murmures, les embrassades, la phrase traditionnelle : « *Lou bouan Dièu vous counserve*[1] », les bénédictions et le gros cierge brûlant dans la chambre. Elle ne parvenait toujours pas à croire à la réalité de ce qu'on lui disait. Sa mère ne pouvait pas

1. « Le bon Dieu vous conserve. »

être morte, voyons ! Elle l'avait embrassée après le déjeuner, alors qu'elle se préparait pour la kermesse. Elle avait su que c'était vrai à l'arrivée de son grand-père Sautel et de Pélagie. Grand-père Charles avait grondé grand-père Émilien un peu à l'écart.

En revanche, elle gardait un souvenir confus de l'enterrement. Trop de monde dans l'église, trop de bougies, trop de fleurs... Félicité l'avait accompagnée dehors avant la fin de la cérémonie ; les sanglots l'étouffaient. Elle savait qu'elle pouvait compter sur Félicité.

Son père le savait lui aussi, puisqu'il avait accepté assez facilement de confier la petite à la couturière. Curieusement, les Pélissier n'avaient pas protesté. « Sûrement parce que je ne suis qu'une fille ! » avait-elle pensé. C'était la vérité.

Félicité n'avait jamais regretté sa décision. Virginie et elle s'entendaient bien et, à Apt, la fillette fréquentait désormais l'institution de la Providence. Sa soif d'apprendre étonnait Félicité. Pourtant, la couturière aimait à lire, à se tenir informée et était assez fière de sa bibliothèque.

Virginie sourit à sa marraine.

— Tu sais, je veux être maîtresse, moi aussi. Comme Mlle Pichon.

Félicité lui sourit à son tour.

— Je m'en doutais un peu, ma belle. Tu sais ce qu'il te reste à faire : travailler. Encore plus que tu ne le fais déjà.

— Oh ! ce n'est pas un souci, répliqua la fillette avec enthousiasme.

Elle promettait de devenir une beauté. Ses cheveux roux, qui lui valaient encore quelques quolibets, étaient fournis et lustrés comme le pelage d'une renarde. Ils encadraient un visage menu, aux traits bien dessinés, mettant en valeur d'étonnants yeux couleur turquoise. La bouche était gourmande, impatiente.

— Verras-tu ton père à Noël ? s'enquit Félicité.

Virginie secoua la tête.

— Je ne sais pas. Il est de plus en plus impliqué dans le félibrige. Si M. Mistral l'invite à Maillane, il s'empressera de s'y rendre, tu t'en doutes.

Il n'y avait pas d'amertume dans la voix de la fillette. Seulement un constat lucide.

— De toute manière, nous sommes invitées toutes les deux à la Brémonne. Mireille tient à respecter la tradition. C'est peut-être le meilleur moyen de maintenir un lien dans notre famille.

Elles échangèrent un sourire contraint. Depuis trois ans, en effet, la situation s'était aggravée entre Amédée et Jean-Clément. Le fils Darnaud, pourtant brillant élève, avait séché les cours et s'était fait renvoyer du collège d'Apt.

Comme Mireille l'avait expliqué à sa belle-sœur, il n'avait trouvé que ce moyen pour tenter de convaincre Amédée de l'embaucher. Face au refus catégorique de son père, Jean-Clément avait claqué la porte de la Brémonne. Personne ne savait où il se trouvait et, naturellement, Amédée ne décolérait pas.

Félicité prit appui sur la table pour se lever. Elle souffrait d'une méchante sciatique, ce qui l'exaspérait. Chez les Darnaud, en effet, on se couchait pour mourir, comme son père l'avait fait lors de la crise du phylloxéra. Elle allait finir par devoir consulter un médecin, ce qui ne lui plaisait guère. À trente-neuf ans, Félicité aimait à se croire invulnérable. De plus, elle ne pouvait pas se permettre d'être malade. Virginie avait besoin d'elle. Certes, les Pélissier lui versaient une pension pour l'entretien de la petite, mais la couturière la mettait de côté pour l'avenir. Douée comme elle l'était, Virginie poursuivrait de longues études. Émilien consentirait-il à les payer ? Rien n'était moins sûr, vu les idées qu'il professait vis-à-vis des femmes.

Félicité fronça les sourcils. Elle vouait une rancune farouche à l'ocrier. Depuis plus de trois ans, une douloureuse question l'obsédait. Albertine s'était-elle défenestrée volontairement, s'agissait-il d'un accident, ou bien Pélissier l'avait-il poussée au cours d'un accès de colère ? Lors de ses dernières visites aux Terres Brûlées, elle avait trouvé l'atmosphère irrespirable. Elle se souvenait aussi des confidences d'Albertine, et de ses craintes. Émilien la harcelait au sujet de cet héritier qui lui faisait toujours défaut. Malgré les reproches paternels, Achille, échaudé, refusait de convoler une seconde fois. Camille avait donné une petite fille à Hector. L'enfant était morte avant même d'avoir été baptisée. Émilien, toujours prompt à critiquer ses fils, avait estimé qu'il s'agissait du prix du péché. Félicité en avait été profondément bouleversée. Comment cet homme pouvait-il se montrer aussi dur et insensible ? Elle ne le comprenait pas.

— Je vais mettre le couvert, proposa Virginie.

Leur appartement, situé au-dessus du magasin, comprenait trois pièces s'articulant autour de la cuisine. Le salon et les deux chambres étaient aménagés avec goût. Des meubles de famille s'harmonisaient avec des bibelots achetés au hasard de coups de cœur. Maître Sautel avait proposé à sa petite-fille de prendre les affaires de sa mère, mais Virginie ne se sentait pas prête. Elle se contentait de choisir des livres dans la chambre d'Albertine, ce qui faisait sourire Pélagie.

— Tu es bien la même que ta mère, lui disait-elle en l'embrassant et en lui donnant des pots de confiture de figues, dont elle la savait gourmande.

Virginie se rendait parfois à Fontrouge en compagnie de Félicité, qui effectuait encore quelques tournées l'été. Si elle s'entendait bien avec Pélagie, elle souffrait de l'indifférence de Charles Sautel. Le notaire, qui donnait l'impression de survivre seulement grâce à son travail, se désintéressait de sa petite-fille. Pélagie avait confié à Félicité qu'il lui faisait parfois presque peur. Depuis la mort d'Edmée et d'Albertine, le notaire partait dans la garrigue, pour en revenir un ou deux jours plus tard, pâle, les traits tirés. À son retour, Pélagie se signait discrètement.

— On dirait qu'il est emmasqué, chuchotait-elle, faisant allusion à la crainte ancestrale des sortilèges.

D'un mouvement instinctif, Félicité caressa les cheveux de Virginie. Elle aimait tendrement la fillette, comme l'enfant qu'elle n'avait pas eue, et la protégeait farouchement contre les ombres du passé.

— Nous aurons un beau Noël, lui promit-elle.

25

Virginie jeta un coup d'œil à son reflet dans le miroir, recula d'un pas.

— Ces cheveux ! gémit-elle.

Félicité sourit.

— Une somptueuse parure. Regarde…

Elle fouilla parmi ses exemplaires de *La Revue de la mode*, finit par mettre la main sur ce qu'elle cherchait. Une reproduction du *Printemps* de Botticelli.

— Tu as exactement la même chevelure, reprit-elle, désignant de l'index le personnage central. Et on la considérait comme l'une des plus belles femmes de son temps.

Virginie fit la moue.

— Nous ne vivons plus à la Renaissance ! Et ce n'est pas toi qu'on appelle Roussote !

Félicité considéra sa filleule durant deux bonnes minutes sans répondre avant de l'attirer contre elle.

— Que puis-je te dire, ma chérie ? Que la différence suscite moqueries et jalousie ? Que tes camarades t'envient ton originalité ? Tu ne me croirais pas et tu aurais certainement raison. Patiente, tu verras, d'ici à quelques années, on ne te surnommera plus Roussote.

L'adolescente aurait aimé la croire. Elle se détourna du miroir, soupira.

— Pour l'instant, préparons Noël, suggéra-t-elle.

Félicité lui avait raconté à plusieurs reprises l'histoire de la crèche familiale, qui lui avait été transmise par sa mère, gardienne des traditions. Sous la Révolution, les crèches avaient été interdites dans les églises, tout comme chez les particuliers. De 1793 à 1801, de la fermeture des églises au Concordat, ce fut la nuit des crèches. Dès la signature du Concordat, profondément soulagée, la mère de Margarido s'était rendue sur le premier marché des santons, à Marseille, où elle avait fait l'acquisition de figurines en argile.

Chaque année, la maîtresse de maison achetait de nouveaux santons. Au fil du temps, la crèche familiale s'agrandissait, devenant un véritable spectacle. Margarido, puis Félicité avaient acquis un joueur de vielle, une femme au gibassier, deux bohémiens, des chiens, des moutons, des bergers, un meunier, des anges, Pistachié, le brave valet de ferme, et la Margarido sur son âne, coquette avec son grand chapeau à la bérigoule, apportant les treize desserts dans son panier.

La corbeille en osier contenant les santons, enveloppés dans du papier de soie, renfermait aussi de la mousse, du papier bleu pour la voûte du ciel et du papier gris, du sable et du gravier, collés ensemble et ingénieusement froissés pour constituer le décor.

Félicité et Virginie la dressèrent sur le manteau de la cheminée, s'ingéniant à figurer le village, le ciel et les Provençaux venus adorer le nouveau-né dans la grotte abritant ses parents. Des bouquets de thym symbolisaient les oliviers. Virginie recula d'un pas pour admirer l'ensemble.

— Joli, apprécia-t-elle.

Félicité lui avait appris qu'il ne fallait jamais passer derrière une crèche. Celle-ci, en effet, devait s'appuyer contre le mur. Derrière la crèche, il n'y avait rien que le froid et le vent extérieurs. Virginie assimilait parfois ces éléments aux Terres Brûlées. On ne dressait pas de crèche chez les Pélissier. « Je n'ai pas d'argent à perdre avec ces bondieuseries ! » plastronnait Émilien.

Virginie frissonna, se tourna vers Félicité.

— Marraine, tu promets de me garder toujours chez toi ?

Le visage encore enfantin reflétait l'angoisse. La couturière déposa un baiser léger sur les cheveux fauves.

— Et comment, petite ! Qu'est-ce que je deviendrais sans toi ?

Toutes deux, même si elles en parlaient peu, savaient que Virginie souffrait encore de cauchemars. Il lui arrivait de se réveiller en hurlant au milieu de la nuit. Elle courait alors se réfugier dans le lit de Félicité et se blottissait contre son corps tiède et doux.

— Allons, reprit Félicité, si tu allais surveiller la soupe ?

La cuisine était chaleureuse avec sa pile de terre cuite, surmontée de carreaux vernissés et d'étagères contenant la terraille et les tians.

Virginie apprenait à cuisiner sur le potager jouxtant la cheminée.

L'élaboration d'une recette relevait pour elle de l'alchimie, mêlant produits et senteurs.

— Tu crois que mon père viendra à Apt avant Noël ? demanda-t-elle brusquement à sa marraine.

Félicité haussa légèrement les épaules.

— Nous verrons bien. Il n'a pas encore écrit.

Achille prenait des nouvelles de sa fille de loin en loin. Ou, plutôt, il parlait de sa vie parmi ses compagnons du félibrige. Il était fier que ses textes soient publiés dans *L'Armana prouvençau*, tout comme il aimait à côtoyer « M. Mistral », comme il disait, à Maillane. Achille était parvenu à s'éloigner des Terres Brûlées, de la mine et de l'usine. Il n'y reviendrait jamais. Émilien lui-même avait fini par le comprendre, sans pour autant l'accepter.

Virginie secoua la tête.

— Nous verrons bien ! répéta-t-elle avec une désinvolture feinte.

Elle aimait et admirait son père, tout en ayant conscience de ne pas tenir la première place dans son existence. De toute manière, depuis la mort brutale d'Albertine, elle ne se considérait plus comme une enfant mais plutôt comme une adulte en devenir. Parce que l'enfance en elle était morte ce jour-là.

La lampe-tempête de la jardinière éclairait le chemin menant à la Brémonne. Virginie aperçut les amandiers et les oliviers familiers. Elle était attachée à la demeure des Darnaud, bien qu'elle ne fît pas vraiment partie de leur famille. Elle avait une âme.

Mireille sortit sur le seuil pour les accueillir. Elle portait une jupe à imprimé ramoneur couleur aubergine, un corsage uni réchauffé d'un grand châle en mérinos. Contrairement à sa belle-sœur, elle ne suivait pas la mode de Paris, restant fidèle aux traditions.

Un jeune valet courut dételer la jument. Félicité rassembla ses jupes pour sauter à terre. Virginie l'avait devancée.

— Soyez les bienvenues ! s'écria Mireille, les embrassant.

Elle avait acquis de l'assurance et de la sérénité. Elle avait trouvé sa place à la Brémonne, peut-être plus encore depuis la mort de Margarido, survenue en 1880. Elle était heureuse et fière de recevoir Félicité et Virginie chez elle. Ou, tout au moins, l'aurait-elle été en d'autres circonstances… Elle s'efforça de maîtriser le tremblement de ses mains, observa son époux à la dérobée. Depuis plusieurs jours, elle craignait de le voir s'effondrer, victime d'un malaise.

Pour le moment, Amédée faisait plutôt bonne figure. Il invita sa sœur et Virginie à entrer, les débarrassa de leurs capes. Le temps était encore doux en cette veille de Noël, même s'il risquait de geler durant la nuit. Félicité se dirigea d'emblée vers la salle et se frotta les mains devant la cheminée.

— Quelle belle table ! s'écria-t-elle en se tournant vers Mireille, qui rougit de plaisir.

La maîtresse de maison avait en effet respecté la tradition ; trois nappes étaient posées l'une au-dessus de l'autre sur la table en référence au symbole de la Trinité. De même, trois bougeoirs portaient trois bougies et, dans trois assiettes blanches, le blé de la Sainte-Barbe, semé le 4 décembre, symbolisait par ses jeunes pousses vert tendre le renouveau.

Virginie se rappelait que sa mère nommait ce blé « un plat à regarder ».

La crèche de Mireille était dressée sur une maie. Si elle la trouvait moins belle que la leur – les santons étaient moins nombreux et plus récents –, Virginie reconnaissait qu'elle avait une certaine allure. Mireille avait en effet reproduit en mie de pain et en carton-pâte les maisons hautes de Rustrel, avant de figurer la montagne de Lagarde-d'Apt et les Roches Rouges.

Elle félicita « tante Mireille ». Celle-ci lui tapota la joue.

— J'aime à préparer la crèche, lui confia-t-elle.

Derrière elle, Amédée haussa les épaules.

— Habitude de bonne femme, marmonna-t-il.

Les deux belles-sœurs et Virginie s'entre-regardèrent.

— Bien, fit Félicité, tout le monde vient à la messe de minuit ?

Son frère grommela quelque chose qu'elle n'entendit pas. De toute manière, elle était bien décidée à agir selon son bon plaisir et à suivre les traditions familiales.

— Maman tenait à ce que nous nous rendions à l'église en procession, glissa-t-elle de son ton le plus innocent.

S'il esquissa une moue, son frère ne protesta pas.

Mireille s'affaira, leur proposant une boisson chaude. Virginie tournait déjà autour du potager, humant les arômes du « souper blanc ».

— Tu joues au chien truffier ? se moqua gentiment Mireille.

L'atmosphère à la Brémonne était chaleureuse, même si le maître de maison continuait à faire grise mine. Une fois le café bu, on se rhabilla et l'on prit le chemin de l'église, un fanau[1] à la main.

Cette procession serpentant dans la nuit de décembre avait un caractère symbolique émouvant. Parvenus devant la façade ouest de l'église, les fidèles posaient leurs lanternes à l'extérieur de l'édifice et pénétraient dans le bâtiment.

On se serra les uns contre les autres pour se tenir chaud. De vieilles femmes avaient apporté une sorte de petit brasero, des enfants couraient en direction de la chapelle Saint-Romain. Virginie se dévissa le cou pour apercevoir la crèche.

— Il y a une surprise, cette année, lui chuchota Mireille.

En effet, brusquement, un air de rigodon résonna sous la nef romane. Le chef des bergers apparut. Il portait un gros cierge de la main droite et tenait, couché sur son bras gauche, un agneau blanc. Sur sa tête était fixé un rond de

1. Lanterne.

bois garni de cinq chandelles. Un murmure ravi parcourut l'assistance. Un deuxième berger suivait, menant un bélier décoré de rubans rouges. Le redon à son cou émettait un son grave. Une dizaine de bergers tenant des cierges fermait la marche.

— Le pastrage, comme dans l'ancien temps, murmura Amédée, plus touché qu'il n'aurait voulu le laisser voir.

Comment, à cet instant, aurait-il pu ne pas songer à son père, qui avait été berger avant de se consacrer à la vigne ? Félicité lui sourit.

— C'est une nuit de paix, souffla-t-elle.

Mais tous, même Virginie, pensaient à Jean-Clément, le fils révolté qui n'avait toujours pas donné de ses nouvelles.

26

1888

« Un autre monde », pensa Lorenzo, contemplant le gigantesque chantier du haut du deuxième étage de la tour. Il aimait cette heure très matinale, au lever du soleil, où il avait l'impression d'être seul sur l'armature de la « pyramide inversée », comme disait le poète François Coppée. Lorenzo appréciait d'y travailler, même si ce n'était pas sa vocation première. Au moins, là-haut, il oubliait le passé pour quelques heures.

Après plusieurs mois d'errance sur les chemins, il était revenu à Lagarde-d'Apt. Il fallait qu'il voie Luisa, qu'il lui parle. Sa vieille amie confectionnait des fagots de petit bois dans la forêt. Son visage s'était éclairé à sa vue.

— Petit, qu'as-tu fait d'Élisa ? s'était-elle écriée.

Il avait raconté la tragédie à mots prudents. Marseille, le choléra, l'hôpital du Pharo…

Luisa écoutait avec attention, ponctuant certaines phrases d'un « *Dio mio !* » compatissant.

— Je n'ai pas pu rester à Marseille, avait conclu Lorenzo. Trop de souvenirs… Et puis je voulais te parler.

À cet instant, Luisa s'était raidie. Elle avait compris, bien sûr. Et son attitude ne laissait guère d'illusions au fils de Livia.

— Ce prêtre…, avait-il repris. L'as-tu connu ?

Luisa s'était signée. Lentement. Son geste avait quelque chose d'inéluctable. « Laisse-moi encore un peu de temps », semblait-elle dire. Mais Lorenzo n'était pas disposé à lui accorder ce délai supplémentaire.

— Cette histoire m'obsède, avait-il insisté. Fils de prêtre… C'est plutôt lourd à porter, non ? Même si je suis libre-penseur.

De nouveau, Luisa s'était signée. Elle paraissait lasse. Lorenzo l'avait déchargée de son fardeau. Ils avaient regagné la cabane d'un même pas.

Lorenzo avait froncé les sourcils en constatant les taches d'humidité sur les murs.

— Vous devriez habiter au village, Sergio et toi, avait-il suggéré.

Ce qui lui avait valu un sursaut scandalisé de sa vieille amie.

— Au village ? Comme des paysans ? Nous ne cultivons pas la terre, nous ! Et puis nous sommes libres ! Je ne survivrais pas dans l'une de ces ruelles étroites où l'on voit à peine le soleil. Moi, il me faut la forêt, le chant des oiseaux et le ciel par-dessus ma tête.

Il comprenait ce qu'elle voulait dire. Lui aussi, à Saint-Étienne, avait eu de la peine à habiter dans une maison.

— Chez toi, au Piémont, tu vivais aussi en pleine nature ? avait-il demandé.

Toutes ces années passées ensemble dans la forêt en ignorant l'essentiel... Mais, à l'époque, il fallait travailler, sans relâche, sous les ordres d'un Giuseppe perpétuellement furieux.

Luisa avait alors commencé à parler, d'une voix lointaine, détimbrée.

— Nous ne venions pas de la même région, Livia et moi. J'étais son aînée de presque dix ans. Nous nous sommes tout de suite entendues. Elle savait parler le français, moi pas. Elle m'a appris. Elle était si belle. Et déjà si malheureuse. Il lui a fallu du temps pour me parler de Federico. Elle m'a tout raconté la nuit de ta naissance, entre deux contractions. Son récit était haché, elle pleurait tout en affirmant qu'elle payait le péché commis.

— Elle me le disait à moi aussi, avait glissé Lorenzo, profondément bouleversé.

Il revoyait Livia le serrer contre elle, le réconfortant après un accès de colère de Giuseppe. Tous les deux unis contre lui, l'autre, la brute. Tous les deux liés par un amour infini.

— C'était une belle histoire d'amour, avait repris Luisa. Triste parce que interdite. Livia avait été élevée par sa grand-mère, au pied du mont Viso. Elle était différente de ses frères et sœurs restés dans la vallée de la Verbegna. À la mort de sa grand-mère, elle a dû regagner sa famille et se séparer de Federico.

— Pourquoi ne l'a-t-il pas épousée ?

— Tsst, tsst, avait soufflé Luisa. Federico était séminariste, il allait être ordonné. Ses parents n'auraient pas supporté qu'il abandonne la prêtrise. Son oncle, prêtre lui-même, avait payé ses études. Il était ligoté. Alors, la mort dans l'âme, les amoureux se sont dit adieu. Mais Livia était enceinte. Elle s'en est aperçue en arrivant à Limone. Une catastrophe, un scandale incroyable. Elle était l'étrangère pour sa famille. On la surnommait la *principessa*, la princesse. Elle est allée se confier à un vieux prêtre parce qu'elle ne pouvait pas en parler à son père. Et il a arrangé très vite un mariage avec Giuseppe, qui partait pour la France. Ainsi, personne n'apprendrait la vérité.

— Mais Giuseppe l'a su…

Luisa avait rougi.

— C'était la condition : il exigeait de savoir qui était le père. L'héritage de la grand-mère de Livia a payé le voyage. Quand ta mère est arrivée ici, nous sommes tout de suite devenues amies, elle et moi. Elle disait qu'elle ne savait rien faire, excepté lire, et c'était vrai. Giuseppe était fou de rage. Il se montrait tellement exigeant avec elle, alors qu'elle était perdue et au désespoir.

Luisa s'était interrompue. Lorenzo avait lu dans son regard qu'elle ne lui dirait pas tout et il n'avait pas insisté. Il n'imaginait que trop bien ce que sa mère avait enduré sous la férule d'une telle brute. Il s'était borné à demander à sa vieille amie si elle connaissait le nom du séminariste. Elle avait secoué la tête. Non, Livia ne le lui avait jamais confié. Elle ne l'évoquait pratiquement jamais, comme si elle avait voulu protéger ses souvenirs. Et, cette fois, Lorenzo avait su que c'était vrai. Livia n'aurait pas admis qu'on critiquât l'homme qu'elle aimait.

Il était reparti après être allé se recueillir au pied de leur chêne. Luisa n'avait jamais revu Maria et ignorait ce qu'elle était devenue. C'était une autre souffrance pour le compagnon. En quittant la forêt, il avait dit adieu à son enfance. Définitivement.

Il jeta un regard prudent autour de lui. Même s'il ignorait le vertige, il ne s'exposait pas à des risques inconsidérés. Il avait entendu parler du chantier de la tour alors qu'il revenait d'Italie et avait été embauché au vu de ses compétences en menuiserie. Il avait d'ailleurs rencontré quelques autres compagnons, spécialisés eux dans le travail du fer. Ceux qu'on appelait les « ramoneurs » par opposition aux « gars du plancher des vaches » recevaient un salaire plus important, de l'ordre de soixante-dix centimes de l'heure.

La plupart vouaient une grande admiration à « M. Eiffel » qui avait fait installer une cantine au premier étage de la tour et payait près du tiers du repas de chacun de ses ouvriers.

Même s'ils entendaient parler des critiques véhémentes lancées contre la tour – des célébrités comme Bonnat, Gounod, Sardou, Maupassant ou Leconte de Lisle avaient rédigé une lettre ouverte au directeur des travaux de l'Exposition dans laquelle ils vilipendaient « une tour vertigineusement ridicule, dominant Paris ainsi qu'une noire et gigantesque cheminée d'usine, écrasant de sa masse barbare Notre-Dame, la Sainte-Chapelle, le dôme des Invalides [...]. Tous nos monuments humiliés, toutes nos archives rapetissées disparaîtraient dans ce rêve stupéfiant » –, les ouvriers avaient conscience de participer à une véritable œuvre d'art. Et ils en étaient fiers.

— Salut, camarade !

Guillaume, un lève-tôt lui aussi, venait de rejoindre Lorenzo sur la plate-forme. Ouvrier du fer chevronné, il avait participé au chantier du viaduc de Garabit. Âgé d'une trentaine d'années, il était célibataire.

Ils échangèrent une solide poignée de main avant de contempler la plaine du Trocadéro.

— Je me demande ce que les étrangers penseront de notre tour, réfléchit Guillaume à voix haute. Tu imagines ? Tout ce monde qu'on attend pour l'Exposition, l'an prochain ? On est quand même en train de bâtir la plus haute tour du monde !

— Oh moi, tu sais… Du moment que je touche ma paie ! répliqua Lorenzo avec cynisme.

Guillaume lui jeta un coup d'œil acéré.

— Tu joues au dur ? Moi, j'aime être fier de mon boulot.

Brusquement, Lorenzo se sentit stupide et rompit les chiens.

— Oui, tu as raison, confirma-t-il. Moi aussi, j'aime la belle ouvrage mais…

Il n'acheva pas sa phrase. Il n'allait tout de même pas lui confier qu'il avait perdu le goût de vivre depuis la mort de sa femme.

— Il n'y a pas de « mais » ! le coupa Guillaume. On a la chance de travailler ici, on ne va pas se plaindre, quand même !

Que savait-il des vies de ses camarades ? Ils étaient certainement nombreux à avoir perdu une compagne, un enfant, des parents et leur existence ne s'était pas arrêtée pour autant. Ils continuaient d'avancer, sans se poser trop de questions, parce qu'ils n'avaient pas le choix. Même s'ils rêvaient d'une autre vie…

Pourtant, Lorenzo était persuadé qu'il devait exister une autre voie. Même si les ouvriers travaillant à la tour de M. Eiffel étaient privilégiés par rapport à leurs camarades, leurs conditions de travail demeuraient difficiles et ils avaient déjà dû recourir à la grève pour faire entendre leurs doléances.

Près de vingt ans après, Lorenzo n'avait rien oublié de la fusillade du Brûlé, de la haine opposant les deux parties et du désespoir des femmes et des enfants des mineurs.

Il fallait que ça change ! Les sacrifices du petit peuple n'avaient que trop duré.

27

1890

Sous le ciel d'un bleu profond, les carrières de Rustrel déclinaient toute une gamme de tons, allant du jaune presque blanc au rouge violacé.

« J'aime ma terre », pensa Amédée Darnaud, debout à côté des bassins de décantation.

Il était heureux sur ses terres. Enfin, heureux n'était pas le mot juste. Apaisé, plutôt.

Deux ans après, il n'avait toujours pas accepté la défection de son fils. Amédée avait appris par la rumeur publique que Jean-Clément avait été embauché chez Pélissier. Il n'avait pas voulu le croire. Son fils ne pouvait se comporter aussi mal !

Au fil du temps, il avait dû se rendre à l'évidence. Jean-Clément avait bel et bien déserté pour passer à l'ennemi… chez Pélissier qui cherchait à maîtriser toute la filière de l'ocre. Comble d'infamie, son fils logeait aux Terres

Brûlées. Bafoué, Amédée avait songé abandonner la partie. Son amour-propre l'en avait empêché. N'avait-il pas bataillé pour extraire l'ocre du champ de l'Étoile ? Même s'il s'était opposé à son propre père, Amédée restait farouchement attaché à la terre qu'ils se transmettaient de génération en génération depuis un siècle.

Mireille et Félicité avaient plaidé la cause de Jean-Clément. Il y avait beau temps, en effet, que le garçon réclamait le droit de travailler l'ocre. Amédée avait refusé de reconnaître ses torts. Ne désirait-il pas le meilleur pour son fils ?

Ce qu'il s'obstinait à appeler « la trahison » l'avait aigri. Il travaillait encore plus dur et, tôt le matin ou tard le soir, il arpentait ses terres en se demandant qui reprendrait le flambeau. Il se sentait encore jeune, pourtant, et vaillant. Pas question pour lui d'abdiquer ! Mais la seule idée de savoir Jean-Clément chez Pélissier lui donnait des palpitations.

Bien sûr, lui avait Max, qui se passionnait pour les carrières à ciel ouvert, mais ce n'était pas pareil. Max n'était pas de son sang.

Il jeta un coup d'œil au chêne planté devant la maison du contremaître, qui avait bien poussé. Il avait offert la jouissance de cette maison à Max au départ de Bébert pour l'Algérie. Ce dernier avait décidé sur un coup de tête de quitter le pays. Mireille pensait plutôt que sa jeune épouse avait désiré se rapprocher de ses parents, partis s'installer dans la plaine de la Mitidja. En tout cas, sa décision subite avait fort contrarié Amédée.

Il encouragea de quelques mots les ouvriers qui ratissaient les bassins de décantation. Alors que la terre commençait à se craqueler sous les effets conjugués du soleil et du vent, formant des mottes de taille plus ou moins régulière, les ouvriers quadrillaient les bassins à l'aide de traîneaux. Il s'agissait de cadres métalliques triangulaires munis d'un clou à chaque angle. En procédant à ce quadrillage sur une quinzaine de centimètres de profondeur, la terre était ainsi « prédécoupée » et, en séchant, se fissurait jusqu'au fond. Une fois les briques d'ocre sorties du bassin, on les empilait en murs de deux mètres de hauteur tout autour. La base de ces murs était plus large que leur sommet afin de résister au ruissellement de la pluie. Les briques pouvaient ainsi sécher complètement.

Il les conduirait lui-même à l'usine de Roussillon. Il était resté fidèle au rival de Pélissier, Gardone. D'abord parce qu'il avait l'habitude de travailler avec lui depuis des lustres et ensuite parce qu'il ne souhaitait pas croiser le chemin de Jean-Clément.

La blessure était là, intacte, profonde. Amédée haussa les épaules. Il fallait avancer, sans trop se poser de questions. Tel qu'il connaissait son fils, celui-ci ne ferait pas amende honorable. Il poursuivrait la route qu'il avait choisie.

Comme chaque fois qu'elle revenait aux Terres Brûlées, Virginie sentit son cœur se serrer. Félicité avait dû insister pour que l'adolescente se décide à venir saluer ses grands-parents.

Pascal, le roulier, l'avait conduite avec sa charrette car sa marraine était retenue à Apt par les derniers essayages d'un grand mariage.

— Te voici rendue, petite, lui dit Pascal, s'arrêtant à l'entrée de la grande cour.

Virginie hocha la tête avant de poser un baiser sur sa joue.

— Merci, Pascal. Mon grand-père me fera raccompagner.

— Ta marraine y compte bien !

Un chien de chasse s'élança vers elle en jappant. Elle caressa le sommet de sa tête. Il courba l'échine en gémissant de plaisir.

— Ici, Brutus ! cria sa grand-mère depuis le seuil.

Virginie réprima un sourire. Ledit Brutus n'avait rien de belliqueux et paraissait plutôt craintif. Célestine inspecta sa petite-fille avant de lui tendre la joue.

— Tu as encore grandi ! fit-elle.

C'était dit de telle façon qu'il n'y avait pas à s'y tromper : il ne s'agissait pas d'un compliment.

— Bonjour, grand-mère, répondit simplement Virginie.

— Tu as fait bon voyage ? Tu dois avoir soif. Va donc voir Josépha à l'office.

Rien n'avait changé aux Terres Brûlées. L'adolescente parcourut la maison à la recherche de la servante. Josépha laissa échapper un petit cri de joie en la voyant surgir dans sa cuisine et l'étreignit. Rieuse, Virginie dénoua son grand tablier bleu.

— Petite pestouille ! fit Josépha en riant. Tu m'as manqué, ajouta-t-elle.

— Toi aussi ! Comme tes gâteaux.

— C'est bien pour ça que je t'en ai préparé. Petitoune, ça me fait plaisir de te revoir. Alors comme ça, il paraît que tu vas devenir une grande dame ?

Virginie sourit.

— Comme tu y vas ! Je veux être institutrice, voilà tout !

— Tu as réussi le concours. M. Achille était fier de l'annoncer aux maîtres.

— Vraiment ? s'étonna-t-elle.

Elle voyait son père de loin en loin. Il se présentait chez Félicité, les bras chargés de cadeaux, embrassait sa fille, l'emmenait au restaurant avant de repartir, toujours pressé.

« Comme s'il avait peur de moi », avait remarqué Virginie, et sa marraine avait souri tristement. Elle avait cru comprendre que Virginie rappelait à Achille l'échec de son mariage. Malgré les exhortations d'Émilien, il avait refusé avec force de se remarier et, pour Félicité, c'était une sorte d'hommage rendu à Albertine. « Il est bien temps ! » se disait-elle, furieuse.

La couturière ne regrettait pas vraiment d'être restée célibataire. Les différents couples autour d'elle lui prouvaient qu'elle était beaucoup plus libre sans époux. Elle avait pris l'habitude de mener sa barque à sa guise, sans rendre de comptes à quiconque. Certes, elle payait son indépendance d'une certaine insécurité financière, mais elle était fière d'avoir pu rembourser rapidement son frère. Son atelier tournait bien, ses clientes étaient fidèles.

À quarante-deux ans, Félicité s'estimait une femme chanceuse.

Elle avait vécu une histoire d'amour. Une histoire malheureuse, à laquelle elle avait mis fin, en se disant que l'homme qu'elle avait aimé ne quitterait jamais sa femme. Avait-on déjà vu un magistrat épouser une couturière ? Mieux valait trancher dans le vif, avant que la rancœur, le chagrin et les reproches n'altèrent les beaux souvenirs…

Félicité avait fui, donc. Et refusait de se laisser aller aux regrets.

— Sois exigeante dans ta quête d'amour, avait-elle recommandé à sa filleule.

Virginie avait ri en secouant sa chevelure fauve. Elle se moquait bien de l'amour ! Pour l'instant, seule sa carrière l'intéressait.

— Eh bien, ce concours ? reprit Josépha. C'était aussi dur qu'on le dit ?

Virginie réfléchit durant une petite minute avant de répondre :

— Dur ? Je ne sais pas. J'avais tellement envie de réussir que j'ai donné le meilleur.

Mlle Geneviève, sa maîtresse au cours complémentaire, l'avait aidée à prendre confiance en elle. Virginie se passionnait pour les lettres, l'histoire, l'anglais et la géographie. Elle travaillait longtemps, le soir au salon, jusqu'à ce que Félicité lui enjoigne d'aller dormir. Grâce au soutien de Mlle Geneviève, l'adolescente avait osé se présenter au fameux concours de l'école normale. À quatorze ans, elle était l'une des plus jeunes admises. À la rentrée, elle intégrerait l'école normale d'Avignon et ne reviendrait à Apt qu'à l'occasion des vacances, quelques jours pour Noël, puis deux longs mois cet été.

S'adapterait-elle à l'internat ? De toute manière, elle n'avait pas le choix, il lui fallait avancer. Suivre sa voie…

— Tu verras, promit-elle à Josépha, d'ici à quatre ans, je serai institutrice.

Josépha se signa.

— Le Ciel t'entende, petite ! Je savais que tu irais loin. Toujours plongée dans tes livres, comme ta maman.

Le visage de Virginie se ferma.

— Elle me manque, tu sais, chuchota-t-elle.

La servante opina du chef.

— J'imagine.

Elle ouvrit la bouche comme pour ajouter quelque chose, avant d'y renoncer. Qu'aurait-elle pu dire à l'adolescente ? Qu'elle ne croyait pas, n'avait jamais cru à un geste de désespoir de la part d'Albertine ? Il était inutile de remuer le passé.

Virginie appartenait à l'avenir.

28

1891

Lui, l'homme du Sud, n'aurait pas pensé éprouver un tel attachement pour une région aussi éloignée du Luberon.

Le ciel, couleur d'ardoise, n'avait rien de commun avec celui de sa Provence natale. Pourtant, Lorenzo s'était trouvé une famille de cœur dans les Ardennes.

Comme souvent, le hasard avait guidé ses pas. Quand la tour Eiffel avait été terminée, Guillaume lui avait proposé de rendre visite à Jean-Baptiste Clément, un ancien communard se battant pour les droits des ouvriers. Lorenzo avait eu envie de le rencontrer.

Empruntant routes et chemins, il avait gagné les Ardennes, terre de labeur et de révolte. Le travail ne lui suffisait plus, il avait envie de s'investir dans la défense de ses compagnons. La mort d'Élisa, les confidences de Luisa avaient suscité chez lui ce désir. En cette fin de siècle, les ouvriers étaient encore trop souvent bafoués, humiliés, exploités.

Grâce au réseau des compagnons, Lorenzo avait trouvé du travail chez un menuisier de Charleville. La ville, bâtie autour d'une place harmonieuse, à l'élégance classique, possédait un charme indéfinissable. Il s'y était vite intégré. Plusieurs camarades réfléchissaient comme lui à l'évolution du monde du travail. Dans la vallée de la Meuse, à seulement quelques kilomètres de Charleville, des cloutiers maniaient une quinzaine d'heures par jour un énorme marteau tandis que leur chien, le moteur à puces, faisait tourner la roue afin d'actionner le soufflet de la forge. Dans les villages du Sedanais, réputés pour leurs draperies, des milliers de tisserands s'épuisaient pour un salaire dérisoire tandis que la production se recentrait en ville autour des métiers mécaniques.

Lorenzo, qui lisait avec avidité tous les livres qu'il trouvait, adhérait aux idées de Jules Vallès, pour la liberté de la presse, contre tous les arbitraires. Et, surtout, il partageait les conceptions de Jean-Baptiste Clément, surnommé le Vieux. L'homme lui avait plu dès leur première rencontre. Fils d'un meunier aisé, Clément, apprenti repousseur sur cuivre puis trimardeur, manœuvre et journaliste, avait écrit pour *Le Cri du peuple* de Jules Vallès, siégé à la Commune avant de se réfugier en Angleterre.

Il se battait contre la machine broyeuse d'hommes, attaquait sans répit le patronat égoïste, mais seuls les ouvriers l'écoutaient. Les autres se défiaient de lui tout en le vilipendant. Son journal, *L'Émancipation*, gênait.

Lorenzo fréquentait volontiers L'Étincelle, le cercle d'études socialiste de Charleville, ainsi que le groupe anarchiste des Sans-Patrie. Il prenait sur ses heures de sommeil pour vendre *Le Père peinard*, un hebdomadaire anarchiste créé en 1889 à Paris.

En revanche, depuis l'emprisonnement de Clément, suite à la manifestation du 1er mai 1890 à Charleville, et surtout aux attentats de Revin et de Charleville en juin, Lorenzo avait suivi les appels à la modération du Vieux, s'opposant en cela aux anarchistes. La situation était explosive, il en avait conscience. Pourtant, comment ne pas comprendre le désespoir et les revendications des ouvriers ?

Il était de bon ton d'ironiser dans la bourgeoisie et le patronat : « Que deviendraient-ils sans nous ? », mais la réciproque était vraie.

Lorenzo avait conscience de se trouver à une époque charnière.

La France était sclérosée, prisonnière de son désir de revanche. Pour avoir eu des contacts positifs avec des camarades italiens, belges et anglais, Lorenzo professait l'internationalisation, en référence à la chanson d'Eugène Pottier sur une musique originale de Pierre Degeyter, l'un des membres de la chorale lilloise du parti ouvrier français. Cependant, par fidélité à Clément et aussi parce qu'il se rappelait l'avoir fredonnée plusieurs fois à Élisa, le fils de Livia préférerait toujours *Le Temps des cerises* à *L'Internationale*.

— Camarade, il ne faut pas être trop sentimental, lui avait fait remarquer un jour Guillaume.

Lorenzo n'avait rien répondu. Était-il sentimental parce qu'il songeait chaque jour à sa mère et à Élisa ? Parce que l'esprit de vengeance l'animait encore ? Ce n'était pas son enfance gâchée qui le motivait mais bel et bien les souffrances endurées par Livia.

Il réprima un soupir. Il allait assister à une réunion à Nouzonville et espérait que celle-ci déboucherait sur des avancées. Depuis 1887, Clément faisait paraître une brochure, *Questions sociales à la portée de tous*, dans laquelle il invitait les travailleurs à témoigner de « ce qu'ils ont vu, de ce qu'ils ont souffert, pour dresser ensemble le dossier des capitalistes, des exploiteurs, des parasites et constituer ainsi les archives saignantes du prolétariat ».

Il aimait chez Clément sa sincérité et son altruisme. Lui-même éprouvait comme le besoin de se racheter. Il avait longtemps cherché pourquoi, avant de se demander si cela ne tenait pas à sa bâtardise et à la mort prématurée d'Élisa. Tout comme celle de Livia, la vie de sa jeune femme avait été écourtée. Avec le recul, il mesurait qu'il ne l'avait pas aimée d'un amour passionné mais plutôt avec une tendresse attentive. La première fois qu'il avait croisé son chemin dans Apt, il avait éprouvé de l'attirance pour elle, mais aussi de la compassion. Élisa paraissait si fragile. Le scandale provoqué par Giuseppe à leur repas de noces avait jeté une ombre noire sur leur couple, au point que Lorenzo s'interrogeait parfois au sujet de sa malédiction. L'instant d'après, il haussait les épaules. Lui-même était libre-penseur, estimant que la religion n'avait pas à mener la vie des hommes.

Des lambeaux de brume se déchiraient au-dessus de la Meuse languide. « Le pays du fer et de l'eau », songea Lorenzo. Un pays d'hommes rudes à la peine, comme l'étaient les charbonniers du Luberon, les mineurs de La Ricamarie ou les ébénistes de la Bastille. Ces travailleurs parviendraient-ils un jour à faire valoir leurs droits ?

C'était désormais le but qu'il poursuivait.

Le Vieux l'avait annoncé : la manifestation du 1er mai à Fourmies constituerait une sorte de ballon d'essai. En effet, depuis le massacre de Haymarket Square à Chicago, en 1886[1], la Seconde Internationale avait décidé, en juillet 1889, de créer une Journée internationale de revendication des travailleurs.

Or, à Fourmies, on réclamait dans les usines textiles la journée de huit heures ainsi qu'une augmentation des salaires. Le gendre de Marx, Paul Lafargue, avait fondé en 1880 avec Jules Guesde le Parti ouvrier français. Cette organisation socialiste préparait avec fièvre des manifestations dans toutes les villes d'une certaine importance. On le savait, on en parlait, dans les réunions, au journal, si bien que Lorenzo avait eu envie d'aller voir sur place de quoi il retournait. Soixante-dix kilomètres seulement séparaient Fourmies de Charleville, une belle promenade pour un marcheur comme lui.

Lorenzo était parti de Charleville le 28 avril, empruntant la route du Nord. Il s'était arrêté aux Ardoisières de Rimogne, le temps de s'enquérir des conditions de travail des mineurs avant de reprendre la route. Il avait toujours aimé marcher, ce qui lui permettait de réfléchir. L'air était vif, l'herbe haute. Les haies vives fermant les champs l'avaient étonné ; il n'y avait rien de tel chez lui. Chez lui… comme c'était étrange !

1. Date clef de la lutte pour la journée de travail de huit heures aux États-Unis qui s'est soldée par le procès des anarchistes et du mouvement ouvrier.

Il avait passé la nuit du 30 avril dans une auberge tenue par Pauline, une Mère qu'il connaissait de réputation. On la disait dévouée, sage et excellente cuisinière. D'une beauté sereine avec ses cheveux tirés en chignon haut et ses yeux clairs, Pauline dirigeait une maison aux murs chaulés de frais, aux chambres d'une propreté méticuleuse.

— On m'a déjà parlé de toi, avait-elle déclaré à Lorenzo.

Chez elle, on devisait devant l'âtre, on jouait aux cartes ou aux dominos, on refaisait le monde. Prudent, Lorenzo n'avait pas mentionné son intention de se rendre à Fourmies le lendemain. Les relations, au cours des dernières semaines, s'étaient tellement tendues entre patrons et ouvriers qu'il convenait de rester discret.

— Tu viens de loin, Brûlé le Résolu, lui avait fait remarquer Pauline en lui proposant un fromage à l'arôme corsé, du maroilles.

Il avait esquissé un sourire.

— De plus loin que tu ne puis l'imaginer.

Dans sa tête, défilaient des images de Paris, de Marseille, de Saint-Étienne.

Pauline avait souri.

— Tu as beaucoup trop de gris dans les yeux.

Il aurait pu penser qu'elle cherchait à le séduire mais pressentait que ce n'était pas le cas. Elle s'intéressait seulement à lui, comme s'il avait fait partie de ses proches. Ils avaient parlé, des voyages de Lorenzo, de son expérience comme ramoneur sur la tour Eiffel, de la vie à Marseille, et Pauline avait laissé échapper un petit soupir.

— Avec tout ce que les garçons me racontent, eh bien, je voyage aussi un peu, à ma façon.

Il avait bu un petit verre d'eau-de-vie, après son dernier café, était monté dans sa chambre et avait dormi d'un trait. Le lendemain matin, sur la route de Fourmies, il échangea des impressions avec plusieurs ouvriers. Tous évoquaient l'appel de la section locale du Parti ouvrier, dirigée par Culine, un Sedanais représentant de commerce :

Le grand jour de fête des prolétaires approche. Le devoir de chacun est de venir en masse en ce jour du 1er mai apporter par sa présence son droit à discuter ses intérêts et à les soumettre aux pouvoirs publics par voie de délégués. À dix heures du matin, les délégués désignés en assemblée générale des travailleurs se rendront à la mairie. Toutes les communes sont invitées à manifester chacune dans leurs localités […].

— Il va bien falloir que les patrons nous écoutent ! lança un jeune homme d'une vingtaine d'années, Eugène.

Basile, quadragénaire, tenta de tempérer son enthousiasme.

— Ils ont placardé un avis dans les usines de Fourmies pour annoncer que le mouvement de grève serait sévèrement réprimé.

— Qu'est-ce qu'ils peuvent nous faire ? plastronna Eugène.

Lorenzo écoutait sans mot dire. À l'entrée de Fourmies, il fit remarquer à ses camarades la présence de deux compagnies d'infanterie.

— Gaffe ! murmura-t-il.

Ils étaient environ mille cinq cents grévistes, à chanter « C'est huit heures, huit heures, c'est huit heures qu'il nous faut » devant les grilles d'une filature, la Sans Pareille, dont les ouvriers n'avaient pas cessé le travail. Dès dix heures, six gendarmes à cheval, sabre au clair, chargèrent et procédèrent à quelques arrestations. Dès lors, les manifestants réclamèrent en chantant non seulement une réduction du temps de travail mais aussi leurs camarades prisonniers.

L'ambiance était encore bon enfant. Mais pour combien de temps ? se demandait Lorenzo, inquiet.

L'après-midi, alors que la foule s'était massée sur la place de l'Hôtel-de-Ville pour demander la libération des grévistes, la situation bascula d'un coup. Les manifestants commencèrent à lancer des pierres sur les gendarmes. Sommés de se disperser, ils refusèrent. Pour la deuxième fois de la journée, les gendarmes à cheval chargèrent. Lorenzo protégea une fillette qui faillit être piétinée. Les jets de pierre s'intensifièrent. La tension était palpable. Trois compagnies du régiment d'infanterie se positionnèrent de façon à fermer les accès. Pendant ce temps, une colonne d'environ trois cents hommes prit la direction de la place de l'Hôtel-de-Ville en réclamant : « C'est nos hommes, nos hommes, nos hommes, c'est nos hommes qu'il nous faut ! » Culine marchait en tête avec un conscrit, Giloteaux, qui brandissait un drapeau tricolore. Quelques-uns s'armèrent de bâtons et de pierres afin de pouvoir se défendre face aux gendarmes. À six heures, ils étaient près de cinq cents. Le choc était inévitable.

La colonne se heurta à la compagnie du 145e régiment d'infanterie, barrant l'entrée de la place. Les soldats donnèrent l'impression d'être débordés. Aussitôt, le commandant Chapus leur ordonna de faire feu. Sans la moindre sommation. Le porte-drapeau Giloteaux tomba le premier. Le feu de peloton, tiré à l'aveugle, frappa indifféremment, dans un vacarme incroyable, grévistes, femmes et enfants.

Lorenzo, sous le choc, eut le réflexe de se coucher sur les pavés. Les soldats continuaient de tirer alors même que la foule s'était dispersée en direction des estaminets bordant la place.

Un silence horrifié succéda au tumulte. Devant Lorenzo gisait une jeune fille au corsage teinté de sang. Il se pencha au-dessus d'elle.

Le pouls ne battait plus. Une nausée lui tordit l'estomac. Partout, des cris, des gémissements et cette odeur de poudre, insoutenable.

Durant deux heures, il se démena, portant secours aux blessés, recensant les victimes. Deux jeunes filles avaient été tuées à l'intérieur d'un cabaret. Un enfant de onze ans, Émile Cornaille, avait été atteint d'une balle alors qu'il venait de se réfugier dans le café La Bague d'or.

Vingt-deux ans après la fusillade du Brûlé, la tragédie se renouvelait. Avec, encore une fois, des femmes et des enfants pour victimes.

— Ils n'ont rien compris, murmura Lorenzo.

29

Il était impossible de recenser la foule massée dans la région industrielle de Thiérache. Dix, vingt mille personnes, peut-être plus. L'afflux était continu depuis le matin. Des ouvriers en vêtements de travail, arborant une cravate rouge, arrivaient des environs mais aussi de petites villes laborieuses telles que Saint-Michel ou Hirson. Une tristesse stupéfaite pesait sur Fourmies, comme si témoins et habitants n'avaient pas encore pris toute la mesure de la tragédie.

Lorenzo, qui n'avait pas quitté la région depuis trois jours, était venu soutenir ses camarades. Pauline lui avait prêté une cravate rouge.

— Tu es plutôt bel homme, avait-elle remarqué en souriant.

Il lui avait caressé la joue sans répondre. Lorsqu'il était rentré, livide, à la cayenne de Pauline, vers vingt-trois heures, la Mère était déjà au courant de la fusillade. Elle l'avait serré contre elle, comme elle l'eût fait avec un enfant, et il avait écrasé une larme.

— Mon frère est ouvrier à Fourmies, lui avait-elle confié. Dieu merci, il ne fait pas partie des victimes, mais c'est égal. Ces jeunes gens, cet enfant de onze ans… Et la pauvre Maria Blondeau, dix-huit ans à peine, abattue à bout portant d'une balle dans la tête. On m'a dit qu'elle tenait à la main un rameau d'aubépine que lui avait offert son fiancé…

Pauline avait secoué la tête.

— Il faudra bien qu'ils paient un jour, ces maudits patrons ! Qu'est-ce que nous sommes pour eux ? Même pas des chiens !

Sa colère faisait écho à celle de Lorenzo.

Il se répétait ses paroles, quarante-huit heures plus tard, perdu parmi la foule. Les autorités locales n'avaient rien compris ; elles avaient réclamé en haut lieu plusieurs régiments de cavalerie afin que les funérailles se déroulent dans le calme.

— Comme si on pouvait faire insulte à nos morts, grommela Basile, qui avait fait lui aussi le déplacement.

En première ligne durant la fusillade, il avait nettement entendu le commandant ordonner : « Feu ! Feu ! Feu rapide ! Visez le porte-drapeau ! »

— Si ce n'est pas malheureux, reprit-il. Un gamin de vingt ans à peine, ce pauvre Kléber !

Tous les visages reflétaient la consternation, le chagrin et l'incompréhension. De nombreux journalistes étaient venus de Paris et de Lille. Ils prenaient des notes dans leurs carnets, posaient des questions, s'intéressant plus particulièrement aux jeunes filles tuées. Le cas de Maria Blondeau, notamment, les interpellait. Cette curiosité paraissait presque malsaine à Lorenzo. Il comprenait, cependant, que le drame devait être relayé afin que le pays tout entier apprenne comment on avait traité des manifestants innocents. On parlait à voix basse, comme pour ne pas déranger les morts. On commentait, aussi, le rôle joué par l'abbé Margerin, le prêtre de Fourmies, qui s'était interposé pour faire cesser la fusillade. Sans son intervention, combien de victimes supplémentaires aurait-on déploré ?

Lorenzo jeta un regard sombre aux détachements de cavalerie impressionnants qui bordaient l'itinéraire du cortège. En lui, la colère le disputait à l'écœurement. Les prenait-on pour de redoutables assassins ? Il revoyait l'atmosphère joyeuse de la matinée du 1er mai, et, en contrepoint, tous ces corps foudroyés. Comment le patronat et l'armée avaient-ils pu perpétrer un tel massacre ?

Ils étaient environ trente mille – ouvriers, militants, sympathisants – à défiler. Pas un mot plus haut que l'autre, pas une revendication, rien, que le silence, grave et digne. Plusieurs portaient des couronnes, d'autres des pancartes. Le cortège s'étirait sur deux kilomètres, sous un soleil insolent.

Culine, tenant un drapeau rouge voilé de crêpe, prononça un discours émouvant. D'autres militants suivirent son exemple. En les entendant affirmer que les martyrs de Fourmies n'étaient pas morts en vain, Lorenzo éprouva un profond sentiment de découragement. Le monde industriel était-il prêt à changer ? Il en doutait fort.

Deux jours plus tard, sa lassitude se fit révolte. Il venait d'achever la lecture des journaux chez la Mère. Dans *Le Dix-neuvième Siècle*, on pouvait lire : « Les mesures militaires prises sont folles… Une armée ennemie serait signalée qu'on ne prendrait pas d'autres mesures », tandis que *Le Petit Journal* constatait : « On dirait une ville qui s'apprête à repousser un assaut ; les rues qui aboutissent à celles où doit passer tout à l'heure le cortège funèbre sont barrées par d'énormes effectifs de cavalerie ; cela ressemble bien à de l'affolement de la part de l'autorité. » Ces deux journaux reflétaient assez bien l'atmosphère régnant à Fourmies le jour des funérailles. Cependant, l'analyse politique de la presse de droite était quasi unanime : on félicitait les responsables, notamment le sous-préfet d'Avesnes, et on accusait les militants de Fourmies et du nord de la France. On estimait en effet qu'ils étaient seuls responsables du massacre ; ils avaient troublé l'esprit des ouvriers.

Mû par un réflexe de pauvre, il se contraignit à replier posément les pages du journal alors qu'il les aurait volontiers déchirées. Il se tourna vers Pauline qui l'observait.

— Sommes-nous donc des moitiés d'hommes, comparés aux « messieurs » ? s'enquit-il d'une voix enrouée.

— La société finira bien par changer, répondit Pauline, apaisante. Garde ta révolte, reprit-elle, mais utilise-la à bon escient, sinon elle risque de se retourner contre toi.

Était-ce dû à la sérénité émanant de la Mère, au climat de tragédie, aux questions qui se bousculaient dans sa tête ? Brusquement, Lorenzo sut qu'il pouvait se confier à Pauline. Et il lui raconta tout, pêle-mêle : son enfance dans les bois, l'amour de sa mère, la haine de Giuseppe, son apprentissage, le choléra à Marseille… Pauline écoutait, en se gardant bien de tout commentaire. Elle songeait à tous ces autres gars qui avaient mené eux aussi des vies difficiles et se disait que, malgré les progrès technologiques dont on faisait grand cas, rien n'avait vraiment changé. Le peuple n'en pouvait plus de supporter des conditions d'existence toujours aussi rudes et revendiquait une amélioration de son sort.

— Tu sais désormais ce que tu refuses avec force, déclara-t-elle. Il est grand temps de construire, à présent, ne crois-tu pas ?

Lorenzo haussa les épaules.

— À quoi bon ? J'ai l'impression que ma vie est un champ de ruines !

Pauline secoua la tête.

— Seulement si tu t'y résignes. Tu es un homme du Sud, tu n'as rien à faire par chez nous. Les temps changent, ou vont changer. Tu as un rôle à jouer là où tu es né. La Commune a été étouffée dans le sang il y a tout juste vingt ans. Mais d'autres hommes, d'autres femmes sont prêts à se battre pour leur idéal.

Pourquoi les femmes tenaient-elles une place aussi importante dans sa vie ? se demanda Lorenzo. Il y avait eu sa mère, Luisa, Élisa et à présent Pauline. La Mère savait trouver les mots pour le bousculer, l'inciter à reprendre le combat.

— Tu es un compagnon, reprit Pauline, tu as un rôle de transmission à jouer. À quoi cela te servira-t-il de traîner de cayenne en cayenne en soutenant les actions des ouvriers ? Tu appartiens à un autre monde, qui va connaître lui aussi une période de transition. Que deviendra le compagnonnage quand les syndicats seront bien implantés, à ton avis ?

La passion qui l'animait était contagieuse.

— Promets-moi de me présenter un jour, quand tu l'auras rencontrée, la femme qui saura te révéler et que tu aimeras, follement, conclut Pauline, dans un grand éclat de rire.

Et Lorenzo se sentit rougir.

Parce qu'elle avait compris qu'Élisa avait seulement constitué une étape de sa vie.

30

1892

« Une nouvelle rentrée », pensa Virginie, cochant à l'aide d'un crayon de mine la liste des effets demandés par l'école normale d'Avignon.

C'était devenu une habitude, et Félicité mettait un point d'honneur à lui confectionner une nouvelle garde-robe chaque année.

Les élèves avaient besoin de trois paires de draps de coton, d'un couvre-pieds, de six serviettes de table, de douze serviettes de toilette, six essuie-mains, douze chemises de jour, huit pantalons, six chemises de nuit, douze paires de bas opaques, vingt-quatre mouchoirs, des chaussons blancs en tricot pour les nuits d'hiver, trois jupons de dessous, une paire de pantoufles sans talons, un dessus-de-lit en coton blanc en nid-d'abeilles avec franges. À cela s'ajoutaient une robe pour la semaine, un tailleur bleu marine ou noir, un manteau bleu marine ou noir, trois jupes, un chapeau noir, deux sarraus noirs, aussi longs que les jupes, une paire de souliers montants noirs, deux paires de bottines à talons.

Comme Félicité le lui avait fait remarquer, toutes les conditions semblaient être réunies pour transformer les futures institutrices en éteignoirs ! Dans le dortoir, les jeunes filles s'amusaient parfois de l'austérité de leurs tenues. Elles étaient bien éloignées de la mode féminine avec tournure, taille étranglée et manches gigot !

Les élèves se devaient d'avoir une attitude et une mise irréprochables. Pas question pour elles de se coiffer d'un chapeau orné de plumes ou de fleurs ! Le règlement de l'école normale l'interdisait formellement. Elles s'en consolaient en gardant leur belle humeur et, durant l'été, portaient des blouses de couleur. Les plus audacieuses avaient même osé tremper leurs pieds dans l'eau du côté de Bandol. Si elle l'avait appris, Mme Dorval, la directrice, en aurait assurément pris ombrage. Virginie se pencha pour boucler ses valises en fredonnant *La Barcarolle* des *Contes d'Hoffmann*.

Elle avait hâte de rentrer, même si elle étouffait parfois à l'école. L'été écoulé lui laissait un goût amer. Son grand-père Pélissier avait essayé de la fiancer à Jean-Clément, son bras droit.

— Voyons, elle n'a que seize ans ! s'était insurgée Félicité, et Émilien avait ricané :

— Une belle fille comme elle, rousse, de surcroît... Croyez-moi, il ne faut pas traîner.

Virginie et sa marraine, profondément choquées, avaient haussé les épaules. L'expérience leur avait enseigné, en effet, qu'il était inutile de discuter avec le vieux Pélissier. Elles fréquentaient le moins possible les Terres Brûlées. Achille passait à Apt une à deux fois par mois. Durant ses vacances, il invitait sa fille au restaurant, lui donnait un peu d'argent, comme pour se procurer bonne conscience. Ils devisaient littérature, leur passion commune, évitant d'aborder des sujets susceptibles de susciter des tensions, comme Albertine ou l'usine d'ocres. Grâce à ces rencontres, Virginie suivait d'un peu plus près les travaux des félibres. Son père l'avait emmenée en août à Maillane. La prestance, les connaissances, la passion de Mistral l'avaient impressionnée. Le maître et son épouse l'avaient accueillie comme si elle avait fait partie de leur famille, ce qui l'avait touchée. Elle avait aussi découvert un Achille différent chez les Mistral. Souriant, à l'aise, détendu, libéré de la tutelle paternelle. Son ressentiment contre Émilien s'en était accru. Ne pouvait-il donc comprendre à quel point il faisait souffrir les siens ? À croire que sa passion pour les ocres avait balayé tout le reste...

Cette visite à Maillane avait permis à Virginie de se sentir un peu plus proche de son père. Achille n'était pas un raté comme le proclamait volontiers Émilien, mais un homme qui s'était battu pour mener la vie dont il rêvait. Du haut de ses seize ans, Virginie comprenait mieux les choses. Si elle admirait toujours autant sa mère, elle avait décidé de faire ses propres choix.

— Nini !

Sa marraine la hélait depuis le vestibule.

— Maître Sautel est là, ma grande.

Cette visite impromptue étonna la jeune fille. Elle tenta de lisser ses cheveux, frotta ses mains l'une contre l'autre et descendit saluer son grand-père.

Elle le trouva tel qu'elle l'avait toujours connu, grand, bedonnant, vêtu de noir. Il l'attendait dans le salon et lui tendit sa joue à baiser.

— Quelle surprise ! s'écria-t-elle.

Maître Sautel esquissa un sourire.

— Je ne voulais pas te laisser partir sans te souhaiter un bon trimestre, mon petit. Continue de bien travailler, comme tu l'as fait jusqu'à présent.

Il les accompagna dans le minuscule jardin dont elles disposaient. À l'ombre d'une treille, Félicité avait installé du mobilier en fer forgé. Virginie proposa au notaire de la citronnade et du sirop d'orgeat.

— Va pour la citronnade, acquiesça-t-il.

Il s'installa sur un siège, laissa son regard errer sur les lauriers-roses en pots avant de le poser sur l'adolescente.

— Eh bien, plus que deux années d'études avant de devenir institutrice, reprit-il, un peu mal à l'aise, comme chaque fois qu'il se trouvait face à sa petite-fille.

Félicité en avait parlé avec Virginie ; la jeune fille ressemblait à Albertine. Plus qu'une réelle similitude de traits, ses gestes, son attitude lui rappelaient sa fille.

Elle sourit.

— Je l'espère. On nous a prévenues : cette troisième année sera déterminante. Nous avons intérêt à « cravacher », pour reprendre le mot de Mlle Dorval.

Le notaire tiqua.

— Quelle curieuse façon de s'exprimer ! Tu es bien certaine de vouloir travailler ? Tu te retrouveras nommée je ne sais où, alors que tu auras à peine dix-huit ans. Pour une jeune fille respectable…

Félicité vola au secours de sa filleule.

— Vous savez, maître Sautel, les jeunes institutrices ont une excellente réputation. De plus, Virginie pourra effectuer un voyage à la fin de ses études. Nous en avons les moyens, précisa-t-elle, mue par un réflexe de fierté.

Maître Sautel fronça les sourcils.

— Je n'en doute pas, mademoiselle Darnaud. De toute manière, à ma mort, Virginie disposera d'un petit héritage. La maison de Fontrouge te reviendra, mon petit, ainsi que les meubles et les livres.

Pouvait-elle avouer qu'elle n'aimait guère cette demeure, trop austère à son goût ? Elle se contenta de sourire et de répondre qu'elle ne se préoccupait guère de son héritage, ce qui était vrai. Le visage de son grand-père se ferma.

— Mon temps est révolu, lui dit-il. Je n'attends plus rien de la vie à présent.

Il ne pouvait lui faire comprendre plus clairement qu'elle n'avait jamais beaucoup compté pour lui, se dit-elle en s'efforçant de ne pas se laisser attrister par ce constat. Était-ce à cause de son état de fille ? Il estimait qu'une femme devait se consacrer à son époux et à ses enfants et se défiait des suffragettes, ainsi qu'il appelait celles qui revendiquaient plus de droits pour les femmes. À une certaine époque, Albertine s'était intéressée aux femmes félibres et avait manifesté quelques velléités d'indépendance. Les Pélissier s'étaient chargés de la faire rentrer rapidement dans le rang. S'il regrettait d'avoir favorisé cette union désastreuse, Charles Sautel ne voyait pas comment il aurait pu agir autrement. Il avait voulu marier Albertine le plus vite possible, car il redoutait que sa fille ne développe les mêmes troubles qu'Edmée. Peut-être aurait-il été préférable pour elle de demeurer célibataire ? Comment savoir ? En tout cas, Virginie était intelligente et posée. Belle, aussi, d'une beauté insolente, incandescente. Cela lui faisait peur pour elle. Il lui était impossible de passer inaperçue avec de tels cheveux !

Il but son verre d'un trait, ce qui ne lui ressemblait guère, se leva pesamment.

— J'y vais, petite, j'ai à faire chez maître Fontaine. Donne-moi de tes nouvelles.

Il effleura le front de Virginie, serra la main de Félicité avant de se retirer.

Il ne pouvait tout de même pas leur avouer qu'il éprouvait une impression d'horrible gâchis chaque fois qu'il croisait le regard de Virginie…

31

1893

Cernée de montagnes, baignée de lumière, la vieille ville de Digne se resserrait sous le campanile de la cathédrale Saint-Jérôme.

— Tu verras, avait promis Jeannette d'une voix gourmande, l'hiver, à Digne, est magique.

Les filles ne s'étaient pas réjouies à la perspective de s'installer dans les Basses-Alpes. Elles quittaient la rue de l'Hôpital, à Avignon, où elles avaient leurs habitudes, pour une préfecture isolée qui leur paraissait loin de tout.

De plus, l'idée que les garçons allaient étudier dans leur ancienne école en faisait enrager plus d'une. À Avignon, elles bénéficiaient d'un vaste hôtel particulier ouvrant sur une cour ombragée de platanes. Certes, le dortoir, avec son sol carrelé, ses lits métalliques et ses grandes fenêtres, était spartiate et glacial, mais les élèves s'en accommodaient grâce à leurs vêtements de nuit bien chauds et à leurs bouillottes.

Ce serait certainement plus facile pour les classes suivantes qui ne connaîtraient que Digne.

Sans vouloir se montrer injuste ou partiale vis-à-vis de la préfecture bas-alpine, Virginie regrettait Avignon. Dieu merci, elle aimait l'étude et avait l'impression de maîtriser de mieux en mieux le programme. Certains jours, pourtant, elle éprouvait un sentiment proche de la panique. Comment se déroulerait sa première année d'enseignement ? Serait-elle à la hauteur ? Serait-elle nommée dans un village perdu ? L'institutrice se devait d'être exemplaire en tout point et il n'était pas question pour elle de montrer le moindre signe de faiblesse. On le leur répétait souvent à l'école normale : « Vous êtes en première ligne, mesdemoiselles. Le fer de lance de l'instruction publique et laïque. »

Une sourde rivalité opposait l'école de la République aux écoles religieuses. L'école du diable et celle du bon Dieu… Virginie, malgré son éducation catholique – sa grand-mère Célestine fréquentait assidûment les églises de Roussillon et de Gargas –, se revendiquait athée.

Elle avait cessé de croire le jour de la mort d'Albertine et n'éprouvait aucun désir de renouer avec la religion pratiquée dans son enfance. Félicité, qui avait eu deux amants, n'allait pas se confesser et ne se rendait à la cathédrale d'Apt que le dimanche de Pâques. « Une fois dans l'année, c'est bien assez ! » affirmait-elle en souriant.

Dans ces conditions, l'idéal républicain prôné à l'école normale ne posait pas de problèmes existentiels à Virginie.

Un froid de gueux régnait à Digne durant les mois d'hiver. Les grandes fenêtres des dortoirs non chauffés se couvraient de givre dès les premiers frimas. Les jeunes filles superposaient les couches de vêtements. Un soir, Gaby avait désigné l'espèce de bonnet sous lequel elle protégeait ses cheveux nattés et avait pouffé. « Si nos collègues garçons nous voyaient ! » Autorisées à sortir le jeudi et le dimanche, les élèves respectaient une discipline quasi militaire, comme l'attestait leur emploi du temps.

Levées à cinq heures l'été, six heures l'hiver, elles commençaient la journée par une heure d'étude, prenaient leur petit déjeuner, puis avaient cours de huit heures à douze heures avec quinze minutes de récréation. Le déjeuner prenait à peine une demi-heure. Elles reprenaient les cours à quatorze heures. À dix-sept heures, elles partageaient un frugal goûter, puis de dix-sept heures trente à dix-neuf heures, elles étudiaient. À dix-neuf heures, elles disposaient de une heure de temps libre pour dîner et se consacrer à la lecture ou à la musique. Après la dernière étude, de vingt à vingt et une heures, toilette, souvent rudimentaire, puis coucher. Les jeunes filles se chuchotaient alors des confidences, évoquaient leurs rêves.

Chloé, la meilleure amie de Virginie, venait d'Orange. Issue d'une lignée d'instituteurs, elle se demandait encore si elle avait vraiment le feu sacré. De toute manière, ajoutait-elle aussitôt, elle désirait travailler afin de conquérir son indépendance. Elles étaient nombreuses à revendiquer cet idéal. Elles avaient en effet trop souvent constaté dans leurs familles les ravages des mariages arrangés. Les jeunes filles, en cette fin du XIXe siècle, s'intéressaient aux combats des suffragettes britanniques.

Elles se prêtaient des livres et Mlle Brochet, leur professeur de littérature, leur faisait découvrir des auteurs progressistes, comme Séverine et Hubertine Auclert, la première suffragiste.

Mlle Brochet, âgée d'une trentaine d'années, était unanimement admirée. Même si elle était elle aussi vêtue de sombre, elle restait élégante grâce à un foulard savamment noué ou à un collier d'ambre. Elle était belle avec ses cheveux blond vénitien coiffés en bandeaux, ses yeux vert pâle et son teint clair. Chloé la suivait du regard en soupirant :

— Oh, être moitié aussi belle qu'elle !

Virginie s'en amusait.

— Tu es toi, Chloé, lui disait-elle. Tu n'as pas besoin d'imiter Mlle Brochet.

Cependant, rien n'y faisait, Chloé restait sous le charme de leur professeur. Les deux amies espéraient que leurs affectations ne seraient pas trop éloignées l'une de l'autre. Elles avaient attaqué les « mises en situation » au deuxième trimestre, ce qui leur causait parfois des insomnies. Le fossé entre théorie et pratique était de taille !

Virginie jeta un coup d'œil par la fenêtre. Le ciel d'un bleu pur annonçait une belle journée. Chloé et elles avaient projeté de se rendre à Courbons. Les jeunes filles supportaient mal d'être enfermées toute la semaine et la petite sortie du jeudi après-midi ne suffisait pas à leur dégourdir les jambes. Durant les vacances, Virginie parcourait les collines, comme pour se gorger de liberté. Elle avait espéré, naïvement, que les cours de gymnastique lui permettraient de se dépenser. En fait, il s'agissait seulement de quelques exercices dans la cour de l'école. Marche au pas cadencé, marche sur la pointe des pieds, sur les talons, en balançant les bras… On était bien éloigné de l'idéal de la Grèce antique ! Sophie, une condisciple venue de Carpentras, se plaisait à répéter qu'à l'école normale on exigeait des têtes bien pleines sans vraiment se soucier de l'état physique des élèves. L'hiver avait été particulièrement rigoureux et le régime alimentaire était plus que frugal. À chaque retour de vacances, les filles rapportaient des douceurs et des fruits. Pour le goûter, elles devaient se contenter d'un morceau de pain sec. Une soupe à la semoule leur était servie au petit déjeuner et, faveur insigne, un petit morceau de fromage leur était distribué un soir par semaine au dîner.

Comment s'étonner, dans ces conditions, de leur minceur ?

— On nous affame, grommelait Sophie, qui avait toujours faim.

« Bah ! pensa Virginie, notre apprentissage sera bientôt terminé. » Elle avait hâte de quitter le monde fermé de l'école, souvent comparé à un séminaire laïc, tout en appréhendant le moment où elle devrait se frotter à la « vraie vie ». Elle se posait de nombreuses questions.

Serait-elle une bonne enseignante ? Pourrait-elle mener la vie libre dont elle rêvait ? Instruite par l'expérience familiale, elle n'avait pas la moindre envie de se marier. Devenir une épouse soumise, passer sous la tutelle d'un mari et d'une belle-famille, très peu pour elle ! Félicité, qui n'avait de comptes à rendre à personne, n'était-elle pas la plus heureuse ?

— Virginie, ça t'ennuie beaucoup si je ne t'accompagne pas cet après-midi ? lui demanda Chloé. Tu comprends, Mlle Brochet m'a proposé de m'emmener.

La jeune fille avait le visage chiffonné des mauvais jours.

— Tu fais comme tu veux, répondit la fille d'Albertine en s'efforçant de ne pas laisser voir sa contrariété.

Même si elle admirait l'institutrice, elle se défiait de son ascendant sur Chloé. Son amie, écrasée par la personnalité d'un frère aîné particulièrement brillant, manquait de confiance en elle. Agacée, Virginie partit seule aussitôt après le déjeuner. Les élèves avaient campo de douze heures trente à dix-sept heures. Elle s'engagea d'un bon pas sur la route de la gare. Elle portait un châle en mérinos bleu paon et noir sur une jupe et un corsage noirs eux aussi. Ses souliers montants lui permettraient de marcher sans problème sur les chemins. Après avoir hésité, elle avait arrêté son choix sur un canotier de paille – noire, évidemment ; il faisait si beau ! Elle ôta son châle après avoir grimpé entre vignes et oliviers. Le soleil d'avril était chaud et lui rappelait son Luberon natal. Elle se retourna afin de contempler Digne, dominée par la cathédrale Saint-Jérôme. Seule Félicité savait à quel point elle s'ennuyait dans cette ville. Lorsqu'elle écrivait à son père, elle ne parlait que de son travail, sans se plaindre du manque d'activités. Il lui envoyait assez souvent des livres, ils en discutaient ensuite, ce qui leur permettait de ne pas aborder d'autres sujets de conversation.

Virginie se pencha, froissa entre ses doigts des brins de thym qu'elle huma goulûment.

En pension, tout lui manquait : couleurs, sensations, parfums. « Plus qu'une semaine avant les vacances de Pâques », se dit-elle. Félicité lui avait promis de l'emmener à Avignon et Virginie comptait bien se promener dans les collines. Elle se rendrait une fois aux Terres Brûlées, même si cette perspective ne l'enthousiasmait guère. Là-bas, elle se heurtait à l'ombre d'Albertine.

Virginie se mordit les lèvres. Elle avait tenté à plusieurs reprises d'évoquer sa mère avec Achille, en vain. Il éludait, ou se fermait. De guerre lasse, la jeune fille avait fini par renoncer.

Elle s'essuya le front. La pente était raide, les cailloux glissaient sous ses souliers. Elle aperçut un lézard, sourit en songeant à M. Mistral, l'ami de son père. Elle avait aimé la façon dont il leur avait parlé de la maison du Lézard, à Maillane, où il avait vécu en compagnie de sa mère jusqu'à son mariage, en 1876.

Chemin faisant, elle se récitait les vers d'un poème lu récemment qui l'avait profondément marquée, *Cri perdu* :

Ce cri fit frémir l'air, ébranla l'éther sombre,
Monta, puis atteignit les étoiles sans nombre
Où l'astrologue lit les jeux tristes du sort ;
Il monte, il va, cherchant les dieux et la justice,
Et depuis trois mille ans sous l'énorme bâtisse,
Dans sa gloire, Chéops inaltérable dort[1].

---

1. Extrait du poème de Sully-Prudhomme.

La poésie lui était indispensable. Elle n'était pas toujours d'accord avec les choix de Mlle Chabert, la directrice. Virginie avait des goûts plus élitistes.

De nouveau, elle s'essuya le front.

— Beau temps, n'est-ce pas ?

La voix provenant du rocher au-dessus d'elle la fit tressaillir. Elle était persuadée que l'endroit était désert.

— Par ici, reprit la voix tombée du ciel.

Virginie regarda à droite, puis à gauche, avant de hausser les épaules. Elle n'avait plus l'âge de jouer à cache-cache ! Il surgit sur le sentier au moment où elle s'y attendait le moins. Il lui parut immense, et beaucoup trop élégant pour Digne.

— Bonjour, dit-il, son chapeau à la main. J'étais certain que personne ne monterait jusqu'ici aujourd'hui.

— Ne vous en déplaise, monsieur, répliqua Virginie, agacée.

Elle aussi recherchait la solitude.

L'inconnu lui sourit.

— Désolé, mademoiselle, je ne voulais pas être impoli. Judicaël Joannet, pour vous servir.

Elle le gratifia d'un bref signe de tête sans pour autant décliner son identité. Mlle Chabert ferait une attaque si elle la voyait adresser la parole à un inconnu !

Il pouvait avoir trente ans, pensa-t-elle en observant à la dérobée son profil net, ses traits bien dessinés. Ses cheveux bruns, coiffés avec soin, révélaient le talent de son barbier. De nouveau, elle se dit qu'il venait d'une grande ville. Nice ? Marseille ? Il portait des souliers vernis, peu adaptés à la marche, un costume de serge gris perle, un gilet broché et une chemise blanche à col cassé. « Un gandin », aurait dit son grand-père, maître Sautel.

— Vous êtes attirée par les vieilles pierres ? demanda-t-il.

Elle sourit.

— J'ai surtout besoin de prendre l'air.

Elle s'interrompit, confuse. Elle avait failli ajouter qu'elle étouffait à l'école normale.

— Je découvre la région, dit-il. Mon journal m'a envoyé à Digne.

Cette fois, Virginie ne put dissimuler son intérêt.

— Vous êtes journaliste ?

— En effet, mademoiselle.

Elle lui aurait volontiers posé nombre de questions. Pour quel journal travaillait-il ? Pourquoi était-il à Digne ?

Elle n'osa pas l'interroger et se dit qu'elle le regretterait toute la nuit.

Il lui offrit son bras alors qu'elle venait à nouveau de trébucher sur un caillou pointu.

— Venez, mademoiselle, nous avons accompli plus de la moitié du chemin. Courbons nous attend !

On aurait dit un paladin du Moyen Âge prêt à embrocher une armée d'infidèles. Le sourire de Virginie s'accentua.

— Qui vous dit que je suis disposée à vous accompagner ?

— Vous en mourez d'envie, répondit-il simplement. Vous verrez, je suis un excellent sigisbée. Et je sais faire rire les jolies demoiselles.

C'était pure folie que de suivre cet homme joyeux et anticonformiste, Virginie le savait.

Mais, ce jour-là, elle n'avait pas l'intention de se montrer raisonnable. Aussi accepta-t-elle le bras de Judicaël Joannet.

Elle n'imaginait pas, alors, quelle serait son importance dans sa vie.

32

1894

Durant la journée, elle parvenait sans trop de peine à ne pas évoquer le passé. Elle avait tant de travail qu'elle avançait comme une bête de somme.

La nuit, en revanche, cauchemars et souvenirs lui laissaient peu de répit. Maria dormait peu et mal. La chambre qu'elle occupait ne ressemblait pourtant pas au galetas qu'elle avait habité jadis. Elle se rappelait la terreur que lui inspirait la grosse voix de père Arsène et avoir souhaité disparaître sous terre chaque fois que mère Honorine, sa nourrice, découvrait son forfait. Mère Honorine la traitait de sale fille, de cochonne et accrochait à son cou une pancarte sur laquelle était écrit : « Je ne suis pas propre. » Sur le chemin de l'école, les autres enfants encerclaient Maria en la traitant de « pisseuse ». Ces jours-là, elle aurait voulu mourir. La honte la submergeait. Pourtant, elle ne le faisait pas exprès, contrairement à ce que pensait mère Honorine. Maria ne buvait rien le soir, hormis une soupe de légumes.

Elle se relevait jusqu'à deux fois la nuit afin de vider sa vessie derrière la ferme, tout cela en vain. Lorsque l'humidité entre ses cuisses la réveillait, elle se frottait avec de la paille, mais l'odeur de l'urine la trahissait.

— Satanée pisseuse, grommelait mère Honorine. Tu ne crois pas que j'ai déjà assez de travail comme ça ?

Et Maria baissait la tête. Pourquoi se comportait-elle aussi mal ? Elle savait bien que ses parents nourriciers l'avaient recueillie alors qu'elle traînait dans Manosque et que, sans eux, elle aurait connu les bas-fonds de Marseille.

Elle le savait. Mais n'était pas convaincue pour autant de leur altruisme.

D'abord, le conseil général payait Honorine et Arsène. Ensuite, Maria travaillait dur à la ferme, située près de Dauphin. Elle ne leur devait rien, s'était-elle souvent répété, comme pour se persuader que son destin n'était pas tout tracé. Les enfants abandonnés faisaient l'objet d'une défiance quasi généralisée. N'étaient-ils pas considérés comme porteurs de tares et, de ce fait, soumis à une obligation de surveillance ? Maria avait souvent serré les poings en entendant insulter sa mère et s'était battue plus d'une fois. À quoi bon leur répéter que Livia était morte et qu'elle, Maria, était une enfant légitime ? Abandonnée par son père, elle était une réprouvée. Depuis son placement chez les Salmon, elle n'avait même pas pu se raccrocher à l'espoir que Giuseppe viendrait un jour la réclamer. Elle haïssait Giuseppe. Elle avait quelques souvenirs de sa petite enfance. Elle se rappelait la cabane dans les bois, la douceur et la tendresse de sa mère et les cris du père. Jamais satisfait, il hurlait en permanence, à moins qu'il ne lève la main sur sa femme et sa fille. Maria avait vu Livia se voûter et s'étioler en éprouvant un horrible sentiment d'impuissance. Toutes deux se réfugiaient parfois chez Luisa qui les accueillait sans poser de question.

— Pars, répétait-elle à Livia, quitte-le.

Livia secouait la tête.

— Je ne peux pas. Il me retrouvera et me tuera. De toute façon, je dois rester pour la petite.

Maria se rappelait aussi un jour de fête, dans la clairière. Sa mère avait confectionné un gâteau pour son anniversaire et invité les autres enfants de charbonniers. Cet après-midi-là, Giuseppe était parti livrer ses couffes de charbon de bois à Rustrel. Les enfants riaient et jouaient à cache-cache. Le soleil jetait de grandes flaques dorées sur le sol. Brusquement, l'ombre avait gagné du terrain et Maria avait vu sa mère blêmir. « Tu as du travail en retard », avait beuglé Giuseppe, saisissant Livia par le bras et la jetant à terre. Maria s'était ruée sur son père. Il l'avait envoyée bouler contre un arbre et elle était tombée, assommée sous le choc. Elle devait avoir six ans, alors. Elle n'avait jamais oublié l'expression de haine déformant le visage de Giuseppe. Qu'avait-elle donc fait pour lui inspirer un tel sentiment ?

Elle se retourna sur sa paillasse, cherchant en vain le sommeil qui la fuyait. Elle ne voulait plus songer à son père. Elle était heureuse d'épouser Antonin ; elle ne porterait plus le nom honni de Lupo. Antonin… L'aimait-elle ?

Ils s'étaient rencontrés à la bravade de Volx. Exceptionnellement, on avait autorisé Maria à s'y rendre pour accompagner une nièce des Salmon. Père Arsène avait bramé qu'il n'avait pas de temps à perdre avec ces amusements et mère Honorine souffrait trop de ses jambes pour marcher jusqu'à Volx. Maria et la jeune Aurélie étaient donc parties de bon matin, la petite juchée sur le mulet.

La fête les avait ravies l'une et l'autre, même si les décharges de mousquet avaient effrayé Aurélie. La fillette avait fait deux tours de carrousel, tandis que Maria lui adressait de petits signes de la main. C'était à ce moment-là qu'un jeune homme endimanché l'avait abordée.

— Mademoiselle, viendrez-vous au bal de ce soir ?

Maria avait reculé d'un pas. Comment expliquer à cet inconnu qu'elle ne savait pas danser, ne participait jamais aux fêtes et que les hommes lui inspiraient une sorte de terreur ? Mais il avait insisté.

— Je vous en prie ! Je ne connais personne ici et j'ai envie de mieux vous connaître, vous.

Elle avait fini par accepter, à condition de quitter le bal avant sept heures. Aurélie et elle ne devaient pas rentrer à la nuit. Elle ne pouvait confier à Antonin qu'elle avait toujours vécu dans la crainte. Peur d'être battue, moquée, renvoyée sur les routes, abandonnée une nouvelle fois… Ces terreurs avaient modelé son caractère, la transformant en jeune personne soumise. « Toute ta vie tu devras rendre des comptes ! » lui avait lancé un jour un inspecteur de l'Assistance.

Elle n'avait pas douze ans alors et elle avait eu l'impression d'être la victime de quelque obscure malédiction. Quand Antonin l'avait entraînée sur la place du village, elle avait éprouvé une sensation curieuse. Elle n'était plus seule. Il la soutenait fermement, la portant presque, et elle osait relever la tête.

— Vous êtes jolie, lui avait-il dit en l'accompagnant sur le chemin de la ferme.

Aurélie dormait sur le mulet. Sa tête dodelinait, et Maria la soutenait de la main. Elle-même se sentait flotter dans une sorte d'apesanteur.

Elle avait revu Antonin à plusieurs occasions. Agriculteur du côté de Banon, il était venu prêter la main à son grand-père, handicapé par un mal de dos persistant.

— Je veux vous épouser, avait-il dit à Maria lors de leur troisième rencontre.

Elle avait incliné la tête en signe d'acquiescement. De toute manière, se disait-elle, elle ne risquait rien à saisir sa chance. Elle n'avait pas d'avenir chez les Salmon qui continuaient à la considérer comme une fille de ferme. Antonin, lui, la respectait et prenait soin d'elle.

C'était d'ailleurs une impression étrange. Auprès de son fiancé, Maria se sentait digne d'intérêt, ce qui ne lui était jamais arrivé. Elle se surprenait à faire des projets, à rêver d'enfants. Antonin était gentil et disait l'aimer. Or Maria avait soif de bonheur.

Ses parents nourriciers tentèrent de la convaincre d'abandonner ce projet de mariage. Elle ne connaissait pas vraiment Antonin, il ne lui avait jamais montré sa ferme. Était-il seulement sincère ? Maria secouait la tête en riant. Elle voulait croire à son rêve.

« Demain, se dit-elle. Je me marie demain. »

Elle avait arrangé une robe noire ayant appartenu à mère Honorine. Ses parents nourriciers offriraient le repas de noces. Il n'y aurait pas grand monde, juste Antonin et elle, les Salmon, leur fils Victor et sa femme Émilienne, Blaise le valet, les voisins les plus proches et le grand-père d'Antonin.

— C'est bien peu, avait commenté le fiancé, et père Arsène avait fait la moue.

— Déjà bien assez pour une gamine que nous avons élevée !

Leur devait-elle vraiment gratitude et reconnaissance ? Maria se rappelait les avanies et les coups subis, les humiliations répétées à propos de son énurésie, le harcèlement de Victor avant qu'il ne s'installe chez sa jeune épouse. Il fallait toujours travailler, sans se plaindre, avancer, encaisser. Elle avait souvent pleuré, le soir, dans la grange. Jusqu'au jour où elle n'avait plus eu de larmes. Elle avait attendu, longtemps, que Lorenzo vienne la chercher. Pour finalement se dire, alors qu'elle avait douze ou treize ans, que Lorenzo l'avait peut-être oubliée. D'ailleurs, était-il encore en vie ?

Elle avait compris qu'elle ne pouvait compter que sur elle-même.

Elle se tourna sur le côté et ferma les yeux. Elle voulait croire que le bonheur était encore possible.

33

« Tout cela peut être à toi. »

Jean-Clément contempla l'usine Pélissier en éprouvant des sentiments contradictoires.

Il savait qu'il avait contribué, par son travail acharné, au succès de l'entreprise mais, en même temps, il ressentait toujours une certaine culpabilité vis-à-vis de son père. Culpabilité qui s'exacerbait chaque fois qu'il avait l'occasion de constater les difficultés des petits ocriers. L'évolution était logique, affirmait Émilien d'un air satisfait. Seuls les plus forts survivraient. Déjà, plusieurs petits propriétaires avaient dû jeter l'éponge, faute de commandes. Un début de surproduction de l'ocre au niveau international accentuait la concurrence entre les producteurs.

Pélissier était fier d'avoir sauvegardé son indépendance. La dot d'Albertine lui avait permis de faire construire l'usine de traitement de l'ocre dont il rêvait. Il avait ainsi acquis une position de force sur le marché local. Désormais, les ocres Pélissier exportaient aussi bien en direction de l'Amérique latine que de la Russie.

Deux rouliers effectuaient le transport des sacs et des tonneaux de poudre jusqu'à la gare d'Apt, et ce plusieurs fois par jour. Cette activité emplissait de fierté Émilien. N'était-il pas devenu une personnalité importante du Luberon ?

De nouveau, Jean-Clément l'entendit lui dire : « Tout cela peut être à toi. » Il avait compris depuis déjà un moment ce que l'ocrier exigeait de lui, qu'il tourne définitivement le dos aux siens. Si son père l'avait mis dehors lorsqu'il était venu lui rendre visite, espérant une réconciliation, il voyait encore sa mère et sa tante. Il allait chez Félicité environ une fois tous les mois. La couturière ne le sermonnait pas, ce n'était pas dans sa nature. Elle lui demandait simplement s'il était heureux. En conscience, il ne pouvait que répondre par l'affirmative. L'entreprise Pélissier lui permettait de donner libre cours à sa passion pour l'ocre. Pourquoi, pensait-il souvent, son père ne pouvait-il le comprendre, alors qu'il avait sacrifié de bonnes terres à l'exploitation du minerai ? C'était… sidérant ! Son fils unique travaillait pour l'une des plus grandes entreprises de la région. Jean-Clément aurait vivoté à la Brémonne. Chez Pélissier, il avait les moyens de ses ambitions. Au risque de perdre sa famille…

Émilien le lui avait dit sans ambages le mois précédent.

— Pour moi, l'ocre passera toujours avant tout le reste. Mes fils ne s'y intéressant pas, ils ne recevront de moi que le strict minimum. La maison, les terres… L'entreprise peut te revenir, mon garçon. À toi seul. Pas aux Darnaud.

Mais Jean-Clément était un Darnaud. Et son père… Il ne pouvait tout de même pas contribuer à sa ruine.

— C'est toi que ça regarde, avait conclu Pélissier. Toi seul. Mais dis-toi bien que je n'attendrai pas cent sept ans !

Quand il laissait couler la poudre d'ocre tamisée entre ses doigts, Jean-Clément éprouvait un sentiment de bonheur et de fierté intense. N'était-ce pas ce dont il avait toujours rêvé ? Pourquoi son père s'était-il obstiné à creuser le champ de l'Étoile, beaucoup moins riche que les mines de Gargas ?

« Je suis un homme de plein air, répétait Amédée Darnaud. Je ne fais pas trimer de pauvres diables comme des esclaves sous terre. » Mais il n'y avait pratiquement plus d'ocre sur ses terres. L'exploitation intensive avait appauvri les sols. Les arbres mouraient les uns après les autres. On parlait de replanter des pins, réputés pour pousser vite, mais, en attendant, ces terres pratiquement nues serraient le cœur de Jean-Clément. Le rêve ocrier coûtait cher au Luberon.

Il se rapprocha des deux fours. Des ouvriers chargeaient le plus ancien de mottes en quinconce, par le devant. Une opération un peu fastidieuse, récompensée par la teinte vibrante obtenue au terme de deux journées de calcination. Suivant les conseils de Pélissier, le fils d'Amédée Darnaud avait lu avec une grande attention le *Traité de la couleur* de Goethe.

Il savait que les mottes d'ocre jaune se transformaient en ocre rouge à quatre cent cinquante degrés. Le rouge était sa couleur préférée. Mme Pélissier avait froncé les sourcils quand il le lui avait confié. « C'est un peu… commun, non ? » avait-elle fait remarquer, et il s'était senti stupide.

Il apprenait, cependant. D'ailleurs, le vieil Alphonse, un ouvrier revenu amputé d'une jambe de la guerre de septante, affirmait que les Pélissier ne valaient pas mieux que les autres familles d'ocriers. « Ils ont juste eu un peu plus de chance, voilà tout ! » estimait-il.

Lui, Jean-Clément, avait choisi son camp. Tout en éprouvant des bouffées de remords. Pourtant, quand il se rappelait l'entêtement paternel, il n'avait plus de regrets mais bel et bien de la colère. Il ne serait jamais parti si Amédée l'avait laissé travailler avec lui.

— Tu rêves, mon garçon ?

La voix forte d'Émilien fit sursauter le fils d'Amédée.

— Non, bien sûr, s'empressa-t-il de démentir.

La main puissante de l'ocrier s'abattit sur son épaule.

— Nous avons une commande importante à expédier pour le Brésil. Dépêche-toi, c'est urgent.

Il hocha la tête et s'éloigna en direction du moulin. Les mottes d'ocre jaune ou rouge étaient placées dans une grande cuve. Au rythme de la rotation des axes, les marteaux les écrasaient. Remontée dans un coffrage vertical, la poudre grossière ainsi obtenue était acheminée par godets jusqu'à une meule de meunier qui parachevait le broyage. La poudre était ensuite tamisée dans un énorme blutoir dans la salle mitoyenne. On y respirait peu et mal à cause de toute la poussière d'ocre en suspension dans l'air. Les ouvriers ne disposaient que de leurs grands mouchoirs pour se protéger. Une mesure bien insuffisante ; nombre d'hommes mouraient alors qu'ils n'avaient pas encore cinquante ans. Les ouvriers savaient la poussière d'ocre dangereuse pour les poumons, sans être en mesure de trouver des solutions. Elle s'insinuait partout, recouvrait leurs vêtements, leurs cheveux, leur peau.

Jean-Clément pénétra dans la salle de conditionnement où l'on ensachait l'ocre finement tamisée en sacs de papier kraft de vingt-cinq kilos ou en barriques de deux cents kilos.

Il s'enquit auprès du contremaître du détail de la commande, se rendit au bureau afin de remplir lui-même les papiers nécessaires. Le navire appareillerait de Marseille le lendemain en fin de journée.

— J'accompagne le chargement, décida-t-il.

Il fallait faire vite, descendre à Apt avant le départ du train. Jean-Clément fit le nécessaire. Deux ouvriers l'aidèrent à charger les barriques sur la voiture bâchée qu'il lança à vive allure sur la route du pont Julien. Le paysage était serein en cette fin d'après-midi, des cyprès en sentinelle montaient la garde au pied d'une tour en ruines. Il se signa machinalement en passant devant un oratoire surmonté d'une croix de pierre.

— Plus vite ! lança-t-il aux chevaux, faisant claquer son fouet.

Il aimait l'ocre comme il aimait la vie qu'il menait.

De nouveau, il songea à la phrase prononcée par Émilien Pélissier : « Tout cela peut être à toi. » Il serait fou de laisser passer sa chance.

34

Était-ce une fatalité ? Ou bien quelque obscure malédiction ? se demandait Maria en rajustant son caraco afin de dissimuler l'ecchymose bleuissant son épaule.

Elle avait cru, pourtant, en une nouvelle vie mais déchanté dès le soir de ses noces.

Antonin, en effet, après avoir bu plus que de raison, s'était montré brutal. Le cœur lourd, la jeune femme avait pensé que c'était dans l'ordre des choses. Elle avait déjà eu maille à partir avec le fils de ses parents nourriciers. Quand ils étaient ivres, les hommes ne valaient plus grand-chose et son mari ne dérogeait pas à la règle.

Par la suite, elle avait pensé à mère Honorine et à ses mises en garde. La ferme tant vantée par Antonin tombait en ruines.

« A beau mentir qui vient de loin », lui avait répété sa mère nourricière. Maria s'était attelée à la tâche, nettoyant l'intérieur, noir de suie et de graisse. Elle avait aménagé un lit correct grâce à la paillasse donnée par père Arsène, lessivé puis chaulé les murs. Antonin la regardait faire d'un air goguenard.

— Cette maison tient à peine debout, c'est une tanière.

Mais elle voulait s'accrocher à son rêve. Si elle travaillait dur et faisait preuve de patience, peut-être seraient-ils heureux.

Elle avait vite compris qu'Antonin avait vu en elle une servante bon marché. Il faisait preuve d'exigence, sans lui donner le moindre sou. Pour améliorer l'ordinaire, il chassait et braconnait, jetant à son retour le gibier sur la table grossière de la salle. Maria avait bêché derrière la ferme, constitué un embryon de potager. Sa voisine la plus proche, une veuve nommée Aglaé, lui avait donné des semences.

— Petite, la terre est ingrate par chez nous, mais puisque l'ouvrage ne te fait pas peur…

Aglaé possédait quelques chèvres. Elle avait consenti à en céder deux à Maria, contre de menus travaux dont la jeune femme s'acquittait volontiers.

— Pourquoi te compliquer la vie avec des *cabro* ? grommelait Antonin.

Le soir, il besognait Maria avant de sombrer dans un sommeil lourd. Elle, les yeux grands ouverts sur la nuit, songeait à sa mère et à son frère aîné. Pourquoi était-ce si difficile de vivre ?

Elle fut heureuse, cependant, lorsqu'elle comprit qu'elle était enceinte. Sa vie prenait un sens, enfin. Antonin se montrait presque gentil. Il espérait un fils. Sa déception n'en fut que plus grande quand Maria fit une fausse couche à quatre mois.

— Incapable ! s'emporta-t-il. N'importe quelle bête arrive à faire des petits !

Maria crispa les mâchoires. Elle n'avait plus de larmes depuis longtemps. Et, surtout, elle n'avait plus de rêves.

De nouveau, Virginie éprouva l'impression d'arriver sur le toit du monde en atteignant le village de Courbons. Elle aimait cet endroit, peut-être parce qu'elle s'y sentait libre. Elle avait pris l'habitude d'y monter chaque dimanche, seule ; Chloé lui faisait faux bond pour aller herboriser dans la campagne en compagnie de Mlle Brochet. D'une certaine manière, sa promenade solitaire lui permettait de mettre de l'ordre dans ses idées, d'envisager son avenir. Elle avait mûri au cours des dernières années, affermi ses souhaits. Elle se sentait faite pour l'enseignement, même si elle redoutait parfois de se montrer trop élitiste. La directrice la mettait régulièrement en garde : « Mademoiselle Pélissier, il faudra vous mettre à la portée de vos élèves. »

Cela paraissait simple en théorie. La pratique se révélerait assurément plus ardue mais Virginie avait confiance. Elle écrivait des lettres enthousiastes à Félicité.

Je sais qu'il s'agit de ma voie. J'ai hâte, à présent, même si j'ai aussi un peu peur.

La peur, son frein principal. Longtemps, elle avait craint de perdre sa mère. Quand le drame était survenu, elle avait redouté d'être obligée de vivre aux Terres Brûlées. Par la suite, grâce à la tendresse et au soutien de Félicité, elle s'était sentie rassurée. Même si elle se disait parfois que la menace était toujours là. Son grand-père Pélissier lui inspirait de la crainte. Elle s'en défiait.

Elle haussa légèrement les épaules. Elle fêterait bientôt ses dix-huit ans et recevrait sa première affectation à la rentrée. Émilien ne pouvait plus lui faire de mal.

De nouveau, elle admira le paysage. Appuyée contre le parapet, juste sous la tour de l'horloge, elle contemplait le quadrillage des champs et les toits de tuiles des maisons en contrebas. La cloche retentit brusquement, un son profond qui la fit tressaillir. Elle laissa échapper un petit cri de surprise.

— Eh ! seriez-vous impressionnable ?

Elle se retourna lentement, le temps de reprendre contenance car, naturellement, elle avait reconnu la voix de son interlocuteur.

— Vous venez donc régulièrement à Courbons, monsieur Joannet ?

— Dans l'espoir de vous revoir.

Virginie secoua la tête.

— Quelle remarque banale ! Je crois que vous pouvez faire beaucoup mieux.

C'était presque facile de plaisanter avec lui. Il lui donnait envie de se dépasser, de faire ses preuves.

— J'ai lu l'un de vos articles la semaine passée, reprit-elle. À propos des amants diaboliques de Mallemoisson. Passionnant, certes, mais un peu trop orienté. À vous lire, la seule responsable est la jeune femme, la belle Emmeline. Pourtant, c'est son amant, Fortuné, qui a tiré sur le mari. Je me suis demandé si vous pensiez réellement ce que vous aviez écrit.

— Comment cela ?

Virginie esquissa un sourire.

— Je ne sais pas… C'est peut-être présomptueux de ma part, mais il me semble que vous avez retenu votre plume.

Elle ne se troubla pas sous le regard aiguisé du journaliste.

— Voilà qui est intéressant, fit-il remarquer.

Il lui offrit son bras.

— Acceptez-vous mon hospitalité ? Je vous offrirais bien volontiers un verre de citronnade bien fraîche.

— Comment cela ? Par quelque tour de magie ?

— Figurez-vous que j'ai loué la maison juste à côté. Une sorte de retraite. Ici au moins, je suis tranquille pour travailler.

Virginie n'hésita pas. Certes, Mlle Chabert désapprouverait ce comportement, si elle en avait connaissance, mais elle n'avait pas le sentiment de commettre quelque faute.

— Quelle bonne idée ! s'écria-t-elle.

Il suffisait de descendre six marches, de pousser une grille, pour pénétrer dans un jardin ombragé d'oliviers. Une table et trois chaises en fer forgé composaient un cadre privilégié, propice à la réflexion et à l'écriture.

Virginie s'assit alors que son hôte allait chercher à l'intérieur de la maison verres et pichet. Elle arrangea les plis de sa jupe noire. Brusquement, elle eut envie de porter des couleurs vives, de se libérer de ce carcan sombre. Le journaliste l'impressionnait. N'était-ce pas curieux ? Elle avait pourtant fréquenté depuis l'enfance des auteurs aussi importants que M. Mistral.

— Eh bien, reprit Judicaël en apportant un plateau chargé. Que devenez-vous, mademoiselle Pélissier ? Vous passionnez-vous toujours autant pour la littérature ?

— Plus que jamais. Tout en m'intéressant aux articles d'une journaliste nommée Séverine.

Il fit la grimace.

— Peste ! Apporteriez-vous votre soutien aux suffragettes ?

Virginie lui dédia un sourire angélique.

— J'aimerais simplement que les femmes aient autant de droits que les hommes.

Une ombre voila son regard. Elle revoyait sa mère, condamnée à l'oisiveté par la volonté de son grand-père. Elle entendait encore Émilien Pélissier rugir qu'il exigeait un héritier. Elle s'était sentie niée, rejetée et avait pris les ocres en aversion tout simplement parce que Pélissier ne vivait que pour ses mines et son entreprise.

Il se pencha vers elle.

— Racontez-moi.

Virginie secoua la tête.

— Nous ne nous connaissons pas suffisamment, voyons ! Mais vous, comment faites-vous pour travailler dans votre refuge ? Vous avez des pigeons voyageurs ?

Il s'esclaffa de bon cœur.

— Je descends à la gare envoyer mes articles. Un peu moins de cinq kilomètres… L'exercice idéal pour réfléchir, chemin faisant. Si je suis vraiment pressé, j'attelle la jument à la jardinière.

— Et vous ne vous ennuyez pas ?

— Jamais ! Je crois que j'avais besoin de me retirer un peu du monde.

Il y avait une autre raison, se dit-elle. Elle l'imaginait en effet brillant, mondain presque, et se demandait comment il pouvait se satisfaire de cette vie en retrait.

En lui tendant un verre de citronnade, il lui sourit d'un air gentiment moqueur.

— Ça vous intrigue, n'est-ce pas, vous qui vivez dans ce qu'on surnomme un « séminaire laïc » ? Vous verrez, le poste d'institutrice n'est guère enviable. Tout le village aura les yeux fixés sur vous et vous n'aurez droit à aucun faux pas. De plus, vous risquez fort d'avoir maille à partir avec le prêtre et l'école confessionnelle. Vous serez la représentante de la république, rendez-vous compte… Si, pour arranger le tout, vous professez des idées progressistes…

— On me brûlera pour sorcellerie ? ironisa Virginie.

Elle se sentait jolie sous son regard. Une chaleur inattendue lui monta au visage. La cloche sonna cinq coups. La jeune fille sauta sur ses pieds.

— Cinq heures ! Ce n'est pas possible ! Et moi qui dois être rentrée à l'école pour dix-sept heures trente dernier délai. Je n'y arriverai jamais.

Paniquée, elle se demanda comment elle avait pu s'attarder aussi longtemps. Judicaël se leva à son tour, s'éloigna en direction de la remise en jetant par-dessus son épaule :

— Vous voulez bien ouvrir la grille en grand ? Perséphone et moi allons vous reconduire.

— Perséphone ? répéta-t-elle, se sentant stupide.

— Ma jument préférée. Vite ! Ne perdons pas de temps.

En chemin, alors que Perséphone trottait allègrement, Virginie pensa qu'il tenait déjà une grande place dans sa vie. Mais elle… en quoi pouvait-elle l'intéresser ?

Elle était beaucoup trop jeune et manquait d'aisance en société.

35

La pleine lune éclairait le parquet blanchi de la chambre et les vêtements de femme jetés à la va-vite sur le fauteuil crapaud.

Lorenzo avait passé un bon moment avec Marie-Renée, bien qu'il ne partageât avec elle qu'une affectueuse complicité.

À croire, se dit-il, qu'il était incapable d'aimer. À cause de la fameuse malédiction de Giuseppe ?

Depuis trois ans, depuis la tragédie de Fourmies, il était revenu dans le sud de la France où il s'était installé. Il avait volontairement évité Apt comme Marseille, choisissant de s'établir à Saint-Firmin où l'on avait besoin d'un menuisier. Le village lui avait tout de suite plu avec son cours ombragé de platanes et ses fontaines.

« Ici ou ailleurs… », avait-il pensé, mais ce n'était pas tout à fait vrai. Il avait besoin de retrouver la lumière incomparable de son Sud natal, de marcher sur les chemins caillouteux fleurant bon la sarriette et le poivre d'âne. Il avait eu l'impression de rentrer chez lui après un long voyage. Pourtant, il n'avait jamais eu de maison à lui. Il s'était toujours senti nomade, en transit.

Son atelier, situé au bas du village, ouvrait sur la plaine. Il s'installait volontiers dehors aux beaux jours, certainement parce que son enfance en forêt ne l'avait pas accoutumé à rester des journées entières enfermé. Si les deux premiers mois avaient été des plus calmes, il s'était constitué peu à peu une clientèle fidèle. On lui demandait encore souvent de fabriquer des meubles – des armoires et des commodes, notamment – à la naissance d'une petite fille. Les parents payaient l'arbre et exprimaient leurs souhaits. À charge ensuite pour le menuisier de les réaliser.

Il avait rapporté de ses nombreux périples des cartons à dessin dans lesquels il gardait la plupart de ses esquisses. Celles-ci lui permettaient de faire des propositions originales à ses clients. Ils y étaient sensibles.

Lorenzo passa ses vêtements et, pieds nus, marcha sur les tomettes fraîches pour aller se désaltérer à la pompe de l'office. Sa maison, composée de trois niveaux, était empreinte de charme. Même si elle n'était pas très pratique – il y avait des marches un peu partout –, il l'aimait bien et s'y sentait à l'aise, grâce essentiellement à la terrasse qui dominait le pays. Il lisait, écrivait, dessinait en contemplant les étoiles qui s'allumaient les unes après les autres sur le fond de velours du ciel d'été. Ces soirs-là, Lorenzo songeait à sa mère et à sa sœur.

Marie-Renée dormait toujours, le drap de métis enroulé autour d'elle. Elle se réveillerait au petit matin, s'étirerait avec grâce et boirait le café qu'il aurait préparé avant de filer ouvrir son auberge. Veuve accorte, elle était courtisée par plusieurs célibataires. Lorenzo ne lui avait jamais demandé si elle accordait ses faveurs à d'autres soupirants. Au fond, cela lui importait peu. Marie-Renée et lui passaient ensemble de bons moments, sans pour autant croire au grand amour.

— Mon défunt mari a tout emporté avec lui, lui avait-elle confié un jour, avec une gravité rare chez elle.

Elle avait secoué la tête, comme pour chasser ses pensées moroses.

— Heureusement, j'aime la vie ! s'était-elle exclamée avec un enthousiasme contagieux, et il l'avait fait basculer sur le lit.

Et lui, aimait-il la vie ? Comment l'aurait-il pu, avec ce secret qui pesait sur lui ? Fils de prêtre… Il n'osait imaginer le poids de la culpabilité éprouvée par sa mère et se posait nombre de questions, condamnées à demeurer sans réponse. Pourquoi Livia avait-elle défié les interdits ? Comment savoir ? Comment, surtout, dépasser son statut de fils maudit ? Il comprenait désormais, sans pour autant la partager, la résignation de sa mère. Livia s'était soumise à la violence bestiale de Giuseppe par désir d'expiation. Lorenzo avait parfois l'impression que ces interrogations obsédantes allaient le rendre fou.

Il retourna dans la chambre. Marie-Renée dormait toujours. Lorenzo se pencha, remonta le drap sur son corps dévêtu.

Existait-il de par le monde une femme capable de lui faire oublier toutes les questions qu'il se posait ? Il finissait par en douter.

C'était une tradition familiale chez les Darnaud. Chaque printemps, Félicité grimpait sur la colline Saint-Michel jusqu'à la chapelle Notre-Dame-de-la-Garde, en mémoire de ses ancêtres épargnés par l'épidémie de peste de 1720. Petite fille, elle accompagnait sa mère Margarido pour ce pèlerinage. Même si elle n'était pas certaine d'avoir conservé sa foi, Félicité respectait ce qu'elle nommait la « grimpette à la chapelle » et Virginie avait pris le pli de l'accompagner.

— Dis-moi, s'amusa la couturière, on dirait bien que tu t'es entraînée durant l'hiver. Tu montes la côte comme une chevrette !

Virginie sourit sans répondre. Ce sourire intrigua tout de suite Félicité.

— Eh ! reprit-elle, toi, ma belle, tu me caches quelque chose !

— Féli, tu as beaucoup trop d'imagination !

Sa marraine glissa son bras sous celui de Virginie.

— Compris, tu tiens à garder ton secret. N'oublie pas, cependant : un premier amour est souvent décevant.

— Féli !

— Admettons que je n'ai rien dit ! Est-il beau, au moins ?

— Tu ne sauras rien ! s'écria Virginie en accélérant le pas.

Elle n'avait pas envie de se confier parce que Judicaël lui avait recommandé de rester discrète. Elle savait qu'il prenait ainsi soin d'elle. Si la directrice avait eu vent de leur relation, elle aurait renvoyé l'élève institutrice séance tenante.

Le regard de Virginie s'adoucit. Elle aimait Judicaël et Judicaël l'aimait. Depuis plusieurs semaines, elle avait le sentiment d'évoluer en apesanteur. Ils se retrouvaient chaque dimanche dans la maison de Courbons que le journaliste louait. Dès le retour des beaux jours, ils avaient pris l'habitude d'aller pique-niquer dans la montagne. Du pain, du fromage de chèvre, des fruits… Il s'amusait de l'appétit de Virginie. Tous deux bavardaient, de tout et de rien, mais surtout de la situation économique et sociale.

Elle aimait à lire les articles qu'il écrivait. Il avait le sens de la formule et un don d'empathie. Virginie avait l'impression de comprendre beaucoup plus de choses depuis qu'elle le connaissait.

Leur relation avait évolué au fil des semaines et, quand il l'avait embrassée pour la première fois, elle s'était sentie en paix avec elle-même et avec la nature les entourant. C'était une sensation assez curieuse, celle d'être à sa place dans ses bras. Par la suite, même quand elle l'avait suivi dans sa chambre, une pièce au cadre monacal, elle n'avait pas eu le sentiment de commettre un quelconque péché. Elle l'aimait. Il était tendre et fort. Dans ses bras, elle était une autre Virginie. Elle aurait désiré l'entendre former des projets d'avenir pour eux deux, mais ils manquaient toujours de temps. Les heures filaient si vite lorsqu'ils se retrouvaient. Si elle l'avait pu, Virginie ne serait pas revenue à Apt pour les vacances de Pâques. Félicité, cependant, ne l'aurait pas compris.

Elle était partie seulement le dimanche midi, après avoir envoyé un télégramme à sa marraine, prétextant une indisposition. Ce mensonge lui avait permis de passer une nuit chez Judicaël. Une nuit entière dans ses bras, à rêver qu'ils étaient mari et femme. Pourtant, Virginie n'était pas vraiment attirée par le mariage. Elle savait par Félicité combien sa mère avait souffert d'une union imposée. Avec Judicaël, ce serait différent. Il partageait ses idées concernant les droits des femmes. Ou, du moins, le lui avait assuré.

— Je ne sais pas vraiment pourquoi je grimpe jusqu'à cette chapelle chaque printemps, souffla Félicité en s'appuyant contre la porte, mais je le fais en mémoire de Margarido, ma mère. Tu l'as à peine connue mais je me dis souvent que vous vous seriez bien entendues toutes les deux. C'était une femme forte, doublée d'une belle âme. Elle aurait certainement tenté de convaincre Amédée de renouer le contact avec Jean-Clément. Pour Margarido, les liens familiaux étaient sacrés.

En sortant de la chapelle, les deux femmes clignèrent des yeux. Félicité prit le bras de Virginie.

— Tu me le présenteras bientôt ? questionna-t-elle en souriant.

Sa filleule inclina la tête.

— Bientôt, assura-t-elle.

36

L'été stridulait au rythme des cigales. La canicule épuisait les bêtes et les gens.

En attente de son affectation, Virginie, institutrice fraîchement émoulue de l'école normale de Digne, aurait dû passer des vacances idylliques après ses années d'études. Au lieu de quoi, elle errait dans la maison, la mine longue, ou bien restait enfermée dans sa chambre.

Félicité avait dû insister pour qu'elle l'accompagne à la Brémonne où les Darnaud recevaient à l'occasion de la fête votive.

Malgré ses efforts, Virginie ne parvenait pas à être à l'unisson. Elle gardait un sourire poli qui n'atteignait pas ses yeux.

— Vous faites la paire, Mireille et toi ! grommela Amédée, les voyant rester indifférentes à l'ambiance joyeuse.

Mireille passa affectueusement son bras sous celui de Virginie.

— Laisse-nous donc ! lança-t-elle à son époux. Tu n'es pas dans nos cœurs ! Eh bien, reprit-elle à l'intention de la filleule de Félicité, quelque galant t'aurait-il fait de la peine ?

La jeune fille sourit en secouant la tête. Si elle avait su la vérité, Mireille se serait pâmée à coup sûr. Comment, se demandait Virginie, pourrait-elle lui expliquer que l'homme qu'elle aimait allait en épouser une autre ? Elle-même avait manqué s'évanouir le jour où elle l'avait compris.

C'était une enveloppe de vélin ivoire, posée sur la cheminée de la salle, qui le lui avait appris. Virginie l'avait saisie presque machinalement et ne se serait jamais permis d'aller plus loin si Judicaël avait réagi différemment.

— Laissez cette lettre, je vous prie ! lui avait-il ordonné d'une voix cassante.

Interdite, elle lui avait jeté un coup d'œil sidéré avant d'ouvrir l'enveloppe. Un mois plus tard, elle était toujours incapable d'expliquer son geste. C'était comme un défi qu'il lui aurait lancé. Et elle avait eu l'impression que le temps s'était suspendu. Sous le regard assombri de Judicaël, elle avait sorti de l'enveloppe une carte imposante. Elle avait pressenti que l'heure était particulièrement grave. Les mots « Mariage avec M. Judicaël Joannet » lui avaient serré le cœur. Elle les avait relus, posément, comme pour s'accorder un répit, ou repousser le drame.

L'homme qu'elle aimait restait tétanisé. À cet instant, elle l'avait haï avec une force dont elle ne se serait jamais crue capable.

— Henrietta Vidal-Stenot, avait-elle repris, d'une voix dangereusement calme. C'est donc le nom de la femme que vous allez épouser.

Elle ne posait pas de question. De toute manière, la pâleur de Judicaël lui suffisait. De plus, qui aurait eu l'idée de faire imprimer un faux faire-part ?

Il avait tendu la main vers elle. Un geste si dérisoire, avait-elle songé. Comment avait-il pu la trahir ainsi ? Quoique... à bien y réfléchir, ils n'avaient jamais envisagé l'avenir ni fait de projets communs. Ils s'aimaient. Ou, tout au moins, le croyait-elle. Comment avait-elle pu se montrer aussi naïve ?

— Pourquoi ? avait soufflé Virginie.

Il avait haussé les épaules.

— Parfois, on planifie son existence, on s'arrange pour faire coïncider vie privée et vie professionnelle et puis... le grain de sable... Je vous ai rencontrée et je me suis senti perdu.

— Pourquoi ? avait-elle répété en se raidissant.

Elle comprenait ce qu'il voulait dire. Il y avait Henrietta, ce mariage prévu de longue date. Et puis il y avait elle, Virginie, l'imprévue.

Elle avait secoué la tête.

— Vous avez parlé de vie professionnelle. Si je vous suis bien, vous avez besoin d'Henrietta Vidal-Sténot ?

Il s'était alors lancé dans un vibrant plaidoyer. Le père d'Henrietta, Henri Vidal-Sténot, dirigeait un grand journal parisien. Si Judicaël épousait la jeune fille, sa carrière serait assurée. Or il était venu se réfugier à Digne parce que l'un de ses articles lui avait valu les foudres de son précédent rédacteur en chef.

— Si je veux pouvoir continuer à faire entendre ma voix, je dois me marier avec Henrietta, avait-il conclu.

Qu'aurait-elle pu lui répondre ? Qu'il l'avait trahie et qu'elle le méprisait ?

Elle s'était contentée de le fixer jusqu'à ce qu'il baisse les yeux.

— Qu'étais-je donc pour vous ? Un passe-temps ? Une amusette ?

Elle ne voulait pas pleurer. Surtout pas. Qu'avait-elle donc cru ? Qu'il l'épouserait, alors qu'elle ne lui serait jamais d'aucune aide pour sa carrière de journaliste en vue ? Dire qu'elle était certaine de l'aimer…

— Je ne veux jamais vous revoir, avait-elle lancé, blême, avant de faire demi-tour et de claquer la porte derrière elle.

Elle avait couru tout le long de la pente menant à Digne. Les larmes ruisselaient sur son visage sans qu'elle prenne la peine de les essuyer. Comment avait-elle pu se tromper aussi lourdement à son sujet ? Sur le moment, elle bouillonnait de colère et d'amour-propre blessé.

Plus tard, une fois de retour à l'école normale, le désespoir et les souvenirs l'avaient submergée. Elle était parvenue à faire à peu près bonne figure dans la salle d'études et le réfectoire avant de s'effondrer dans son lit.

Chloé était venue la retrouver, l'avait serrée dans ses bras.

— Ce n'est pas facile d'aimer, avait-elle chuchoté.

Depuis ce dimanche de juin, Virginie avait l'impression qu'elle ne serait plus jamais la même. Elle avait perdu ses illusions et ne comprenait toujours pas pourquoi Judicaël s'était comporté ainsi. Était-il un vil séducteur ? Elle ne parvenait pas à l'admettre, même si Chloé, tenue informée de sa mésaventure, l'affirmait. Elle s'était donnée sans se poser de questions, persuadée qu'il l'aimait comme elle l'aimait. Avec le recul, lui revenaient en mémoire des silences, des dérobades, auxquels elle n'avait pas voulu prêter attention.

Elle se demandait encore comment elle avait réussi ses examens de fin d'études. Quoique, en y réfléchissant bien, le travail avait constitué pour elle un exutoire, une façon de surmonter son chagrin.

De retour à Apt, elle s'était lancée dans de longues promenades, marchant jusqu'à l'épuisement, pour oublier. Discrète, Félicité ne l'avait pas interrogée, se contentant de glisser :

— Je serai toujours là pour toi, ma grande. Le jour où tu désireras te confier…

Virginie avait beau être une « femme savante », comme disait Mireille, elle s'était laissé séduire comme la première fille venue. C'était peut-être cela le plus humiliant : le sentiment d'avoir été piégée. Non pas abusée, mais emportée par la passion, les compliments, l'amour qu'elle pensait partagé…

Judicaël s'était joué d'elle et elle n'avait rien vu venir, rien compris.

De quoi vous dégoûter à jamais de l'amour !

Le violoneux joua un premier air entraînant, sur son estrade.

Les pieds de Félicité s'agitèrent sous sa chaise.

— Viens que je t'apprenne à danser ! lança-t-elle.

Virginie la suivit sans manifester beaucoup d'enthousiasme. Peu à peu, cependant, elle eut l'impression que la musique la portait.

Lorsqu'elles s'immobilisèrent, essoufflées, au pied de l'estrade, le violoneux les salua en touchant son chapeau cabossé du bout de son archet.

— Vite, un cavalier pour cette dame et cette demoiselle ! lança-t-il, attaquant une polka.

Virginie tenta de se dérober lorsqu'un jeune homme s'inclina légèrement devant elle.

— Je ne sais pas danser, fit-elle.

— Je vous apprendrai !

Son cavalier était trapu, avait des mains larges, un torse puissant, un foulard noué autour du cou. Elle s'appliqua à suivre ses conseils avant d'éprouver du plaisir à se laisser emporter par la musique.

— Vous voyez, c'est facile ! lui dit-il, la soulevant presque.

Le gaillard la reconduisit cérémonieusement auprès de Félicité à la fin de la danse.

— Merci, demoiselle.

Pour la première fois depuis sa rupture avec Judicaël, Virginie sourit sans se forcer.

— Merci à vous, monsieur.

Sa bonne humeur reprenait le dessus. Sa marraine la serra contre elle.

— Je suis ravie que tu saches danser, ma belle ! Tu aimes ça, ça se voit ! Ta maman n'a jamais pu apprendre, la pauvrette !

— Il faudra que tu me parles d'elle à nouveau.

Le visage de Félicité s'assombrit.

— Elle a été si malheureuse… C'est pour cela qu'il convient de se défier des hommes. De certains, en tout cas.

Elle se tourna ostensiblement vers Émilien Pélissier qui venait d'arriver sur la place du village. Un murmure courut le long de l'assistance.

— Il y a eu un nouvel accident à la mine, reprit Félicité. Pélissier veut gagner toujours plus. Il n'admettra jamais que sa passion pour les ocres est déraisonnable. Comme mon frère… S'il n'y prend garde, il va se faire manger par les maîtres ocriers. Les temps changent, je le vois bien dans ma boutique. Les fortunes récentes sont fragiles.

— Regarde, c'est Jean-Clément qui accompagne mon grand-père.

— Il ne manquait plus que lui ! soupira Félicité.

Résolument, elle se dirigea vers son neveu, se frayant un passage à l'aide de son ombrelle.

— Viens par ici, toi ! fit-elle à l'adresse de Jean-Clément.

Elle l'entraîna derrière un énorme platane au tronc blanchi.

— Mon garçon, reprit-elle, il est temps pour toi de faire la paix avec ton père. Ton patron est en train de l'étrangler et mon pauvre frère ne lutte pas avec lui à armes égales.

Jean-Clément portait beau dans son costume clair. Il ne ressemblait plus au fils d'un paysan. Il se dégagea de la main de sa tante pesant sur son épaule.

— Je suis désolé, nous n'avons plus rien à nous dire, mon père et moi, répondit-il froidement.

Félicité perdait rarement son calme. Cette fois, pourtant, elle jeta un regard chargé de commisération à Jean-Clément.

— Mon pauvre garçon, je te plains de tout mon cœur, laissa-t-elle tomber.

Elle ajouta :

— J'espère simplement pour toi qu'il ne sera pas trop tard quand tu mesureras le poids de ta trahison.

« Trahison toujours... », pensa Virginie, qui avait suivi sa marraine et surpris ces paroles.

Un flot de bile remonta dans sa gorge. « Il convient de se défier des hommes », lui avait dit Félicité.

Elle, Virginie, s'efforcerait désormais de suivre cette ligne de conduite.

37

Pélagie avait fait appeler Félicité et Virginie dès qu'elle avait compris que maître Sautel vivait ses dernières heures.

Le notaire avait travaillé jusqu'à la semaine précédente, continuant de recevoir ses pratiques. Ensuite, il avait rangé ses dossiers, transmis ses instructions à M. Gallo, son clerc, presque aussi âgé que lui, et était rentré chez lui.

— Pélagie, je compte sur vous pour prévenir Mlle Virginie, avait-il déclaré d'une voix unie, exactement comme s'il avait commandé une omelette aux truffes pour le souper.

Il avait repoussé d'une main encore ferme la gouvernante qui s'empressait autour de lui. Devant son teint cireux, sa démarche chancelante, Pélagie avait pris peur et couru jusque chez le médecin. Le docteur Mazeraud et maître Sautel se fréquentaient autrefois, au cercle. Il avait promis de se rendre chez le notaire dès qu'il serait rentré de sa tournée. En l'attendant,

Pélagie avait astiqué la maison, qui n'en avait pas besoin. Son imagination battait la campagne. Quel âge avait donc le notaire ? Soixante-douze, soixante-quinze ans ?

Elle avait accueilli Virginie et Félicité avec soulagement. Enfin, elle ne serait plus la seule à devoir prendre des décisions.

— Est-ce qu'il souffre ? s'était inquiétée Virginie.

Pélagie s'était signée.

— Non pas ! Il donne plutôt l'impression d'une chandelle sur le point de s'éteindre.

L'avait-elle déçu ? s'était alors demandé la jeune fille. Son grand-père et elle n'avaient jamais été proches. Maître Sautel impressionnait sa petite-fille et Virginie, qui lui rappelait trop Albertine, ravivait les remords du vieil homme.

Les deux femmes n'avaient pas touché au dîner préparé par Pélagie et s'étaient contentées d'une tisane de tilleul.

— Que dit exactement le docteur Mazeraud ? avait interrogé Virginie.

Pélagie avait haussé les épaules.

— Il est usé, au bout du chemin. Le cœur n'en peut plus et je me demande s'il a encore envie de vivre.

Envie de vivre… L'expression avait fait tiquer Virginie. Elle-même, plusieurs mois auparavant, avait pensé que Judicaël avait tout emporté avec lui. Même si la blessure était toujours là, béante, elle avait décidé qu'un chagrin d'amour ne lui gâcherait pas la vie. Elle se souvenait trop du regard éteint de sa mère, de sa mélancolie. Pas question pour elle de l'imiter ! Elle était forte, et rebelle. Elle survivrait à Judicaël.

Elle s'était efforcée de ne songer qu'à son grand-père. Pourtant, il comptait peu pour elle.

Quand elle pénétra dans la chambre du vieil homme, elle marqua une hésitation. Le désir de fuir la tenaillait. Félicité lui tenait la main.

Maître Sautel reposait sur son lit. Il portait encore l'un de ses habits noirs, dans lesquels Virginie l'avait toujours connu. Avec son teint livide et ses yeux enfoncés dans leurs orbites, il ressemblait déjà à un cadavre. Virginie frissonna et serra un peu plus fort la main de sa marraine.

— Approche, petite, dit-il d'une voix sifflante, à peine audible.

Elle obéit, à contrecœur. Il s'empara de sa main libre.

— Pardon, Albertine, souffla-t-il.

Et elle ressentit l'envie irraisonnée de s'enfuir.

Le notaire mourut dans la nuit, alors que Virginie et Félicité dormaient dans la chambre de jeune fille d'Albertine.

Félicité le découvrit au petit matin. Elle lui ferma les yeux avant d'aller quérir Pélagie.

— Laissons dormir encore un peu la petite, lui dit-elle. Elle l'apprendra bien assez tôt.

À cet instant, la couturière éprouvait une profonde rancune. Elle n'avait toujours pas accepté, en effet, la mort injuste de son amie Albertine et considérait le notaire comme en partie responsable.

Pélagie se signa avant d'aller quérir le prêtre.

Les gestes de la gouvernante étaient mécaniques, elle ne semblait pas vraiment concernée par le sort de maître Sautel.

— Il n'y a jamais eu que son épouse qui comptait pour lui, déclara-t-elle. Cet amour l'a rendu égoïste, étranger à tout le reste. Ma pauvre Albertine en a terriblement souffert.

Elle se redressa avec difficulté. Elle paraissait son âge, tout à coup.

— Je vais prévenir la vieille Alphonsine, reprit-elle. Elle ira annoncer le deuil chez les habitants de Fontrouge. Quoi que nous pensions, il faut respecter la tradition.

— Bien entendu, fit Félicité d'un ton indéfinissable.

Parfois, elle se demandait si tout cela avait un sens. Les usages, les coutumes. Sauvegarder les apparences, toujours…

N'était-ce pas ce que le notaire avait fait durant toute sa vie ? Et ce qui avait tout détruit autour de lui…

Si les visages reflétaient une certaine tristesse, les commentaires allaient bon train le jour de l'enterrement de maître Sautel. On se rappelait les crises de son épouse, la mort brutale de sa fille et les regards se tournaient vers Virginie. Elle en sentait le poids, dans la petite église romane de Fontrouge. Elle redressa la tête. Son chapeau noir ne parvenait pas à éteindre la flamme de ses cheveux roux. Son allure, son attitude même constituaient un défi lancé aux personnes bien-pensantes du village.

Elle, Virginie, avait l'âme d'une rebelle, et elle en prit tout particulièrement conscience ce jour-là. Son père était venu d'Avignon, ainsi que ses grands-parents. Émilien Pélissier arborait une mine sombre. Pourtant, il portait encore beau, malgré ses soixante-dix ans.

« Un roc », pensa Virginie. À côté de lui, Célestine se ratatinait. Félicité l'avait comparée un jour à un serpent. Tout comme les vipères, même si elle paraissait inoffensive, elle était encore capable de piquer. Virginie se défiait d'elle et de sa langue acérée.

Même au cimetière, agrippé à la pente, il n'y eut pas vraiment d'émotion. Pélagie se moucha, ce qui attira les regards sur elle. Confuse, elle recula de deux pas. Émilien saisit Virginie par le bras.

— Passons aux choses sérieuses, l'ouverture du testament, dit-il d'une voix un peu trop forte.

Elle se dégagea en lui jetant un regard chargé de reproches. Ne pouvait-il faire preuve d'un peu de décence ?

— Eh bien, l'affaire est entendue ! commenta Félicité en sortant de l'étude de maître Lafitte, notaire aux Baumettes. Heureusement que nous ne comptons sur personne, toi et moi ! ajouta-t-elle.

En effet, la lecture du testament de maître Sautel avait révélé que le grand-père de Virginie avait réalisé de mauvaises affaires. Débiteur vis-à-vis d'Émilien Pélissier, il lui laissait en guise de dédommagement des terrains situés à Fontrouge et à Rustrel, ainsi qu'une ferme aux Baumettes. Virginie héritait de la maison, des meubles qu'elle contenait ainsi que d'une petite somme d'argent. Une rente minime était versée à Pélagie.

— Si peu pour plus de cinquante ans de dévouement ! avait ragé Félicité.

Décidément, elle ne regretterait jamais son indépendance !

— Tu vois, murmura Virginie, ce qui me désole le plus, c'est que je ne vais pas pouvoir aider Amédée.

Elle eut un rire sans joie.

— J'aurais dû me douter qu'Émilien se servirait le premier. Quelle idée de lui emprunter de l'argent ! J'aurais cru grand-père Sautel plus avisé.

— Et surtout plus riche ! Cette histoire de prêt me paraît bizarre. Mais tous les actes sont en règle. Pélissier ramasse la mise, une fois de plus. Oh ! il faudra bien un jour qu'il paie pour toutes ses mauvaises actions !

La couturière, confuse, s'interrompit.

— Pardonne-moi, petite, ne le prends pas en mauvaise part. C'est juste que je ne supporte pas sa façon de faire.

— Rassure-toi, tu n'es pas la seule ! Bah, il nous reste la maison.

Elle tint à s'y rendre seule la première fois. Il lui fallait apprivoiser la vieille demeure, afin d'y chercher le souvenir d'Albertine. Mais Albertine avait-elle seulement vécu là-bas ? Toute trace de sa présence avait été effacée, au profit d'Edmée.

Virginie passa plusieurs jours en compagnie de Pélagie à nettoyer la maison et à trier les meubles dont elle ne tenait pas à s'encombrer. Elle proposa à Pélagie de rester habiter à Fontrouge, en affirmant que cela lui rendrait service de savoir la propriété occupée. Pélagie fondit en larmes.

— Parle-moi de ma mère, la pria Virginie.

La gouvernante sortit deux malles du grenier. Elle y avait gardé les livres d'enfance d'Albertine, deux poupées, une dînette, ainsi que des vêtements de couleur vive.

— J'ai tout gardé, dit-elle d'une voix émue. J'aimais beaucoup Albertine, elle était si attachante. Mais c'était comme si elle n'avait jamais eu sa place ici. Maître Sautel ne vivait que pour son épouse.

Curieusement, Virginie se sentit mieux quand elle regagna Apt. Elle avait l'impression de s'être rapprochée de sa mère.

Pélagie à Fontrouge, c'était la vie qui continuait.

38

1895

« Libre, enfin ! » pensa Maria, à la tête du maigre cortège cheminant en direction du cimetière. Elle avait laissé son bébé à la garde d'Aglaé. Depuis la naissance de Laurette, et ce malgré les insultes d'Antonin qui lui reprochait d'avoir mis au monde une fille, elle avait retrouvé le goût de vivre.

Antonin était mort de façon stupide, en tombant d'une échelle, mais existait-il une belle façon de mourir ? Il voulait monter sur le toit afin de vérifier que le dernier coup de mistral, particulièrement violent, n'avait pas emporté trop de tuiles. Avait-il bu ? Avait-il mal assuré son échelle ? Elle avait entendu un grand cri alors qu'elle donnait le sein à Laurette et s'était précipitée dehors. Antonin gisait sur l'herbe sèche, inconscient.

Elle avait pensé : « Si seulement il pouvait s'être tué ! », sans parvenir à se reprocher cette idée qui lui avait traversé l'esprit. Elle avait tenté de le ranimer, en vain. Aglaé, attirée par le cri, s'était penchée à son tour sur le corps d'Antonin. Elle avait cherché son pouls. Se redressant péniblement, elle avait annoncé à Maria :

— Te voilà veuve, petite.

Puis avait ajouté :

— T'inquiète pas, je t'aiderai.

Aglaé avait fait prévenir le maire et M. le curé. Comme ce dernier l'avait fait remarquer, il arrivait un peu tard pour confesser un mécréant comme Antonin. Le père Léonce avait enveloppé Maria et son bébé d'un air songeur.

— Ce sera dur mais je pense que tu arriveras à te débrouiller.

Elle se l'était promis ce jour-là.

Un soleil radieux faisait chanter les corolles blanches des amandiers en fleur. Une dizaine de personnes seulement suivaient le convoi funèbre. Le père Léonce avait béni le cercueil au terme d'une brève cérémonie. Grâce à Aglaé, Maria avait appris que la famille d'Antonin possédait un caveau au cimetière. Ils étaient tous morts, même le grand-père de Volx, rencontré une seule fois, mais il demeurait une place. Celle d'Antonin.

— Ça sera toujours ça d'économisé, avait commenté Aglaé, toujours pratique.

Maria trébucha sur une dalle à moitié brisée, se rattrapa au bras du maire.

— Faites attention, marmonna-t-il.

Elle se rappelait toutes les belles paroles prononcées par Antonin deux ans auparavant. À l'entendre, il était l'un des fermiers les plus importants de Banon. Quand elle avait découvert sa masure, elle avait eu envie de s'enfuir. Pourquoi l'avait-elle cru ?

Maintenant, elle était libre, comme elle ne l'avait jamais été. Elle avait vingt-huit ans. Pour Laurette, elle se sentait tous les courages. Le travail ne lui avait jamais fait peur. Elle garderait la ferme, il le fallait, pour son bébé. Elle qui n'avait rien reçu de ses parents rêvait de transmettre un bien à sa fille.

Chaque soir, c'était la même chose. S'il buvait suffisamment, il sombrait dans un sommeil lourd et sans rêves. Exactement ce dont il avait besoin. Les cauchemars lui faisaient peur. Il ne supportait plus de voir Livia dans ses rêves.

Il serra les poings. Il l'avait aimée. Seigneur, il l'avait tant aimée, sans jamais le lui avouer. Il refusait de lui donner barre sur lui. De toute manière, il n'avait su lui inspirer que de la reconnaissance et de la crainte. À la longue, la violence avait pris le pas sur tout le reste. C'était sa façon à lui de lui dire qu'il l'aimait.

S'il fermait les yeux, il la revoyait telle qu'elle lui était apparue la première fois, alors qu'elle remontait la rue principale de Limone.

Elle était si différente des autres filles. On aurait dit une princesse, même si elle semblait triste. Lui, le travailleur itinérant qui se louait de place en place avait voulu tout savoir d'elle. Finalement, on la connaissait peu au village. Sa grand-mère l'avait élevée et elle était revenue au pays à la mort de la vieille dame. « Elle a de grands airs », chuchotait-on dans le dos de Livia et ses frères et sœurs ne se gênaient pas pour la critiquer. La jeune fille s'acquittait de ses corvées sans sourire. Le surnom donné dans son enfance – *principessa* – reprenait tout son sens. On lui reprochait d'être fière, peu liante, hautaine.

Giuseppe, lui, ne remarquait que sa beauté et sa mélancolie.

Il avait noté, deux semaines après son arrivée, sa pâleur soudaine et sa grande nervosité. Ensuite, tout était allé très vite.

Un matin, il avait entendu des cris, puis des pleurs dans la maison haute au toit de lauzes des Neri. Il avait vu Livia en sortir en larmes.

Tout naturellement, il l'avait suivie. Il l'avait rejointe devant la chapelle dédiée à San Pancrazio, fleurie de petits bouquets de verveine.

Il se rappelait les battements précipités de son cœur lorsqu'il avait osé effleurer son bras de la main. Elle avait tressailli, s'était retournée vers lui.

— Éloignez-vous, lui avait-elle lancé sur un ton chargé de défi. Je porte malheur.

Giuseppe avait ri. Le rire d'un homme sûr de sa force, qui n'a rien à redouter. Il avait lu comme de l'admiration dans le regard de Livia. À moins qu'il n'ait rien compris… Avec le recul, il s'était souvent dit qu'elle devait penser à tout autre chose ce jour-là. Certainement à l'autre, celui qu'il vouait au diable depuis près de quarante ans.

Il n'avait pas tenu compte de sa mise en garde, lui avait tendu la main pour l'aider à se relever. Gauche, il avait voulu lui essuyer la joue.

— Il ne faut pas pleurer.

Le regard qu'elle lui avait alors décoché lui avait fait presque peur. Il reflétait un désespoir incommensurable.

— J'ai déshonoré ma famille et notre nom, lui avait-elle confié dans un souffle.

Malgré ses vingt-deux ans, Giuseppe avait déjà suffisamment vécu pour deviner ce qui se passait. Il l'avait enveloppée d'un regard incrédule sous lequel Livia avait rougi.

— Il vaudrait mieux que je me jette dans le torrent, avait-elle poursuivi. Ajouter un péché mortel à un autre, pour faire bonne mesure.

Cette perspective était intolérable pour Giuseppe. Il avait avancé d'un pas, saisi la jeune fille aux épaules.

— Il ne faut pas, voyons ! Épousez-moi.

Il n'oublierait jamais sa réaction. La main posée sur son ventre dans un geste instinctif de protection, elle l'avait regardé avec effroi.

— Nous ne nous connaissons pas, avait-elle protesté.

— Peu importe.

Il aurait dû comprendre, à cet instant, en éprouvant une bouffée de jalousie intense vis-à-vis du père de l'enfant, qu'il n'oublierait jamais que Livia ne l'aimait pas. Mais il se souvenait du soleil dans ses cheveux, de la sensation de bonheur paisible qu'il avait ressentie et de cette lueur d'espoir dans ses yeux clairs. Comme s'il lui avait offert une échappatoire.

Il avait brusqué les choses. Surtout ne pas lui laisser la possibilité de réfléchir, de refuser sa demande.

— Venez, avait-il déclaré, je dois rencontrer votre père.

Tout était allé très vite. Le père Neri, grand, sec, le visage sévère, avait reçu Giuseppe avec raideur. Les deux hommes étaient allés s'entretenir dans le pré jouxtant la maison. Giuseppe avait eu l'impression qu'il n'était pas digne d'y pénétrer et sa colère s'en était accrue. Pourquoi cet homme se croyait-il supérieur à lui ? Mais, finalement, le père de Livia s'était un peu détendu en l'entendant faire sa demande. Il avait juste glissé d'une voix sinistre :

— Réfléchissez bien, Giuseppe Lupo, car ma fille a fauté avec un prêtre. Comment effacer ce péché mortel ?

Lui n'était pas sûr de croire, bien que le curé de son village natal n'ait pas ménagé ses efforts, ni les coups de pied et de règle, afin de le ramener dans le droit chemin. Giuseppe ne connaissait qu'une loi, la sienne. Il se montra assez rusé, cependant, pour rassurer le père de Livia en lui parlant rédemption et mariage.

En moins d'une heure, il avait obtenu la main de la jeune fille. Alors qu'il croyait toucher au bonheur, tout avait été gâché.

Parce que Livia et lui n'avaient jamais pu oublier l'autre. Le prêtre coupable.

39

« La dernière saison », pensa Amédée Darnaud, le cœur lourd, en contemplant les bassins de décantation. Beaucoup de travail pour un résultat médiocre. Pierrot, le plus jeune ouvrier, évacuerait le surplus d'eau de lavage. Ensuite, grâce à l'action du soleil et du vent, le séchage de l'ocre se poursuivrait durant plusieurs semaines.

Max se rapprocha d'Amédée.

— Ça va comme vous voulez, patron ?

Darnaud haussa les épaules.

— Que te dire, mon pauvre Max ? J'ai l'impression que tout se ligue contre moi. Les terres ont donné ce qu'elles pouvaient. Il faudrait creuser toujours plus profond, utiliser plus d'eau… Il est trop risqué d'attaquer les gros blocs de roche déjà érodés. Regarde, les racines sont nombreuses par ici, c'est le signe qu'il y a moins d'ocre, tu le sais aussi bien que moi.

Les frais de transport augmentent. Bientôt, nous allons perdre de l'argent…

Il ôta sa casquette, passa la main dans ses cheveux.

— Mon père avait raison, j'aurais dû continuer de cultiver la terre plutôt que de courir après un rêve d'enfance.

— Vous savez, fit Max, je n'ai pas de gros besoins. Si cela vous arrange de me payer moins…

Profondément ému, le maître ocrier posa la main sur l'épaule de celui qui le secondait depuis tant d'années.

— Tu es un bon gars, Max, et cela me touche beaucoup mais, vois-tu, il faut savoir s'arrêter.

Son regard se fit lointain. Si Jean-Clément était resté à ses côtés, s'il avait bénéficié de capitaux supplémentaires… Félicité lui avait déjà donné plusieurs centaines de francs. Au fond de lui, il pressentait qu'il était inutile de s'entêter. Les jeux étaient faits. Pélissier avait gagné. À son niveau, il n'avait plus à redouter la concurrence des petits ocriers.

Si c'était à refaire, il aurait embauché Jean-Clément, mais cela aurait-il changé quelque chose à sa situation ? Jean-Clément avait plus d'ambition. Finalement, son poste chez Pélissier lui assurait un avenir. Lui avait tout raté.

— Il y a quand même encore du travail, insista Max.

Amédée soupira sans répondre. Max ne comprenait pas – ou ne voulait pas comprendre – que lui, Amédée Darnaud, avait rêvé de faire fortune grâce aux terres jouxtant le champ de l'Étoile. Il avait eu beau travailler dur, il lui manquerait toujours des capitaux, du personnel, des voitures… Agriculteur modeste, il était devenu un ocrier modeste. « Un homme de peu, se dit-il, qui a voulu grimper dans l'échelle sociale. »

Il se sentait las. Pis encore, il avait l'impression d'avoir trahi ses ancêtres. Mireille le lui avait assez répété, il prenait trop de risques. Mais s'il avait écouté sa femme, il aurait végété.

« Advienne que pourra », pensa-t-il.

De nouveau, il songea que tout aurait été différent si Jean-Clément ne l'avait pas abandonné.

« Une nouvelle année scolaire », se dit Virginie en suivant sur la carte du Vaucluse la route menant au hameau de Lorgnes, sa deuxième affectation.

Elle n'osait imaginer l'état de la maison d'école. L'année dernière, elle avait passé neuf mois de purgatoire dans une habitation insalubre.

« Je t'écris de ma prison », avait-elle annoncé d'emblée à son amie Chloé avec qui elle était restée en relation épistolaire.

Fraîche émoulue de l'école normale, elle avait éprouvé un choc en découvrant une sorte de cave seulement éclairée par une étroite meurtrière barrée de fer. Dès le retour des beaux jours, elle avait pris le pli de maintenir la porte d'entrée ouverte, sans se soucier des garçons qui, eux, bénéficiaient d'un local plus agréable. Une planche scellée dans le mur servait de siège. Virginie ne disposait que d'un tableau noir et d'un bâton de craie. Elle n'était pas parvenue à dissimuler son profond découragement au maire qui avait bredouillé quelques excuses. « Je vous apporterai un peu de peinture », avait-il promis, en voyant son affolement face aux deux pièces mansardées pompeusement appelées « logement de l'institutrice ». La cuisine ne fermait pas. Autour d'une table demi-lune, deux chaises paillées, un poêle, semblable à celui de la classe, quelques ustensiles de cuisine. Le réduit baptisé « chambre » comportait un étroit lit de fer, une chaise et une table de toilette à la garniture ébréchée. Virginie avait songé à partir, tout en sachant que c'était impossible.

Vaille que vaille, elle avait tenu bon et s'était attachée à ses sept petites élèves. Les journées passaient vite, entre la classe, la préparation des leçons, la tenue des registres et les tâches ménagères. Les soirées, en revanche, s'étiraient. L'hiver, elle avait souffert du froid et s'était blottie dans le lit, sous le gros édredon, tandis que le mistral soufflait au-dehors. Dans ces moments-là, elle ne parvenait pas à chasser Judicaël de ses pensées. Elle se rappelait ses mains, longues et fines, sur son corps. Elle tentait d'endiguer les souvenirs trop évocateurs, en se répétant qu'il s'était joué d'elle. Elle avait espéré, les premiers temps, recevoir une lettre lui annonçant la rupture de ses fiançailles. Par la suite, elle s'était moquée de sa propre naïveté. Elle était trop jeune, trop insignifiante pour Judicaël.

De plus, elle ne pouvait rien pour sa carrière.

Elle avait fini par se confier à Félicité à la veille de sa première rentrée. Sa marraine l'avait serrée contre elle.

— Oh ! Nini, j'aurais tant voulu que tu ne vives pas ça !

Virginie avait alors secoué la tête.

— Ne dis pas ça. Finalement, je me demande si je ne dois pas me réjouir de cette mésaventure. Au moins, je ne suis pas soumise à un homme, comme l'a été ma pauvre maman. J'ai aimé, j'ai souffert… Je devrais être plus forte à présent.

Félicité pensait comprendre ce qu'elle voulait dire. Et elle était fière de sa filleule. Très fière.

À la veille de sa nouvelle rentrée, Virginie avait l'impression d'être mieux préparée. Elle appréhendait, pourtant, la découverte de sa nouvelle école et de ses élèves. Le hameau de Lorgnes se situait dans le Comtat, non loin de Villes-sur-Auzon. Elle s'y rendrait en empruntant la diligence et ne rentrerait que pour les vacances de Noël. Elle emportait avec elle vêtements, livres et linge. Le cocher, qu'elle connaissait de vue, lui adressa un clin d'œil.

— C'est la rentrée, mademoiselle ! On charge la malle.

— S'il vous plaît, merci.

Félicité la serra contre elle.

— J'attends tes lettres, ma Nini. Tu verras, ce sera une bonne année.

Virginie l'espérait de tout son cœur.

40

Levée dès six heures trente, Virginie avait un emploi du temps qu'elle suivait à la lettre chaque matin. Après avoir préparé son café à la bohémienne sur le poêle, elle déjeunait, un peu de pain, du fromage, puis procédait à une toilette rapide. Il fallait faire vite dans la chambre non chauffée. De toute façon, elle avait été habituée à l'école normale de Digne à des conditions spartiates. Une fois habillée – corsage à carreaux, jupe sombre, châle jeté sur les épaules –, elle se coiffait, tirait ses cheveux en arrière et les attachait en un chignon rond. Lit de fer fait au carré, vêtements de nuit rangés dans la commode, les deux pièces balayées, elle descendait dans sa salle de classe où sa première tâche consistait à allumer le poêle.

Sa maison d'école lui avait paru d'emblée plus agréable que la précédente mais, le froid venant, elle avait constaté qu'elle était difficile à chauffer. Les grandes fenêtres laissaient pénétrer les vents coulis et s'ourlaient de givre dès les premiers frimas. Avec l'accord du maire, M. Jouveau, Virginie avait demandé aux parents de lui fournir une bûche par semaine, moyennant quoi elle parvenait à maintenir une température acceptable dans la grande salle de classe.

Cependant, tout n'était pas parfait à Lorgnes, loin s'en fallait ! Elle s'était vu attribuer une classe mixte, ce qui avait soulevé les hauts cris dans le village. Seulement onze élèves, des conditions optimales d'enseignement si tous avaient été du même niveau ! Entre Alphonse, Delphine, Marcel et Marinette, qu'elle préparait pour le certificat d'études, la petite Zoé, qui ne savait pas encore lire, et les six moyens, âgés de huit et neuf ans, les différences étaient considérables.

C'était un défi pour Virginie qui appréhendait la venue de « M. l'inspecteur ». Elle s'était intégrée assez facilement à la vie du hameau mais ne s'illusionnait pas pour autant. Elle savait que plusieurs fillettes avaient été inscrites par leurs parents à l'école catholique de Saint-Firmin. Ceux-ci craignaient l'influence néfaste de cette institutrice anticléricale et d'une classe mixte sur leur progéniture. N'assistant pas à la messe du dimanche à l'église de Saint-Firmin, Virginie était forcément considérée comme une tenante de « l'école du diable » par les ultras.

Elle haussa les épaules, s'assura que la classe était impeccable. Elle la balayait avec soin le soir après l'étude, dépoussiérait les pupitres, nettoyait le tableau noir. Durant ses quatre années d'études, on lui avait répété combien il était important de donner l'exemple en matière d'hygiène. Salle de classe convenablement aérée, puis chauffée… Elle était fière d'avoir pu, contrairement à sa première année, obtenir des cartes de géographie en couleurs et avait orné les murs badigeonnés de blanc de gravures représentant oliviers et mûriers.

Elle écrivit au tableau le sujet de la leçon du matin : « La Loire », vérifia que le registre était prêt. Chaque jour, en effet, l'effectif de ses élèves était soumis à des variations. Il suffisait qu'une mère soit souffrante pour que la fille aînée reste au foyer s'occuper de ses frères et sœurs et se charge des tâches ménagères. Début octobre, le grand Marcel avait manqué trois jours ; il avait été mordu par une vipère. L'hiver, rhumes et bronchites retenaient souvent les plus fragiles à la maison. Dotée d'une constitution robuste, Virginie s'en agaçait tout en sachant que certains devaient marcher durant plusieurs kilomètres pour se rendre à l'école. Elle se rendait compte qu'à dix-neuf ans elle avait encore beaucoup à apprendre.

Elle jeta un coup d'œil à son réveil qu'elle descendait chaque matin pour le poser sur le bureau. Huit heures quinze. Les premiers élèves arriveraient bientôt. Ils racleraient leurs galoches sur le paillasson en fer, entreraient dans la classe, le visage rougi, ôteraient leur casquette ou leur bonnet et se dirigeraient vers le poêle après l'avoir gratifiée d'un sonore « Bonjour, mademoiselle ! »

La journée allait commencer.

Appuyée sur sa canne qui lui venait de son aïeule, Aglaé se traîna jusqu'à la salle. Elle trouva Maria affairée devant ses fromages. Aglaé lui avait appris à mouler à la louche son lait de chèvre, à le retourner deux fois dans sa faisselle et à le saler avant de le laisser « pré-affiner » durant quatre à six jours.

Désormais, Maria se rendait chaque mardi au marché de Banon où elle vendait sa production. Elle cultivait des pommes de terre, entretenait un petit potager et s'occupait du cochon qu'Aglaé et elle avaient acheté à deux.

Laurette dormait dans son moïse, veillée par la chatte Mine.

Aglaé se laissa tomber lourdement sur le banc.

— Ça sent bon, fit-elle avec un claquement de langue.

Son visage était si ridé sous le bonnet jauni qu'il était difficile de lui donner un âge – quatre-vingt-trois, quatre-vingt-cinq ans. Elle-même perdait le fil parfois, se rappelant juste qu'elle était née quand l'empereur était revenu de l'île d'Elbe. Le regard, cependant, était resté vif, et les mains agiles. Aglaé cousait et tricotait pour Laurette. « Ça me donne un but », répétait-elle. De cette façon, elle se sentait encore utile. Mariée à vingt ans à Silvère, un paysan plus âgé qu'elle d'une bonne dizaine d'années, Aglaé avait mené une vie de labeur, marquée par la perte successive de leurs trois enfants.

Silvère et elle s'entendaient bien, même si l'époux rentrait de l'estaminet un peu trop gai, le samedi soir. Il était mort en 82. Il était tombé d'un coup dans le champ qu'il labourait. « Le cœur », avait déclaré le médecin avant d'ajouter : « Une belle mort. » Aglaé ne lui avait jamais pardonné ce commentaire.

Elle avait survécu tant bien que mal, après avoir vendu son unique cheval. Elle gardait un petit troupeau de chèvres. Elle aimait ses cabrettes, douces et têtues. Elle avait toujours ignoré son voisin Antonin qu'elle considérait comme un vaurien.

— Il a eu bien de la chance d'avoir ses parents qui sont nés avant lui ! avait-elle commenté, rieuse.

Elle avait proposé à Maria de venir vivre avec elle, ce qui permettrait à la jeune femme de louer sa ferme. Les deux femmes avaient mis en commun leurs quelques économies afin de pouvoir acheter un cochon et un mulet. Aglaé appréciait de ne plus souffrir de la solitude et sa présence rassurait Maria. Ainsi, elle pouvait partir vendre sa production sans se soucier de Laurette.

La jeune femme osait à peine se dire que sa vie avait changé, enfin, et qu'elle était indépendante. Elle songeait souvent à Livia, plus encore depuis qu'elle était devenue mère à son tour. Elle avait fort peu de souvenirs heureux, et ceux-ci concernaient exclusivement Livia. Sa mère lui parlait parfois de sa propre grand-mère, Susanna, et de sa maison, blottie sous son toit de lauzes.

Elle lui chantait aussi des berceuses que Maria aurait aimé transmettre à Laurette. À la mort de Livia, Maria avait souhaité disparaître elle aussi. Elle était certaine que Giuseppe ferait de sa vie un enfer. Elle n'avait pas gardé de souvenirs de son frère Lorenzo, mais sa mère l'évoquait chaque jour. C'était sa façon de continuer à le faire vivre dans la cabane de la forêt.

D'un geste précis, Maria posa les petits fromages sur les feuilles de châtaignier qu'elle avait préparées.

— Y a pas à dire, t'as le coup de main ! apprécia Aglaé.

Elle sourit à sa jeune amie.

— Ma mère m'a raconté un jour qu'elle utilisait des feuilles de figuier quand elle manquait de feuilles de châtaignier. Le figuier est toujours là, tête au soleil, pied près de la source.

— Je sais, Aglaé, nous lui avons même pris une bouture l'an passé.

— C'est de la belle figue noire, tu verras.

La vieille femme soupira.

— Va savoir si je serai encore là à la récolte des figues... Je ne me fais plus toute jeune ! Mardi prochain, je viendrai avec toi à Banon, je veux aller voir le notaire.

Elle avait déjà évoqué son projet devant Maria. Elle tenait à lui léguer la ferme et les champs. Comme la jeune femme avait protesté, Aglaé s'était presque fâchée.

— Laisse-moi donc décider de ce que deviendront mes biens après ma mort ! Le seul qui va tordre le nez, c'est l'abbé Grandserres ! Il guigne mes terres depuis la mort de mon pauvre Silvère !

Elle riait, la mâtine, en imaginant la déception du prêtre.

Maria l'appréciait aussi pour son heureux caractère. Aglaé savait apprécier la vie et, à ses côtés, la fille de Livia se sentait plus légère. N'était-ce pas paradoxal qu'une femme très âgée lui communique un certain bonheur de vivre ? Ce que son père n'avait jamais été capable de faire.

Son père... Elle crispa les mâchoires. Elle se rappelait ses coups, ses insultes, son ivrognerie. Même si elle avait souffert de son abandon,

Maria avait presque été soulagée lorsqu'il l'avait laissée rue Grande à Manosque. Elle le haïssait.

Brusquement, elle éprouva le besoin de se confier à Aglaé. Comme si elle s'autorisait à raconter ce qu'avait été sa vie.

Elle avait confiance en Aglaé et il était important pour elle de se libérer de ce passé. Pour pouvoir envisager de vivre, enfin, et non plus survivre.

41

1896

« Serre les dents, se répétait Virginie. Ma fille, tu y arriveras à la longue. »

Rien n'y faisait, cependant. Elle ne parvenait pas à accepter le semi-échec de cette première inspection. Ce jour-là, Marcel, son meilleur élève, souffrant d'une mauvaise grippe, avait manqué l'école. Quand elle l'avait appris, Virginie avait perdu une bonne partie de ses moyens. Elle croyait en effet pouvoir compter sur Marcel pour répondre aux questions. En voyant arriver dans son école un quadragénaire vêtu de sombre, au visage sévère, elle avait eu l'impression de se retrouver face à une sorte de caricature. Il ne s'agissait pas d'une plaisanterie, cependant.

— Surtout, mademoiselle Pélissier, lui avait recommandé M. Lebeille, faites la classe exactement comme si je n'étais pas là.

Comme si c'était facile ! Virginie avait l'impression d'avoir oublié tout ce qu'elle savait. Elle avait procédé à une dictée avec les élèves du cours élémentaire tandis que les plus âgés planchaient sur un exercice d'arithmétique, avant de s'atteler à une rédaction traitant du paysage d'hiver.

Tout s'était plutôt bien passé, elle tenait bien sa classe et les élèves étaient attentifs. Pourtant, à l'issue de la journée, M. Lebeille lui avait adressé plusieurs reproches. Les exercices étaient trop difficiles, tout comme la dictée.

— Pas trop de zèle, mademoiselle Pélissier, lui avait répété l'inspecteur. Ne cherchez pas à transformer vos élèves en bêtes à concours, mais à leur donner l'instruction indispensable.

Le pire était qu'il avait raison, estimait Virginie, confuse. Elle ne se rendait pas compte du niveau réel des élèves, exigeait parfois trop d'eux. M. Lebeille avait aussi glissé quelques mots sur la vocation agricole de la région.

— La plupart des garçons prendront la suite de leurs pères, tandis que les filles tiendront le ménage, avait-il précisé. Vos exercices de calcul doivent être adaptés aux problèmes que vos élèves seront susceptibles de rencontrer.

Elle avait accepté ces remarques, se disant qu'elles étaient justifiées. En revanche, elle avait beaucoup moins apprécié la conclusion de l'inspecteur.

— Ce n'est pas parce que votre père est félibre, investi dans le monde littéraire, que vous devez exiger de vos élèves des connaissances très livresques !

Saisie, elle n'avait pas trouvé les mots pour se défendre. Cela valait peut-être mieux, d'ailleurs !

Cependant, comme tout se savait à Lorgnes, Virginie avait vite compris que ce revers ne l'aiderait pas à mieux s'intégrer dans la communauté. On murmurait sur son passage quand elle traversait le village ou se rendait à Saint-Firmin, distant de cinq kilomètres.

Le maire lui avait demandé d'un ton patelin si tout se passait bien ; elle avait acquiescé en ayant envie de l'envoyer au diable.

En tant qu'institutrice de l'école laïque républicaine, elle devait déjà mener une existence au-dessus de tout soupçon. Si, de surcroît, on lui reprochait les écrits de son père…

Elle quitta le hameau à grands pas. Le printemps était en chemin. Ciel bleu à peine estompé d'une brume légère, luminosité faisant chanter le vert des prés et le sommet du mont Ventoux…

À cet instant, Virginie songea à la promenade qu'elle effectuait souvent, en compagnie de Félicité, le long du Calavon, et son cœur se serra. Sa marraine lui manquait, comme la maison d'Apt et les monts du Luberon.

Elle bifurqua devant un oratoire fleuri de genêts, s'engagea sur la route de Saint-Firmin.

La marche lui avait toujours permis de se détendre. Elle respirait mieux au contact de la nature. Au fur et à mesure qu'elle s'éloignait de Lorgnes, il lui semblait qu'elle se libérait de ses soucis.

Ne plus penser à l'inspecteur, se dit-elle. Oublier qu'il avait osé lui reprocher de ne pas consacrer de temps à l'apprentissage de la couture. « Rappelez-vous, mademoiselle, que les jeunes filles doivent apprendre en priorité à bien tenir leur foyer. » Selon lui, les filles devaient rester à leur place, un pas derrière les garçons. Et c'était l'école républicaine qui défendait ce point de vue ?

Et les femmes ? Quel était leur rôle ? Leur importance était-elle proportionnelle au montant de leur dot ? Albertine, Henrietta avaient été réduites à cette fonction. Elle, Virginie, refusait avec force ce destin.

Elle était en sueur lorsqu'elle atteignit une fontaine surmontée d'un mascaron. Elle était furieuse, non contre l'inspecteur, mais contre la société. Elle s'essuya le front, prit une longue inspiration.

Un caillou roula derrière elle. Elle se retourna, fut surprise de découvrir la haute silhouette d'un homme qui grimpait la côte, à un rythme plus soutenu que le sien. Elle réprima mal un soupir de contrariété. Il n'était plus question pour elle de lier connaissance avec quelque marcheur ! Judicaël lui avait appris à se défier des hommes.

L'inconnu, parvenu à sa hauteur, la salua avant de poursuivre son chemin. Virginie, qui s'était préparée à l'ignorer, en fut presque blessée. L'instant d'après, l'incohérence de sa réaction la fit sourire. Décidément, son inspection l'avait bel et bien perturbée !

Elle reprit sa marche, attentive à la flore et à la géologie.

Elle avait entrepris la constitution d'un herbier et une collection de pierres. Il faudrait qu'elle déniche un meuble pour la ranger, qu'elle organise aussi des sorties afin de familiariser ses élèves avec la botanique. Son père l'avait emmenée durant l'été 94 chez M. Fabre, en son domaine de Sérignan-du-Comtat, et la passion du vieil entomologiste l'avait émerveillée. Achille l'avait amusée en lui racontant que Mistral, le grand Mistral, avait proposé à Jean-Henri Fabre de rejoindre le félibrige et de publier ses œuvres sous le nom de Félibre di Tavan, le Félibre des Hannetons. Cette rencontre avait marqué Virginie et lui avait permis de se rapprocher de son père.

De nouveau, elle s'essuya le front. Allons, si elle songeait au sort de M. Fabre, injustement accusé d'être un dangereux élément subversif fin 70 parce qu'il avait eu le front d'expliquer la fécondation des fleurs à des jeunes filles, elle se disait que son inspecteur n'était pas si terrible.

Le sommet blanchi du Ventoux la fascinait. M. Fabre leur en avait parlé avec tant de fougue et d'enthousiasme qu'elle se promit une nouvelle fois d'en tenter l'ascension. Le nez en l'air, elle suivit le vol d'un oiseau de proie avant de faire demi-tour. Il lui restait de nombreux cahiers à corriger, et la leçon du lendemain à écrire au tableau. Elle poussa un léger soupir ; elle aurait préféré poursuivre sa promenade. À cet instant, elle pensa à Judicaël. Elle savait qu'elle ne l'oublierait jamais. La rancune, le dépit étaient passés. Il restait le chagrin, heureusement atténué par le temps. Il avait fait partie de sa vie l'espace de trois mois, trois mois gravés dans sa mémoire.

Lors des vacances de Noël, Émilien était revenu à la charge.

— Qu'attends-tu pour te marier ?

Elle avait secoué la tête.

— Avec Jean-Clément, par exemple ? Très peu pour moi ! Je tiens à rester une femme libre.

Son grand-père, vexé, ne lui avait plus adressé la parole de la soirée.

— Nous appartenons décidément à des mondes différents, avait soupiré Achille.

Perdue dans ses pensées, elle ne remarqua pas le gros caillou pointu au milieu du chemin, trébucha. Elle tenta de se rattraper, tomba dans l'herbe rase. Une douleur fulgurante lui traversa la cheville. Elle essaya de se relever, retomba en arrière.

— Oh non ! gémit-elle.

Elle se retrouvait immobilisée à une bonne heure de marche du hameau, dans un endroit désert. Elle frictionna sa cheville, malgré la douleur, et entreprit de déchirer le bas de son jupon afin de se confectionner une sorte de bandage. Le soleil, encore haut dans le ciel, s'abîmerait dans un peu plus d'une heure et demie. Elle serait seule, alors, et condamnée à passer la nuit dehors. Une perspective qui ne la réjouissait guère.

Une fois encore, elle tenta de se mettre debout, en s'appuyant sur sa jambe valide. Si seulement elle avait eu la bonne idée de prendre un bâton de marche ! Les lèvres serrées sur une plainte, elle parvint à faire un pas, puis deux. À ce rythme, même si sa cheville tenait, elle ne serait jamais rentrée avant la tombée de la nuit.

— Besoin d'aide ?

Elle reconnut la voix du marcheur inconnu, haussa les épaules.

— Ça se voit, non ? lança-t-elle, de mauvaise humeur.

Il la rejoignit.

— Asseyez-vous et laissez-moi voir cette cheville.

Elle obéit, en se demandant pourquoi elle lui faisait confiance. Il se pencha au-dessus d'elle, remonta légèrement jupe et jupon, défit les lacets de sa bottine. La cheville apparut, déjà gonflée.

Virginie, soudain gênée, voulut rabattre ses vêtements sur sa jambe.

— Chut ! fit-il. Dites-vous que je suis médecin.

— Vous ne l'êtes pas !

— Et alors ? Personne d'autre que vous et moi ne le sait !

En toute logique, elle aurait dû éprouver de l'inquiétude en pareille situation, mais elle se souciait seulement de pouvoir rentrer à l'école.

Ses mains aux doigts longs et spatulés explorèrent sa cheville avec douceur. Étonnée, Virginie eut l'impression que la douleur s'atténuait. Il poursuivit son massage avec des gestes lents et sûrs, puis confectionna un bandage sommaire à l'aide de son grand mouchoir blanc.

— Je vous apporterai une pommade ce soir, proposa-t-il. Nous allons redescendre. Appuyez-vous à mon bras.

Elle s'étonna.

— Vous me connaissez ?

Un sourire éclaira ses yeux.

— La jeune institutrice qui ne va pas à la messe le dimanche et a ouvert une bibliothèque dans son école ? Vous êtes célèbre, mademoiselle Pélissier !

Elle sentit ses joues s'empourprer et s'en irrita.

— Je ne connais même pas votre nom.

Son sourire s'accentua.

— Lorenzo. Je suis menuisier à Saint-Firmin.

Il l'aida à se relever.

— Allons, venez. Vous n'avez rien à craindre de moi.

Et, curieusement, elle était certaine qu'il disait vrai.

42

Il aimait les dimanches d'été passés à Maillane, en compagnie des Mistral. Le maître l'impressionnait toujours autant, même si Achille faisait désormais partie du premier cercle de ses amis. Mistral était resté d'une simplicité remarquable, recevant à sa table ceux dont il appréciait la compagnie, sous le regard bienveillant de Mme Mistral, autour de savoureux plats préparés par Marie du Poète, la servante.

Il plissa les yeux en jetant un coup d'œil amusé à Achille.

— Quand nous ramènerez-vous votre délicieuse fille ?

Le fils aîné d'Émilien esquissa une moue dubitative.

— Nous nous sommes peu vus ces derniers temps. Elle est fort occupée par les dernières révisions avant le certificat.

— J'ai ouï dire qu'elle écrivait, elle aussi, glissa Mistral de son air le plus innocent.

La surprise d'Achille n'était pas feinte.

— Elle écrit ? Première nouvelle ! Elle ne m'en a jamais parlé. Comment ?

Mistral leva la main pour endiguer ce flot de paroles.

— Doucement, mon ami, ne prenez pas feu ainsi ! Virginie a eu la bonté de nous adresser, à Mme Mistral et à moi, un exemplaire de la revue *Au féminin*. Un article progressiste, comme vous vous en doutez certainement, mais, ma foi, plutôt bien troussé. La petite a une plume, croyez-moi.

— Elle ne m'en a pas parlé, répéta Achille, consterné. Pourquoi ?

Mistral se pencha et lui tapota le bras. Son chien, Pan Panet, posa son museau sur le genou de son maître.

— Allons, mon ami, ne soyez pas accablé. Votre fille, je pense, redoutait votre jugement. Mais le fait de m'envoyer son article était une façon détournée de vous le faire parvenir. Vous pourrez en parler tous les deux durant les vacances d'été.

C'était si difficile… Face à sa fille, Achille revoyait Albertine et se reprochait amèrement ses propres manquements. Longtemps, il avait cadenassé sa mémoire, par égoïsme et par lâcheté. Ce mariage lui avait été imposé par son père. Lui n'avait jamais maltraité Albertine. Il l'avait respectée tout au long de leurs dix années de vie commune.

Mais il ne l'avait pas aimée et l'avait laissée seule face à Émilien et Célestine, se disait-il de plus en plus souvent. Il était bien placé pour mesurer la capacité de nuisance de son père. Hector et lui avaient choisi la fuite. Albertine n'avait pas eu la possibilité de s'éloigner des Terres Brûlées. Comment pourrait-il se pardonner un jour cet abandon ?

Mme Mistral, attentive et douce, lui sourit amicalement.

— Nous aimons beaucoup votre Virginie, lui glissa-t-elle.

Et, de nouveau, Achille se sentit coupable.

Il était assez satisfait de ses négociations avec le gouvernement de Jules Méline. Du moins était-il parvenu à éviter le pire. Pour le moment.

Le pape Léon XIII, qu'il avait rencontré à trois reprises au Vatican, l'avait envoyé, fin 1890, en Belgique en qualité de nonce. Il s'agissait d'une mission délicate, destinée à assurer une reprise des relations entre la Belgique et le Saint-Siège.

Le chanoine Spezio s'en était assez bien sorti et, de retour à Rome, s'était entretenu avec le pape.

L'encyclique de ce dernier, *De Rerum Novarum*, critiquait le libéralisme et son régime de concurrence effrénée qui conduisait les ouvriers à la misère. Il se défiait aussi du marxisme qu'il qualifiait de « peste mortelle ». De plus, Léon XIII redoutait une montée de l'anticléricalisme en France et œuvrait pour un ralliement des catholiques français au régime de la IIIe République.

Il avait donc de nouveau dépêché le chanoine Spezio en France.

Ces mois de rencontres et de négociations laissaient au prêtre une impression mitigée. Certes, il existait chez certains une volonté d'apaisement, mais la tension demeurait bien présente. On s'affrontait de plus en plus violemment entre tenants de l'école privée et de l'école laïque.

Le chanoine Spezio n'était pas vraiment optimiste.

Il marcha jusqu'à la fenêtre de sa chambre, d'où il apercevait la basilique de Vézelay, perchée sur sa butte. Il aimait particulièrement le site, empreint de spiritualité. Il avait l'impression de s'y ressourcer.

Arrivé la veille chez son ami Franchet, un lettré bibliophile dont il avait fait la connaissance à la Bibliothèque vaticane, le chanoine Spezio se réjouissait à l'idée des discussions philosophiques qui allaient les opposer, tandis qu'ils marcheraient dans la campagne. Le prêtre italien éprouvait le besoin de prendre un peu de repos en Bourgogne après tous les efforts engagés pour mener à bien la politique du ralliement. Tout comme Léon XIII, il s'inquiétait des progrès de l'industrialisation. Il ne concevait pas que la machine puisse prendre le pas sur l'homme. Ses études universitaires, après son ordination, lui avaient permis non seulement d'approfondir ses connaissances théologiques et philosophiques, mais aussi sa réflexion.

Il estimait en effet qu'il ne fallait pas se montrer trop exigeant avec l'être humain, déjà soumis à de nombreuses tentations. L'humanisme primait chez le père Spezio. Il songeait parfois qu'il l'avait puisé aux sources mêmes de sa vocation et s'assombrissait aussitôt. Il y avait beau temps qu'il avait choisi de tirer un trait sur le passé.

Même si celui-ci revenait le hanter, lorsqu'il baissait la garde. Il se demandait alors s'il n'était pas un monstre.

— Voilà, fit Amédée Darnaud en posant un regard embué sur les bassins de décantation.

Max allait conduire le dernier chargement de briques d'ocre à l'usine Gardone. Pas question, en effet, de faire travailler Pélissier !

Il avait appris, par les bonnes langues du pays, les fiançailles de Jean-Clément. Sa pauvre femme était restée alitée dans l'obscurité une journée entière et, depuis, elle errait dans la maison comme une ombre, en se tamponnant les yeux.

— Notre fils unique…, gémissait-elle. Qu'avons-nous fait au bon Dieu ?

Amédée refusait d'y songer. Pélissier lui avait tout pris… Il ne lui restait que sa haine, ou plutôt son écœurement. Il aurait voulu jeter son mépris au visage du maître ocrier, tout en sachant que c'était vain. Il avait promis à Mireille de garder son calme. Sa femme se rongeait les sangs.

Il allait vendre quelques terres, reconstituer un troupeau de moutons et replanter de la vigne à présent que la crise du phylloxéra n'était plus qu'un lointain souvenir. Il devait bien ça à son père !

Il avait travaillé durant près de vingt-cinq ans sur le champ de l'Étoile, vingt-cinq ans de labeur acharné, de fierté et d'angoisses avec, chevillée au corps, sa passion pour l'ocre.

Il passa la main sur une brique, presque furtivement, comme s'il se demandait comment il pourrait vivre, désormais, sans ce minerai quasi magique. Max, qui venait de surprendre ce geste, détourna les yeux.

Il aurait volontiers assommé Jean-Clément.

43

À vingt-cinq ans, Jean-Clément Darnaud avait, selon la formule consacrée, tout pour être heureux. Bras droit d'Émilien Pélissier, il avait la haute main sur l'usine d'ocre.

Il avait rencontré, l'été précédent, la fille d'un faïencier aptésien, Céleste. Douce et jolie, elle lui avait plu d'emblée. Ils allaient se marier dans deux semaines. Les noces auraient lieu au Grand Café Grégoire, place de la Bouquerie.

Émilien lui avait proposé de faire la réception aux Terres Brûlées, proposition que Jean-Clément avait poliment déclinée. Il avait parfois envie de reprendre sa liberté, de s'affranchir de la tutelle du maître ocrier. Avec le recul et, aussi, le regard neuf de Céleste, il commençait à mesurer qu'il s'était laissé manipuler par Pélissier. Pas question pour lui, cependant, de faire amende honorable auprès de son père ! Son satané orgueil l'en empêchait.

Pourtant, à l'approche de son mariage, Jean-Clément se rappelait l'atmosphère chaleureuse de la Brémonne, la tendresse de sa mère, la complicité l'unissant à sa tante Félicité.

Il se raidissait face à ces souvenirs. N'avait-il pas arrêté son choix depuis longtemps ? Il se disait de temps à autre qu'il aurait suffi de presque rien… Un pas vers l'autre, sans crainte de se voir rejeter.

Il haussa les épaules, retourna vers la salle du blutoir. Le contremaître venait de lui signaler une anomalie.

Il songea à Céleste et esquissa un sourire. Sa fiancée lui manquait. « Bientôt », se dit-il. Il avait hâte de fonder une famille, de tout partager avec elle.

Comme pour exorciser les dernières années.

Curieusement, Virginie se sentit presque déçue le premier jour des vacances. L'année passée à Lorgnes avait été riche d'enseignements, même si elle avait traversé des moments de profond découragement. Les élèves présentés au certificat d'études avaient obtenu tous les quatre le précieux diplôme. Elle en avait pleuré de joie. Le maire était venu la féliciter, les parents de Marcel et de Delphine lui avaient offert des fleurs. Virginie évoluait sur un petit nuage.

— Félicitations, mademoiselle.

Lorenzo, le menuisier, son chapeau à la main, l'attendait sur le chemin du lavoir. Virginie, son panier à linge sur la hanche, le remercia d'un sourire.

— Ce sont mes élèves qui ont fait tout le travail.

Il se proposa pour porter sa corbeille, elle secoua la tête.

— Merci, je ne suis pas en sucre, vous savez. De plus, on m'accusera des pires turpitudes si l'on vous voit porter mon linge sale.

— Je me suis toujours moqué du qu'en-dira-t-on.

— Je vous comprends mais ne puis me le permettre. Vous connaissez ma situation : je dois être irréprochable.

Sa dernière phrase se teintait d'amertume. Elle n'avait pas imaginé, durant ses années d'études, qu'elle ferait l'objet de tant de commérages. Son amie Chloé, qui enseignait dans un village du plateau de Sault, était persécutée par la vieille institutrice retraitée. Celle-ci faisait courir sur elle des rumeurs invraisemblables. Il fallait être forte pour faire face seule dans un environnement hostile.

— Personne ne nous regarde, insista Lorenzo.

De nouveau, Virginie secoua la tête.

— Il n'en est pas question. En revanche, nous pouvons nous retrouver tantôt dans la campagne.

Il l'enveloppa d'un regard pensif.

— Pour herboriser ? Il est grand temps que vous m'accompagniez jusqu'au sommet du Ventoux. Au petit matin, de préférence.

— Je rentre à Apt à la fin de la semaine, le temps de mettre la maison d'école en ordre.

— Eh bien, disons… jeudi. Je passe vous prendre à quatre heures du matin, cela vous convient ?

— Il faudra bien ! dit-elle en riant. Filez, maintenant, j'aperçois le nez pointu de la vieille Sidonie derrière ses volets clos.

Elle ne put s'empêcher de le suivre des yeux alors qu'il s'éloignait en direction de Saint-Firmin. Il marchait vite, d'un pas sûr, et donnait l'impression d'être invulnérable. Au village, le menuisier était apprécié de tous. D'autant qu'il donnait volontiers la main pour écrire des lettres ou soutenir les démarches de ceux qui étaient dans la peine. « Un homme bon », estimait le maire, Gabriel Ranc, opinion que partageaient la plupart de ses administrés. Même si l'on chuchotait aussitôt après : « C'est un rouge. »

Virginie avait appris à mieux le connaître depuis leur première rencontre. Il l'avait aidée à rapporter chez elle un meuble-étagère découvert à la foire de la Saint-Siffrein, à Carpentras, l'avait poncé et ciré. Désormais, il faisait grand effet dans la salle de classe et Virginie y entreposait les différentes pierres ramassées au cours de ses randonnées.

Tous deux discutaient longuement, durant leurs marches. Elle appréciait son engagement social et il avait une façon de parler des femmes qui lui plaisait. Il ne se moquait pas, en effet, des suffragistes. Il avait même fait découvrir à Virginie quelques-uns de ses rapports, comme celui lu au troisième Congrès national ouvrier, à Marseille, en octobre 1879.

— Une république qui maintiendra les femmes dans une condition d'infériorité ne pourra jamais faire advenir l'égalité entre les hommes, avait-il lancé avec fougue.

Virginie avait aussitôt renchéri :

— Nous, les femmes, sommes considérées comme d'éternelles mineures. À commencer par nos propres familles.

Elle n'avait jamais oublié ce commentaire lapidaire d'Émilien la concernant : « Elle ne compte pas. Ce n'est qu'une fille ! »

Elle avait été à bonne école avec Félicité qui, sans connaître les thèses des féministes telles que Hubertine Auclert, Séverine ou Marguerite Durand, défendait les droits des femmes. Margarido n'avait-elle pas été un précurseur, elle qui affirmait : « Nous sommes le vrai sexe fort. C'est bien pour cette raison que les hommes se méfient tant de nous » ?

Même si elle se défiait désormais des hommes, elle aimait ces discussions animées qui lui apprenaient toujours quelque chose. Et, surtout, elle pressentait que Lorenzo l'écoutait vraiment.

Elle s'arrêta au lavoir, soupira. Elle détestait sacrifier au rituel de la bugade et s'arrangeait pour le faire aux heures les plus chaudes, quand la plupart des femmes désertaient ce lieu de rendez-vous.

Elle n'avait aucun goût, en effet, pour le caquetage des villageoises et s'efforçait de se tenir à l'écart. En tant que maîtresse d'école, elle se devait de ne pas prendre part aux querelles internes.

Elle s'agenouilla derrière une planche qui s'enfonçait dans le bassin et l'eau fraîche lui fit du bien. Elle nettoya ses dessous et ses corsages. Elle se surprit à chantonner tout en maniant le battoir. La vieille Sidonie se matérialisa brusquement à ses côtés.

— Vous êtes en vacances, mademoiselle l'institutrice, lui dit-elle sans la saluer.

Elle chiquait.

— Moi, je n'ai jamais eu de vacances, j'ai toujours travaillé. Et je travaille encore, ajouta-t-elle fièrement.

Les vacances… éternel grief. Virginie ne comptait plus les fois où elle s'était fait traiter de paresseuse parce qu'elle disposait de deux mois et demi de congés en été et deux semaines à Noël et à Pâques.

Ne sachant que répondre, elle se contenta de sourire à la vieille femme.

— Vous êtes jeune, reprit Sidonie, vous pensez tout connaître de la vie parce que vous êtes savante mais, en fait, vous ignorez encore beaucoup de choses. Tenez, ce menuisier qu'on voit de temps en temps avec vous... C'est un homme qui attire le malheur.

— Quelle idée ! protesta Virginie.

Cependant, malgré la chaleur, un filet de sueur glacée coulait le long de sa colonne vertébrale. Un homme attirant le malheur, comme si elle avait besoin de ça !

— *Quau n'es pas malurous déu s'espera de l'estre*[1], fit Sidonie, en provençal.

La jeune femme frissonna avant de rejeter les épaules en arrière. Elle n'allait tout de même pas se laisser impressionner par ce genre de remarque !

Ils étaient partis de bon matin, le regard fixé sur la silhouette du géant de Provence.

Virginie avait à cœur de suivre la cadence de son guide. Tous deux grimpaient en silence, comme s'ils avaient redouté l'un et l'autre de parler.

---

1. « Qui n'est pas malheureux doit s'attendre à l'être. »

— La marche m'a toujours permis d'aller mieux, lui confia brusquement Lorenzo.

Virginie lui décocha un coup d'œil amusé.

— Vous donnez l'impression d'un homme ignorant tout des doutes et des interrogations. Quelqu'un de fort, d'indestructible même.

Il esquissa une moue dubitative.

— Pourtant ! se contenta-t-il de souffler.

Il n'en dit pas plus, il n'en était pas besoin. Confuse, Virginie n'insista pas. Elle se concentra sur l'ascension, longue, rude, mais faisant naître en elle un sentiment de plénitude.

Parvenue à la chapelle Sainte-Croix, elle eut l'impression que ses poumons allaient éclater. Lorenzo se tourna vers elle et, tirant un gilet de laine de son havresac, le lui posa sur les épaules.

— Commencez à vous couvrir, la température va se rafraîchir de plus en plus.

Elle le remercia d'un sourire.

— Vous n'êtes pas essoufflé ?

Il sourit.

— Je monte jusqu'au sommet au moins trois fois par mois. Je suis entraîné. C'est pour moi une façon de me ressourcer.

Il prenait le chemin du Ventoux quand il sentait que le passé l'empoisonnait. Il commençait à aller un peu mieux à partir du sentier de la combe Fiole, qui longeait des charbonnières.

— Vous avez votre montagne, reprit-elle d'une voix rêveuse.

Elle avait été tentée d'ajouter : « Moi, je n'ai rien ici », s'était retenue à temps. Elle ne voulait pas se plaindre de son sort. De quoi se serait-elle plainte, d'ailleurs ? La vieille Sidonie ne la considérait-elle pas comme une privilégiée ?

— J'ai aussi mes souvenirs, glissa-t-il.

L'instant d'après, il se reprocha cette phrase. Qu'est-ce que cette petite institutrice, âgée d'à peine vingt ans, pouvait comprendre à sa vie ? Elle ignorait tout du monde de la forêt, de l'univers rude des charbonniers et des conditions de travail des ouvriers. Pourtant, son enthousiasme et sa sincérité évidents le touchaient.

Virginie trébucha sur le pierrier menant au sommet, se rattrapa au bras de son guide.

— C'est beau, murmura-t-elle, le souffle coupé, en découvrant la vue sur les Alpes, magique.

Saisie par le froid régnant au sommet, Virginie frissonna. Lorenzo l'enveloppa dans le châle dont elle s'était munie sur son conseil.

— N'allez pas prendre mal, lui recommanda-t-il.

Lui, habitué à vivre au grand air et doté d'une solide constitution, ne redoutait guère les changements de température. Comparé à lui, Judicaël paraissait presque chétif. Mais elle ne voulait plus penser à Judicaël !

— Parlez-moi de vous, suggéra Virginie, d'une voix douce.

Même si elle refusait d'y accorder quelque importance, le jugement de Sidonie continuait de la hanter. « Un homme qui attire le malheur… » Comment pouvait-on prononcer une phrase si définitive ? Comme si, d'emblée, les jeux avaient été faits, le destin tracé…

Lorenzo soutint le regard de la jeune femme.

— C'est trop tôt, répondit-il.

À moins qu'il ne fût déjà trop tard…

44

« J'aurais dû revenir plus tôt », se dit Lorenzo en s'inclinant au pied du chêne de Livia. Il ne le nommerait jamais autrement, le chêne de Livia. L'arbre avait encore pris de l'ampleur. Il ne pria pas, il en aurait été bien incapable, non, il se recueillit simplement, laissant les souvenirs le submerger.

La forêt, jadis si familière, avait bien changé. Les charbonniers avaient poursuivi leur œuvre de destruction. Les rangs des chênes pubescents et des hêtres s'étaient éclaircis sous les coupes sombres des Piémontais. Les meules, destinées à produire le charbon de bois, avaient laissé des traces circulaires sur le sol. Lorenzo se pencha, ramassa une petite bûchette.

— Il y a si longtemps…, murmura-t-il pour lui-même.

Il se revoyait nivelant le terrain à la pelle et à la pioche, le nettoyant à l'aide de l'*escoubadièro*[1],

1. Un balai en amélanchier.

tandis que Giuseppe mesurait l'espace nécessaire à la semelle.

Il entendait encore les insultes dont Giuseppe l'accablait. En revanche, le visage de sa mère se diluait dans une brume floutée. Il rêvait encore parfois d'elle, s'efforçant de la retenir, alors qu'elle s'éloignait inexorablement.

Pourquoi ne lui avait-elle jamais parlé de son père, ce prêtre mystérieux qui avait gâché leurs vies ? Par honte ? Par crainte de Giuseppe ?

Tout naturellement, il descendit à la cabane de Luisa et Sergio.

Sa vieille amie tricotait sur le pas de la porte. Il la trouva grossie et voûtée. Vieillie. Et se demanda avec une pointe d'inquiétude si Livia aurait pu lui ressembler en prenant de l'âge.

— Luisa…

Elle sauta sur ses pieds avec une rapidité surprenante au regard de sa corpulence.

— Lorenzo, mon petit ! s'écria-t-elle d'une voix éraillée.

Ils se donnèrent l'accolade.

— Il y a si longtemps que tu n'es pas venu, reprit-elle. Ça me faisait peine. Viens là que je t'admire. Grand et bel homme. Ça te fait quarante ans, c'est ça ?

— En effet. Et toi ? Bientôt septante ?

— Oh, moi !

Elle laissa échapper un rire de jeune fille.

— Je suis agrippée à ma forêt, à ma montagne.

— Tu n'as jamais eu envie de t'installer au village ?

Elle esquissa une moue. Ses cheveux entièrement blancs étaient torsadés en un chignon sévère, mais ses yeux riaient.

— Le métier de charbonnier n'a jamais enrichi personne, mon garçon ! Ça se saurait... Non, je suis plus heureuse ici. Reine en mon domaine. Au moins, je ne dois rien à personne !

— Comment va Sergio ?

La lueur dans ses yeux s'éteignit. Elle serra le bras de Lorenzo.

— Mon Sergio est parti de la poitrine il y aura deux ans à la Sainte-Lucie. Il crachait du sang. J'ai eu beau le soigner avec mes sirops et mes plantes, rien n'y a fait. Je suis seule ici, désormais.

Spontanément, il lui proposa :

— J'ai mon atelier à Saint-Firmin, du côté de Villes-sur-Auzon, là-haut, au pied du Ventoux. Je peux te loger, Luisa, cela me ferait bien plaisir. Une petite maison bien exposée...

Sa vieille amie secoua la tête.

— Tu es un brave petit. Mais à mon âge... On ne déracine pas les vieux arbres. Sans ma forêt, je meurs. Les oiseaux me réveillent le matin, mes os et mes articulations m'indiquent le temps qu'il va faire, je suis encore assez alerte pour aller aux champignons et aux truffes... Je suis heureuse ici. Chez moi.

Il sut qu'elle disait vrai en la voyant tourner la tête en direction du chêne de Livia.

— Si je partais, reprit-elle, qui prendrait soin de mes morts ? Je leur parle chaque jour. Surtout, ne te demande pas si je n'ai pas perdu la tête ! C'est la vie que nous avons choisie il y a bien longtemps, mon Sergio et moi. Je reste à ses côtés parce que je sais qu'il l'aurait fait pour moi.

Profondément ému, il hocha la tête.

— Tu as de bons voisins ?

Luisa sourit.

— Une petite Monica et son mari. Je l'ai aidée à mettre au monde son premier petit, ça crée des liens. Ça m'a rappelé le passé… *Dio mio*, ma pauvre Livia ! Il ne se passe pas un jour sans que je pense à elle.

Lorenzo se racla la gorge.

— Justement, je voulais te demander… Elle ne t'a jamais confié le nom de mon père ? Elle n'avait que toi, ici.

Luisa secoua la tête avec force.

— Jamais, tu peux me croire ! Elle avait honte. Je me rappelle, une fois, elle m'a dit : « À dix-sept ans, je n'avais peur de rien. Après, avec la mort de ma grand-mère et la trahison du père de Lorenzo, je me suis mise à tout craindre. Jusqu'à l'orage ! »

— La trahison…, répéta Lorenzo.

— Oh ! ne va pas te mettre martel en tête, elle avait peut-être employé un autre mot. Elle était si triste… Ce dont je suis sûre, c'est qu'elle ne voulait pas revoir sa famille à elle. C'est tout juste s'ils ne lui avaient pas jeté des pierres…

— Le responsable était avant tout ce prêtre.

— C'est si loin, fit Luisa d'un ton las. Plus de quarante ans… Crois-moi, mon petit, il faut oublier tout ça. Ta mère aurait voulu te voir heureux. Tu ne prévois pas de te remarier ? D'avoir des enfants ?

— Je ne suis pas encore prêt, souffla-t-il.

Le serait-il jamais ? Il lui semblait qu'il ne pourrait pas être père tant qu'il ne connaîtrait pas la vérité. Et, avec le temps, ses chances d'y parvenir s'amenuisaient. Sa mère aurait un peu moins de soixante ans. Et son père ?

— Si seulement je connaissais son nom, murmura-t-il.

Son patronyme le révulsait. Il aurait voulu ne rien avoir reçu de Giuseppe. Luisa se mordit la langue.

— C'est la vie, mon petit ! commenta-t-elle, fataliste. Dis-toi que Livia l'a voulu ainsi.

Tout en parlant, elle croisait discrètement les doigts dans son dos, comme pour conjurer son mensonge. Elle gardait dans sa cabane un recueil de poèmes que Livia lui avait confié, peu après la naissance de Lorenzo. Son amie avait écrit un prénom et un nom sur la page de garde, en lui faisant promettre de les garder secrets. « Je ne voudrais pas provoquer un nouveau drame », avait-elle ajouté.

La nuit où elle était passée, dans un éclair de lucidité, elle s'était dressée sur sa paillasse et avait demandé à Luisa de brûler le livre. La Piémontaise n'avait pu s'y résoudre.

« C'est si loin, maintenant, se dit-elle, comme pour se justifier. Quelle importance ? »

Lorenzo se leva souplement, serra la vieille femme contre lui.

— Porte-toi bien, ma Luisa. Je te promets de revenir plus souvent.

Elle ne découvrit la pièce de dix francs en or qu'il avait discrètement posée sur la table que bien après son départ. Émue, elle s'essuya les yeux. Elle l'avait toujours considéré comme le fils qu'elle n'avait pas eu.

C'était une impulsion qui avait incité Lorenzo à frapper à la porte du père Blondeau. Besoin de se confier, de demander conseil ? Lui-même l'ignorait, comme il l'expliqua au prêtre.

— C'est difficile à assumer, conclut-il.

Il ne s'agissait pas d'affronter le regard d'autrui, non, Lorenzo n'y songeait même pas, mais plutôt de comprendre.

— N'est-ce pas stupide, à mon âge, d'éprouver encore un vide ? Mes racines me manquent, et le plus terrible, c'est de savoir qu'elles me manqueront toujours. Cet inconnu qui est mon père a laissé ma mère affronter seule une situation calamiteuse. Fille-mère au milieu du XIXe siècle, imaginez-vous…

— Les choses n'ont pas vraiment changé, glissa le père Blondeau.

Il estimait le menuisier, qu'il considérait comme un homme droit. Partisan du catholicisme social, le prêtre comprenait le combat mené par Lorenzo et ses amis. De plus, il priait toujours pour la « petite Élisa » dont le destin tragique l'avait ému. Cependant, il pressentait que la quête du fils de Livia était vouée à l'échec. L'Église refuserait toujours de reconnaître l'existence des enfants de prêtres. On étouffait les affaires, on déplaçait l'ecclésiastique et seule la femme était stigmatisée. C'était la règle.

Il essaya de le faire comprendre à Lorenzo avec des mots prudents. Le menuisier secoua la tête.

— J'entends bien, mon père. Seulement, c'est difficile à accepter.

Le prêtre savait que son interlocuteur ne pouvait pas se contenter de phrases lénifiantes incitant à la résignation. La blessure était trop profonde et l'homme trop exigeant.

— J'ai bien conscience de ne pouvoir apporter de réponse, reprit-il. Il serait facile de dire que le charbonnier… Lupo, a menti, mais je crois que l'amie de votre mère a confirmé sa version. Dans ces conditions, franchement, je ne vois pas comment vous pourriez retrouver votre géniteur.

— Il est peut-être déjà mort, remarqua Lorenzo avec une pointe de cynisme.

Le père Blondeau hocha la tête.

— C'est une possibilité, en effet. Sinon, ce prêtre aura enfoui cette histoire profondément dans sa mémoire et peut-être a-t-il fini par l'oublier.

Lorenzo serra les poings.

— Parce qu'il s'est joué de ma mère ?

— Ou parce que le temps a passé et que c'était plus facile de ne plus y penser. L'homme est ainsi fait et la condition de prêtre n'y change pas grand-chose.

— Moi, je ne cesse jamais d'y songer, confia le menuisier.

Il se sentait las, et découragé. Il tendit la main au prêtre.

— Merci pour tout, mon père.

Celui-ci esquissa une bénédiction sur son front.

— Je sais que vous êtes libre-penseur, mais laissez-moi vous bénir, en souvenir de votre mère.

Les cloches de la cathédrale sonnaient quand Lorenzo quitta la demeure du prêtre. Il fit quelques pas et assista à la sortie du cortège. « Une belle noce », se dit-il. Il ne pouvait s'empêcher de penser à son mariage avec Élisa, dans cette même église, quatorze ans auparavant. La mariée portait une robe de soie blanche, au col et aux poignets ornés de dentelle, et le marié un habit sombre. Tous deux paraissaient heureux.

Le cœur de Lorenzo se serra. Quand il songeait à Élisa, il avait l'impression d'un immense gâchis. Il sursauta en reconnaissant Virginie dans le cortège. C'était bien elle, très élégante dans une toilette claire, couleur paille. Un petit canotier était crânement planté sur ses cheveux roux. Elle s'appuyait au bras d'un homme d'une cinquantaine d'années, aux cheveux grisonnants. Elle le reconnut, lui adressa un grand signe de la main.

— Que faites-vous donc à Apt ? questionna-t-elle en le rejoignant.

Elle irradiait la beauté et la jeunesse. Il se surprit à penser qu'elle devait se contrôler en permanence, à Lorgnes, afin de ne pas laisser voir à quel point elle était spontanée et enthousiaste.

Il éluda.

— J'avais à faire en ville. Et vous ?

— Moi, je suis chez moi, ici. Venez, je vais vous présenter à ma marraine et à mon père.

Si Félicité lui plut d'emblée, Lorenzo comprit tout aussi vite qu'Achille Pélissier se défiait de lui. Le félibre lui tendit une main désinvolte avant d'échanger quelques mots avec un homme taillé en force et à la crinière blanche.

— Mon grand-père, lui glissa Virginie.

— Vous intéressez-vous aux ocres ? s'enquit le maître ocrier.

Lorenzo secoua la tête.

— Pas vraiment, je suis un homme du bois.

Émilien Pélissier se détourna alors de lui sans plus de façons.

— C'est toujours comme ça, lui chuchota Virginie. Mon grand-père Émilien ne vit que pour ses mines et son usine d'ocre. Rien d'autre ne compte pour lui.

— Et il trouve des interlocuteurs aussi passionnés que lui ?

— Pas dans la famille, en tout cas ! Le marié, Jean-Clément, est son bras droit. C'est aussi le neveu de Félicité, ma marraine. Elle m'a élevée à Apt après la mort de ma mère. Ça va, vous suivez ?

— J'essaie ! fit Lorenzo en riant.

Il soutint le regard assombri d'une vieille dame toute vêtue de noir.

— On me fusille, de ce côté. Vous voyez ?

— Ma grand-mère Célestine. Quand j'étais petite, elle me terrorisait. À présent, je ne fais plus vraiment attention à elle. Elle est vénéneuse. Ma mère a souffert à cause d'elle. Il paraît que, lorsqu'elle était enfant, Célestine inspirait déjà beaucoup de craintes aux voisins. À cause de ce regard noir, sans doute. Faites comme moi, ignorez-la.

— Je rentre à Saint-Firmin.

Elle posa la main sur son bras d'un geste familier.

— Restez, je vous en prie ! Sinon, je vais m'ennuyer horriblement.

Il se dégagea fermement.

— Virginie, soyez raisonnable. Je ne vais pas m'imposer à une noce où je n'ai pas été invité.

— Personne n'en saura rien ! Et vous m'éviterez de me retrouver au bras de ce pauvre garçon, là-bas, au visage rougeaud et aux oreilles décollées.

— Tant pis pour vous, c'est tout ce que vous méritez !

Il s'éloigna à grands pas après l'avoir saluée brièvement. Virginie, déçue, se retourna vers sa marraine.

— Je désirais tant qu'il reste. Que penses-tu de lui ?

Curieusement, Félicité fut du même avis que la vieille Sidonie.

— Un homme séduisant, laissa-t-elle tomber. Et droit. Mais j'ai peur qu'il n'ait beaucoup souffert.

45

Malgré le soleil, éblouissant, qui chauffait à blanc le village, incitant bêtes et gens à se réfugier derrière les persiennes closes, Lorenzo ruminait de sombres pensées.

Il aimait pourtant travailler à cette panetière commandée par Mme Gelly, de Carpentras, pour sa fille aînée. Elle lui avait parlé de la prédilection de Suzanne pour les arbres, si bien qu'il n'avait pas hésité pour le choix du décor. Des colombes, des feuilles de chêne et d'olivier, une traverse inférieure ajourée et, sur le fronton, un panier sculpté en ronde-bosse.

Il essuya la sueur perlant à ses tempes, tendit l'oreille. Quatre heures sonnaient au clocher de l'église. La chaleur ne diminuerait pas avant deux bonnes heures. D'ordinaire, elle ne le gênait pas vraiment. Mais, ce jour-là, il ne supportait rien.

Furieux contre lui-même, il songea de nouveau à cette rencontre fortuite avec Virginie et à la façon dont il l'avait abandonnée sur le parvis de la cathédrale. Le regard blessé que la jeune fille lui avait jeté lui avait fait mal, mais il n'avait pu se résoudre à revenir sur ses pas. Plus il y réfléchissait, plus il se disait qu'il devait se tenir à distance de l'institutrice. Trop âgé pour elle, appartenant à une classe différente, trop marqué aussi par le passé et par son état de fils maudit, il n'avait rien à lui offrir. Le regard chargé de dédain et de méfiance du père de Virginie avait ravivé chez lui de vieilles blessures.

La gouge de Lorenzo dévia. Il jura. Il ne pouvait s'empêcher de penser à Virginie. Elle lui manquait.

Il haussa les épaules. Que croyait-il donc ? Elle épouserait un instituteur. C'était dans l'ordre des choses. Lui, bien qu'il n'ait rien oublié de ses années itinérantes et de ses rencontres, était un simple menuisier, un travailleur manuel. Il n'avait rien de commun avec la famille Pélissier des Terres Brûlées. Il n'avait même pas de nom propre, puisque Giuseppe lui avait donné le sien à regret.

Une silhouette féminine lui fit soudain de l'ombre. Il tressaillit.

— Je ne te vois plus, déclara la voix chantante de Marie-Renée.

Lorenzo lui sourit gentiment.

— J'ai dû m'absenter. Et puis…

Il esquissa un geste inachevé de la main. L'aubergiste laissa échapper un petit rire.

— Et puis tu ne sais pas comment me dire que toi et moi, c'est fini ? N'aie pas peur, va, j'ai compris.

Il n'avait rien à lui reprocher, pensa-t-il. Marie-Renée était quelqu'un de bien, qui n'avait jamais triché avec lui.

Mal à l'aise, il posa sa gouge, passa la main dans ses cheveux.

— Ça n'a rien à voir avec toi, dit-il.

La jeune femme lui sourit.

— Ne t'inquiète pas, Lorenzo. Je crois que je te connais un peu, même si tu es du genre taiseux. L'amour, le vrai, ça ne se commande pas, tu sais.

Il fit un pas vers elle, lui prit la main, maladroitement.

— Alors, amis ?

— Amis ! répéta-t-elle. Je serai toujours là pour toi.

Elle jeta par-dessus son épaule :

— Pour ce soir, j'ai cuisiné de la daube. Si tu veux venir à l'auberge…

— Merci, je verrai, répondit-il.

Il savait déjà qu'il se contenterait de pain, de fromage et d'abricots cueillis dans son jardin. Il avait du courrier en retard. Il était toujours en contact avec Jean-Baptiste Clément ainsi qu'avec d'autres syndicalistes.

En cette fin de siècle, les bouleversements technologiques se succédaient sans que les ouvriers en profitent.

À quarante ans, il se sentait brusquement vieux. À moins que sa différence d'âge avec Virginie ne lui pèse…

Il travaillait depuis l'enfance, s'était toujours battu, pour se retrouver seul, les mains vides. Une prise de conscience douloureuse, qui ne lui ressemblait pas.

Il souffla sur la sciure, balaya son établi d'un revers de la main.

« Nous verrons bien », se dit-il.

Histoire de ne pas se laisser submerger par la désespérance…

Quand sa charge lui en laissait le loisir, le père Blondeau venait prier dans la cathédrale Sainte-Anne. Il se recueillait volontiers dans la chapelle Saint-Jean-Baptiste où se tenait un remarquable sarcophage en marbre des Pyrénées à la beauté dépouillée. Ce sarcophage, fabriqué en Arles vraisemblablement au IVe siècle, l'émouvait tout autant qu'un tableau ou une sculpture eût pu le faire. Trois personnages l'ornaient : au centre, portant la croix, le Christ, entouré de saint Sixte à sa gauche et de saint Hippolyte à sa droite. Chaque fois qu'il le contemplait, il songeait aux Alyscamps d'Arles où il s'était rendu au cours d'un pèlerinage.

Le père Blondeau se passionnait pour l'art chrétien et avait rédigé un opuscule consacré à la cathédrale. Cet après-midi-là, après avoir effectué sa promenade quotidienne dans le jardin, il s'agenouilla dans le chœur de la chapelle royale, trop décoré à son goût, avant de se diriger vers la chapelle Saint-Jean-Baptiste, située tout près.

Il réprima un soupir de contrariété en découvrant qu'un inconnu admirait déjà le sarcophage. C'était un ecclésiastique de haute stature. Quand il se retourna vers le père Blondeau et le salua d'un signe de tête cordial, celui-ci éprouva une sensation étrange. Cet homme-là ne lui était pas inconnu.

Il avança de deux pas, se nomma. Son interlocuteur se présenta à son tour. Le chanoine Spezio parlait parfaitement le français, avec une légère pointe d'accent transalpin. Tout, dans son allure, son costume, sa façon de s'exprimer, révélait l'homme d'Église habitué à fréquenter les hautes sphères.

— Je suis à Apt à titre personnel, précisa-t-il au prêtre. J'avais très envie de découvrir votre cathédrale, si belle, si riche d'histoire. Je me suis échappé d'Avignon pour la journée.

Le père Blondeau répondit à son sourire tout en se sentant mal à l'aise. Cette haute taille, ce regard qui vous fixait sans ciller, ces cheveux drus, blancs chez le chanoine…

— C'est la première fois que vous venez à Apt ? questionna-t-il.

Le chanoine inclina la tête.

— J'ai séjourné plusieurs années en France et je rentre au Vatican par le chemin des écoliers.

« Un envoyé extraordinaire du pape », pensa le père Blondeau.

Il savait que Léon XIII mettait tout en œuvre pour sauvegarder les relations entre la papauté et la IIIe République. On le lui reprochait assez, d'ailleurs, dans certains milieux ultratraditionalistes.

— Je puis vous offrir l'hospitalité, proposa-t-il. Je m'intéresse moi aussi à notre cathédrale et…

— Ce serait avec grand plaisir, mais je suis attendu à Avignon ce soir. Je me suis permis cette escapade en souvenir de mes études à la Sapienza[1]. L'antique Apta Julia, la colonie latine ainsi nommée en hommage à Jules César, la cathédrale bâtie sur l'emplacement d'une cour à portiques, les reliques de sainte Anne, le merveilleux vitrail offert par le pape Urbain V, le berceau de sainte Anne…

Il s'interrompit, confus.

— J'ai bien peur d'être intarissable.

1. La principale université italienne, l'une des plus anciennes et des plus grandes du monde, fondée à Rome par le pape Boniface VIII.

Le père Blondeau hocha la tête.

— J'aime moi aussi beaucoup cette cathédrale. C'est un lieu chargé d'histoire, d'émotion et de recueillement.

Il marqua un silence, puis reprit :

— Oserai-je vous poser une question ? Vous ressemblez étrangement à un menuisier d'origine piémontaise que j'ai marié ici en 1882.

Le visage du chanoine se ferma. Déjà, le père Blondeau regrettait sa remarque. N'avait-il pas perdu l'esprit ? Quel lien pouvait-il exister entre Lorenzo et ce haut dignitaire ecclésiastique ? Pourtant, il entendait encore l'époux d'Élisa lui confier : « Mes racines me manquent, et le plus terrible, c'est de savoir qu'elles me manqueront toujours. »

— Je n'ai pas de menuisier dans ma famille, laissa tomber le chanoine Spezio, glacial. D'ailleurs, depuis la mort de mon oncle, lui-même prêtre, je n'ai plus de famille.

— Je suis désolé, marmonna le père Blondeau.

Qu'avait-il dit exactement à Lorenzo quelques semaines auparavant ? Que le temps avait passé et qu'il était plus facile de ne plus y penser.

Avait-il en face de lui le père de Lorenzo ?

Cela semblait totalement fou ! Il n'imaginait que trop la réaction de son évêque s'il lui prenait la fantaisie d'aller lui raconter son histoire.

Parce qu'il voulait, cependant, toujours garder foi en l'homme, le prêtre aptésien ajouta :

— Si jamais vous désiriez me parler, je loge à deux pas, au presbytère.

Un sourire indéfinissable éclaira le visage du chanoine.

— Je ne crois pas que nous soyons destinés à nous revoir. Je vous demanderai une seule faveur. Avant de m'oublier, voulez-vous bien prier pour moi ?

La gorge serrée par l'émotion, le père Blondeau inclina la tête.

À cet instant, il eut la certitude que son intuition ne l'avait pas trompé.

46

Certains souvenirs vous brûlaient jusqu'au cœur, jusqu'à l'âme, songea Giuseppe, tête baissée, sous le chêne où Livia avait été enterrée.

Plus de vingt ans s'étaient écoulés mais il éprouvait toujours le même vide, la même impression que sa vie était dépourvue de sens.

Il releva la tête, contempla la voûte des arbres. Il ne reconnaissait plus vraiment sa forêt. Les charbonniers avaient disparu, à l'exception de la vieille Luisa. Lui-même était un homme du passé. À soixante-cinq ans, il était encore fort et se louait sur les chantiers à la journée. Juste de quoi vivre, se payer son vin, son absinthe du soir… Giuseppe n'avait pas beaucoup de besoins.

Son corps, cependant, se rappelait de plus en plus souvent à lui. De fortes douleurs dans le dos, dans les reins, les jambes qui se dérobaient… L'âge était là. Giuseppe savait que, bientôt, il ne pourrait plus effectuer de travaux de force. Il s'isolerait alors dans un grangeon ou une cabane et s'enivrerait jusqu'à la fin.

Mais, auparavant, il devait s'acquitter d'une dernière tâche.

Pour la première fois de sa vie, Luisa avait emprunté la diligence menant à Avignon. Elle qui n'était jamais allée plus loin qu'Apt ou Saignon avait écarquillé les yeux en découvrant la silhouette imposante du mont Ventoux.

Elle tenait, bien serré dans sa besace, le livre de Livia.

Elle était partie le lendemain de sa rencontre avec le malfaisant. Elle le nommait ainsi, le malfaisant. Elle ne lui avait pas caché son mépris.

Dire qu'elle avait espéré qu'il fût mort, Dieu juste ! À cause de ce démon, elle avait péché.

Il n'avait pas tant changé, même si les années avaient imprimé leur marque sur son visage un peu bouffi, sur son corps alourdi. La même haine faisait brûler son regard. Elle aurait aimé le voir en enfer.

— Toujours là, la vieille ? avait-il grommelé.

Et elle, mauvaise :

— Je te croyais mort.

Il avait marché sur elle, brandi le poing sous son nez.

— Pas tant que je ne l'aurai pas tué, lui, le maudit !

Ses yeux fous lui disaient qu'il ne s'agissait pas d'une menace en l'air. Il avait vraiment l'intention d'assassiner Lorenzo. Pétrifiée d'effroi, Luisa s'était signée. Elle avait menti :

— De toute façon, Lorenzo ne vient plus ici depuis longtemps.

Giuseppe avait ricané.

— Tu n'espères tout de même pas que je vais te croire, vieille sorcière ?

— À ta guise, avait-elle répondu.

Elle s'était demandé, l'espace d'un instant, s'il n'allait pas commettre quelque mauvais coup mais il avait fini par s'éloigner à grands pas en jurant. Luisa savait qu'il reviendrait. Elle avait donc décidé d'aller prévenir Lorenzo. Elle se rappelait son adresse, à Saint-Firmin, et elle avait gardé la pièce de dix francs qu'il lui avait donnée lors de sa dernière visite. Elle avait couru chez ses jeunes voisins et les avait implorés de l'aider. Le mari de Monica avait proposé de l'amener jusqu'à Simiane où elle avait pris la diligence.

« À mon âge... », se dit-elle, un peu effrayée par la vitesse à laquelle le cocher menait ses chevaux. Elle n'avait pas hésité, cependant. Elle savait que Lorenzo était en danger.

— C'est un bel homme, commenta Félicité, tout en appuyant sur la pédale de sa machine à coudre.

Tout comme Virginie, elle avait éprouvé des sentiments contradictoires le jour des noces de son neveu. Amédée, malgré les prières de sa femme, avait refusé de s'y rendre. La mort dans l'âme, Mireille était restée à ses côtés à la Brémonne.

Félicité avait été heureuse de faire la connaissance de Céleste, une jeune Aptésienne de vingt-deux ans, blonde aux yeux bleus. Jean-Clément et elle paraissaient très amoureux. Émilien, cependant, n'avait pu s'empêcher de plastronner en évoquant ses mines, son usine, ses clients internationaux… Une attitude déplorable qui avait exaspéré nombre d'invités.

« N'oublie pas qui tu es ni d'où tu viens », avait glissé Félicité à Jean-Clément, et elle avait eu la satisfaction de voir son neveu se troubler. Il se tenait en retrait et donnait l'impression d'être écrasé par la personnalité d'Émilien.

Célestine, pour sa part, était de plus en plus maigre et sèche. Son teint jaune suscitait quelques commentaires apitoyés bien que la plupart de leurs connaissances ne l'aimaient guère. « Une femme méchante », chuchotait-on.

La journée avait paru longue à Virginie, d'autant que sa rencontre fortuite avec Lorenzo, sur le parvis de la cathédrale, s'était soldée par son départ en forme de fuite. Son trouble n'avait échappé ni à Félicité ni à Émilien qui s'était rapproché d'elle. « Quelque galant, petite ? » s'était-il enquis d'un ton matois.

Virginie avait feint de ne pas l'avoir entendu tout en sentant peser son regard sur elle. Elle n'était jamais vraiment à l'aise en présence de son grand-père. Ils n'avaient pas d'affinités, peu de souvenirs communs puisque, à l'époque où Virginie vivait aux Terres Brûlées, Émilien n'y passait qu'en coup de vent. Elle se rappelait l'aversion qu'Albertine avait pour lui. L'atmosphère à la bastide était si étouffante que la petite fille se réfugiait le plus souvent dans les jupes de Josépha, à la cuisine.

Félicité coupa son fil et se tourna vers sa filleule.

— Tu ne m'as pas répondu, ma grande. Je te disais que tu as parlé avec un homme particulièrement séduisant à la sortie de la cathédrale.

Ses yeux noisette pétillaient. Virginie ne se troubla pas.

— Il habite près de mon école, répondit-elle. Nous avons fait quelques promenades ensemble.

Félicité écarquilla les yeux.

— Seuls tous les deux ? Tes vieilles bigotes ont dû s'en étrangler de dépit !

— Jusqu'à présent, je n'ai pas entendu de remarques.

Les deux femmes échangèrent un coup d'œil dubitatif. Elles savaient en effet que les jeunes institutrices étaient particulièrement surveillées et qu'elle risquait un blâme si elle faisait l'objet de commentaires malveillants.

Virginie haussa les épaules.

— Tu sais, je me demande parfois si le jeu en vaut vraiment la chandelle. Oh ! attention, j'ai désiré devenir institutrice et je ne regrette pas les années passées à l'école normale. Mais c'est dur de se retrouver seule face à tout un village avec son histoire, ses querelles, ses codes... Tu es épiée en permanence... Tiens, c'est comme si j'étais l'un de ces insectes qu'observe M. Fabre !

Félicité lui sourit tendrement.

— Toi, tu as besoin de liberté. Profites-en, tu es en vacances.

— Hum..., fit Virginie d'une voix lointaine.

Félicité, qui la connaissait bien, devina à qui elle songeait. À ce « voisin » qui paraissait avoir beaucoup d'importance pour elle.

« Pauvre vieille », pensa Giuseppe, grimpant d'un pas ferme la côte menant à Bedoin.

Elle s'était crue maligne en empruntant la diligence alors que, ce faisant, elle se jetait tête baissée dans son piège. Giuseppe, en effet, avait escompté que Luisa prendrait peur et le mènerait tout droit au refuge de Lorenzo. Il lui avait suffi d'interroger Monica. Sans défiance, celle-ci lui avait expliqué que Luisa avait été appelée auprès d'un neveu. Elle s'était rendue à Saint-Firmin et y resterait certainement plusieurs jours avant de regagner la forêt.

Giuseppe s'était mis en route, lui aussi. Il ne se pressait pas, avançait à son rythme.

Cette fois, le maudit ne lui échapperait pas.

Lorenzo maniait le rabot pour préparer un plateau en noyer. Il faisait encore chaud dans son atelier, alors que six heures venaient de sonner au clocher de l'église. Il travaillait sans âme, le cœur étreint de lassitude. Il s'en voulait. Pourquoi avait-il abandonné Virginie devant Sainte-Anne ? Parce que son père l'avait toisé ? Parce qu'il s'était senti de trop ? Il n'avait pas sa place parmi les invités, mais quelle était exactement sa place ? Cette question l'obsédait de plus en plus. Depuis la quarantaine, il avait l'impression que le temps lui était compté, qu'il convenait de donner un nouveau sens à sa vie.

Il savait au fond de lui qu'il brûlait du désir de revoir Virginie, de caresser son corps, de tout partager avec elle. Avec elle, il lui semblait qu'il parviendrait à chasser les ombres du passé. Il l'aimait.

Mais elle… Qu'en était-il d'elle ?

— Lorenzo…

Il sursauta en entendant la voix de femme essoufflée. Il posa son rabot, marcha jusqu'au seuil et eut la surprise de reconnaître sa vieille amie.

— Luisa ! Pourquoi ne m'as-tu pas prévenu ? Je serais venu te chercher.

Elle l'étreignit.

— Mon petit, promets-moi de prendre garde à toi. Giuseppe…

À bout de souffle, elle tituba. Lorenzo eut juste le temps de tirer à lui un tabouret. Il l'aida à s'asseoir.

— Doucement, ma Luisa. Veux-tu boire un peu d'eau fraîche ?

La pâleur de la vieille femme lui fit peur. Il alla quérir le pichet d'eau qu'il gardait au fond de l'atelier, en remplit un gobelet qu'il lui tendit.

— Bois. Reprends ton souffle.

Elle secoua la tête avec obstination.

— Giuseppe, répéta-t-elle.

Il fallait qu'elle prévienne le petit de Livia. Elle avait peur du charbonnier, elle avait vu le désir de meurtre dans ses yeux.

— Il est revenu dans la forêt, reprit-elle. Il te cherche, il veut te tuer.

— Il ne me fait pas peur, tenta-t-il de la rassurer.

Il avait même plutôt envie de se retrouver face à lui. Un véritable affrontement. D'homme à homme, cette fois.

Luisa secoua la tête.

— Tu n'es pas de taille, petit. C'est un malfaisant sans foi ni loi. Regarde… Livia a fini par mourir à ses côtés et, pourtant, il l'aimait. Ce genre d'homme est fait pour causer le malheur où qu'il aille.

— N'aie pas peur, Luisa. Je reste sur mes gardes.

— Le ciel t'entende, petit ! *Vaï !* Je crois que je vais me reposer un peu.

— Tu dors chez moi, bien sûr. Tu y resteras le temps qu'il te plaira.

La vieille Piémontaise sourit.

— Comme tu y vas, mon garçon ! Tu sais bien qu'il me faut ma cabane et mes bois. Je ne saurai vivre ailleurs. Pas question de m'éloigner de mon Sergio ! Ni de Livia !

Il la serra affectueusement contre lui.

— Tu constitues mes racines, Luisa. En as-tu conscience ?

— Des mots, tout ça ! Je me suis contentée d'être là pour ta maman, ta sœur et toi.

Une ombre voila le regard de Lorenzo.

— J'aimerais tant retrouver Maria !

Il avait continué à la chercher tout au long des dernières années, sans succès.

Il se pencha vers Luisa, qui reprenait lentement des couleurs.

— Ma belle, tu vas découvrir mon domaine. Je te ferai aussi apprécier mes talents culinaires.

— Fais attention à ce que je te dis, Lorenzo. Ce démon de Giuseppe te cherche, il va finir par te trouver.

Jadis, elle n'aurait pas eu peur ainsi, se dit-il. Mais les rôles étaient inversés.

C'était lui, désormais, qui protégeait Luisa.

47

Deux jours seulement avaient suffi à Virginie pour réussir à maîtriser l'engin dont elle rêvait depuis un petit moment. Son père le lui avait offert le jour de ses vingt ans. Elle avait sauté de joie. Une bicyclette !

Le symbole, pour elle, de la liberté. Elle pourrait ainsi se rendre à Gargas, à Rustrel ou à Fontrouge sans avoir à réclamer la jardinière de Félicité.

Et peut-être même pousser jusqu'à Saint-Firmin dès qu'elle se serait suffisamment entraînée. Cette perspective l'enthousiasmait tout en l'inquiétant. Quelle serait la réaction de Lorenzo s'il la voyait arriver au village durant les grandes vacances ?

Elle devait le revoir, lui parler. Elle avait été déçue, et blessée, par la brusquerie dont il avait fait preuve à Apt. Elle voulait comprendre la raison de son attitude. Si seulement elle pouvait cesser de penser à lui ! Au cours de leurs promenades, elle avait eu la certitude qu'ils étaient faits l'un pour l'autre, mais cette conviction était-elle partagée ? Elle ne savait plus.

Félicité, dûment questionnée, se bornait à répéter que Lorenzo était un homme blessé, un peu trop âgé pour elle. Et si, précisément, cette différence d'âge rassurait Virginie ?

Elle se dirigea vers la bibliothèque où elle devait rapporter les livres empruntés deux semaines auparavant. Elle avait dévoré *Pot-Bouille* et *La Débâcle*.

La lecture lui permettait de s'évader. Déjà, quand sa mère était morte, la petite Virginie, âgée de huit ans à peine, était parvenue à surmonter son chagrin grâce aux ouvrages de la comtesse de Ségur.

— Virginie !

Elle se retourna, se trouva face à Céleste Darnaud qui lui sauta au cou.

— Quelle joie de vous voir !

Virginie lui sourit.

— Bienvenue à Apt ! Mais je vous croyais en Italie, Jean-Clément et vous ?

La jeune mariée fit la moue.

— Nous n'avons pas dépassé Florence. Un télégramme de M. Pélissier a informé Jean-Clément d'un problème à l'usine et nous avons dû rebrousser chemin séance tenante. Cela vous amuse ?

— Pour mon grand-père, seules comptent les ocres. Jean-Clément ne devrait pas accepter d'être corvéable à merci.

Céleste poussa un petit soupir.

— Nous avons déjà eu beaucoup de chance de pouvoir partir quelques jours !

— Ne raisonnez pas ainsi, je vous en prie, dit Virginie en lui prenant le bras. Mon grand-père est un tyran.

Céleste soutint son regard contrarié.

— Je l'ai compris mais, pour Jean-Clément, c'est un dieu. Celui qui lui a permis de réaliser son rêve.

« Attention ! pensa Virginie, le vieil Émilien ne fait rien de gratuit, jamais. »

Elle se défiait profondément de lui, mais n'osait insister. D'ailleurs, Céleste était lucide. C'était Jean-Clément qui s'illusionnait.

— Vous allez voir vos parents ? reprit Virginie.

Les joues de Céleste s'empourprèrent.

— Oui, je vais les embrasser et leur parler de Florence.

Elle parut soudain mal à l'aise. Virginie croyait deviner pourquoi. Les jeunes mariés s'étaient certainement querellés, à cause d'Émilien, bien entendu. Spontanément, elle la saisit aux épaules.

— Je vous en prie, ne laissez pas Émilien régenter votre couple. Il a agi ainsi avec mes parents et ma mère ne l'a pas supporté. Défendez-vous, soyez forte pour deux, parce que Jean-Clément n'osera pas s'opposer à lui.

Céleste lui sourit.

— Vous voulez bien que nous devenions amies ? Je crois que j'aurai besoin de vos conseils.

— Avec joie. J'allais à la bibliothèque. Vous m'accompagnez ?

— Merci, Virginie, une autre fois. Mes parents m'attendent.

Virginie éprouva une curieuse impression en regardant Céleste s'éloigner vers la place du Postel. Il ne fallait pas que son grand-père fasse du mal au jeune couple ! Elle ne l'accepterait pas.

Les derniers kilomètres étaient les plus pénibles, mais Virginie avait de bonnes jambes. Elle pesa un peu plus sur les pédales. La silhouette du mont Ventoux lui servait de point de repère, elle se rappelait ce jour de juin où Lorenzo et elle l'avaient gravi. Ce jour-là, elle avait compris qu'elle l'aimait.

Elle avait décidé de se rendre à Saint-Firmin sur un coup de tête ; Lorenzo lui manquait trop. Fidèle à elle-même, Félicité, consultée, avait souri. « Agis comme bon te semble, ma grande. Si tu crois que ce Lorenzo est fait pour toi, fonce. Si tu ne le fais pas, tu risques fort de le regretter toute ta vie. » Elle était partie la veille à bicyclette, dans le costume que sa marraine avait taillé pour elle, une jupe-culotte, beaucoup plus pratique qu'une jupe traditionnelle.

Elle avait fait halte pour la nuit aux Terres Brûlées, où elle avait retrouvé son père. Achille lui avait paru las, mais c'était souvent le cas lorsqu'il était en présence de ses parents. Le dîner avait été houleux, Émilien ne décolérant pas contre Hector qui était encore venu lui réclamer de l'argent.

— J'ai pour héritiers deux incapables, avait-il tonné.

Virginie s'était interposée.

— Grand-père, vous n'avez pas le droit de traiter ainsi vos fils.

Le maître ocrier était entré dans une rage folle. Ce n'était tout de même pas une petite péronnelle d'à peine vingt ans qui allait lui dicter sa conduite ! Que feraient-ils de leur vie, tous, s'il ne s'abrutissait pas au travail pour leur assurer un train de vie confortable ? Heureusement qu'il pouvait compter sur Jean-Clément !

Achille avait laissé passer l'orage, tandis que Virginie rongeait son frein. Comment Émilien pouvait-il être aussi odieux ?

Le dîner achevé, le père et la fille s'étaient éclipsés dans le jardin.

— Père, je comprendrais que tu quittes le domaine.

Achille avait secoué la tête.

— Ton grand-père a raison. Je ne lui ai jamais été d'une grande aide. Que veux-tu ? L'ocre ne m'attire pas, ne m'attirera jamais. L'écriture, la poésie, le félibrige, voilà ce qui compte pour moi.

« Et moi ? » avait pensé Virginie, le cœur lourd. Elle avait bien conscience d'avoir constitué un fardeau pour son père. Une fille, alors qu'Émilien rêvait d'un petit-fils. Était-ce une raison suffisante pour justifier cette indifférence ?

— Les Mistral m'ont appris que tu écrivais, toi aussi, avait repris Achille.

Virginie s'était troublée. Un deuxième article avait été accepté par la *Revue parisienne*. Elle qui ne savait comment en parler à son père avait éprouvé un bref soulagement. Cependant, Achille avait ajouté :

— Ne sois pas trop rebelle, mon petit. Tu travailles dans l'administration. Si l'on venait à apprendre que tu es un auteur féministe…

Elle avait secoué ses boucles rousses.

— Une auteure, père ! J'y tiens ! Il conviendrait de féminiser tous les métiers. Regarde… nous avons Augusta Klumke et Blanche Edwards qui sont devenues internes en médecine après que Madeleine Brès, la première Française docteur en médecine, leur eut ouvert la voie. Il y a eu Julie-Victoire Daubié, la première femme bachelière, puis la première licenciée ès lettres.

Elle avait détesté Achille lorsqu'elle l'avait vu faire la moue.

— Je n'ai pas le sentiment que cette évolution des mœurs puisse nous apporter grand-chose de bon…, avait-il laissé tomber avec une pointe de dédain.

Oh ! ce satané égoïsme masculin ! Pour le plaisir, elle lui avait cité ces réflexions de Jeanne Chauvin, docteur en droit, parues en novembre 1887 dans la *Revue de France* :

Les femmes sont les égales des hommes par le cœur et par le sentiment, par la pensée et par la raison […]. Dans la civilisation moderne, la femme ne peut plus être rien alors que l'homme serait tout […]. Philosophiquement et rationnellement, l'idée de l'égalité se conçoit et s'impose dans tous les domaines.

Son père avait alors soupiré : « Le Ciel nous garde des féministes ! » et, cette fois, elle avait eu envie de rire.

« Plus que quatre kilomètres », se dit-elle en traversant Lorgnes. Le hameau était écrasé de chaleur. Un chat roux traversa nonchalamment la route, l'obligeant à faire un écart. Elle manqua tomber, se redressa.

Sa gorge était desséchée. Il lui tardait de poser pied à terre et de boire un verre d'eau bien fraîche. Elle parcourut les dernières centaines de mètres dans une sorte de brouillard poussiéreux.

Dieu merci, l'échoppe de Lorenzo était située au bas du village. Elle immobilisa sa bicyclette, marqua une hésitation sur le seuil.

— Lorenzo ? Vous êtes là ? lança-t-elle.

Elle s'essuya le front à l'aide d'un grand mouchoir blanc en fil. Elle distinguait sa silhouette penchée sur l'établi. Il posa son rabot, releva la tête.

— Virginie ? lança-t-il d'une voix incrédule.

Pour l'instant d'après, lui jeter :

— Ne restez pas là ! Filez !

48

L'orage éclata en milieu d'après-midi. Il menaçait depuis déjà une bonne heure. Le tonnerre grondait du côté des monts du Vaucluse, de gros nuages noirs obscurcissaient le ciel. Les moustiques et les guêpes harcelaient bêtes et gens.

« Je n'aime pas ce temps », se dit Célestine en se dirigeant vers le poulailler. Fleurette, sa poule apprivoisée, était morte depuis longtemps et elle ne l'avait jamais remplacée, mais elle restait attachée à ses volailles.

Elle leur distribua du grain et des épluchures, changea l'eau de l'abreuvoir.

Elle se sentait lasse, oppressée. Les années, sans doute. Elle avait mal vécu son retour d'âge, souffrant de nausées, de bouffées de chaleur et de douleurs diffuses. Son caractère, déjà difficile, s'en était ressenti. À soixante-douze ans, Célestine Pélissier était usée. « Bonne au rebut », pensait-elle. Chrétienne tiède dans sa jeunesse, la vieillesse avait fait d'elle une grenouille de bénitier. Émilien avait beau se moquer d'elle, elle cherchait du réconfort dans la pratique religieuse. Célestine avait gardé de son enfance la certitude que la vie était une vallée de larmes. Orpheline de mère à sept ans, élevée à la dure par une marâtre partisane des châtiments corporels, elle avait épousé Émilien plus par désir d'échapper à la ferme familiale que par réelle inclination. Elle n'avait jamais été une beauté mais avait su s'attacher son mari par son imagination et sa sensualité. Plus tard, à la cinquantaine, il était allé chercher ailleurs ce qu'elle ne pouvait plus lui donner. Elle souffrait alors de problèmes féminins, des hémorragies à répétition qui l'épuisaient. Cela ne l'avait pas empêchée de gérer les Terres Brûlées d'une main de fer et de mener la vie dure à sa bru.

Elle plissa les lèvres. Elle détestait songer à Albertine. Elle ne l'avait jamais aimée, n'avait rien fait pour tenter de la mettre à l'aise. Albertine représentait tout ce qu'elle détestait. Issue de la bourgeoisie, elle avait été élevée dans du coton. Célestine s'était ingéniée à le lui faire payer. Elle avait éprouvé quelques remords, cependant, à la mort de la jeune femme. Était-ce de sa faute ? Elle n'aurait jamais dû faire part à Émilien de la conversation qu'elle avait surprise le jour où Félicité était venue prendre les mesures de Virginie. Ce jour-là, Célestine avait compris qu'Albertine ne donnerait pas à Émilien le petit-fils dont il rêvait tant. Un pessaire... Elle avait frissonné de colère et d'incompréhension. Comment la fille du notaire osait-elle avoir recours à ce dispositif utilisé par les femmes de mauvaise vie ? Elle en avait frémi.

— Une fille de rien, avait marmonné Émilien en serrant les poings.

Par la suite, Célestine s'était interrogée. Albertine avait-elle vraiment désiré mourir ou bien Émilien l'avait-il poussée ?

Elle avait osé lui poser la question au retour du cimetière. « Tu déraisonnes ! » lui avait-il jeté, furibond. Jadis, elle lui aurait répondu vertement. Mais la mort d'Albertine lui avait porté un coup. Les deux femmes ne s'aimaient pas, pourtant. Mais Albertine était jeune, Virginie avait besoin de sa mère. Célestine gardait, fichée dans son cœur, la même question. Émilien était-il responsable de la mort de leur belle-fille ?

Elle haussa les épaules. C'était loin, désormais. Dommage qu'Achille n'ait jamais voulu se remarier. À croire que lui aussi éprouvait des remords. Après tout, il n'avait guère défendu sa jeune femme...

Un éclair zébra le ciel devenu couleur d'encre. Aussitôt après, un coup de tonnerre ébranla la structure métallique du poulailler. Célestine, qui n'était pas peureuse d'ordinaire, jeta un coup d'œil inquiet en direction du ciel. Elle prit cependant le temps de refermer le portillon du poulailler. Un nouvel éclair la figea sur place, tétanisée. Oppressée, elle porta les mains à son cœur. Elle avait peur, une peur qu'elle ne parvenait pas à surmonter. Elle se revoyait, enfant, cachée sous le lit de ses parents, tandis que sa mère, brandissant un rameau d'olivier béni, faisait le tour de la ferme, granges comprises. Par la suite, elle avait appris à se raisonner mais, cet après-midi-là, elle en était incapable. Chaque pas lui demandait un effort incroyable. Elle crispa les mâchoires, s'exhorta au calme.

Dans le ciel, les éclairs se succédaient, accompagnés du tonnerre qui résonnait dans la montagne et donnait l'impression de se répercuter d'une crête à l'autre. Des bourrasques de vent mugissaient tout autour d'elle. Un craquement sinistre la fit sursauter. Elle n'eut pas le temps de pousser la porte. Le platane de la cour, touché par la foudre, s'abattit sur elle dans un fracas de fin du monde.

Virginie perçut la tension et quelque chose d'autre, ressemblant à de la peur, dans la voix de Lorenzo. Désobéissant à son injonction, elle s'avança à l'intérieur de l'échoppe pour découvrir une scène de cauchemar. Un homme à la mine patibulaire, vêtu comme un chemineau, tenait Lorenzo sous la menace d'un couteau.

Virginie pâlit.

— Lâchez-le ! ordonna-t-elle.

Elle ne ressentait pas de peur, seulement une bouffée de colère intense qui la poussa à avancer de deux pas vers l'inconnu.

Elle lut de la détresse dans les yeux de Lorenzo et sa rage s'accentua. Que se passait-il ? Qui était cet homme menaçant ?

Il ricana, lança à l'adresse de Lorenzo :

— Ça te dit d'être saigné devant une demoiselle ? Ce n'est pas un spectacle pour une femme. C'est ta bonne amie ? reprit-il. Elle sait que tu es le fils d'un prêtre ?

Lorenzo poussa une sorte de mugissement et, d'un coup d'épaule, parvint à se dégager de l'étreinte du charbonnier. Le couteau tomba sur le sol avec un bruit mat. Les deux hommes luttèrent à mains nues sous le regard affolé de Virginie. Elle fit volte-face, cria qu'elle allait chercher du secours et courut jusqu'à l'échoppe du maréchal-ferrant.

— Venez vite ! supplia-t-elle. Un homme veut tuer le menuisier.

Ses cheveux s'étaient détachés. Le maréchal-ferrant la considéra d'un air inquiet, comme s'il assistait à quelque apparition. Cependant, la voyant terrorisée, il saisit l'un de ses marteaux et fonça en direction de l'atelier de Lorenzo.

Les deux hommes étaient toujours aux prises l'un avec l'autre. Giuseppe tentait de cogner la tête de son beau-fils contre l'établi, tandis que celui-ci tendait les mains vers son cou avec l'intention manifeste de l'étrangler. Sans hésiter, le maréchal-ferrant s'approcha et porta un coup violent sur la tête de Giuseppe.

Le charbonnier s'effondra. Lorenzo se redressa. Son visage était tuméfié, son cou saignait, là où le couteau avait été appuyé, mais il était vivant.

Virginie se jeta contre lui.

— J'ai eu si peur, souffla-t-elle.

Elle désigna d'un coup de menton la silhouette de l'agresseur allongé contre l'un des pieds de l'établi.

— Vous connaissez cet homme ? Il est complètement fou !

Il était encore temps. Sans le savoir, Virginie venait de lui offrir une explication. Il pouvait prétendre que, oui, cet homme était fou et qu'il avait raconté des énormités. Elle le croirait, lui.

Après cet affrontement qui avait ravivé bien des souvenirs douloureux, il se sentait à bout de forces. Épuisé et las de cette haine, de ce combat qui n'en finirait jamais et, surtout, de ce passé qu'on lui reprocherait tant qu'il vivrait. Lui, Lorenzo, n'avait pas commis de faute. Il était seulement une victime.

— Lorenzo ? Comment vous sentez-vous ? s'alarma Virginie.

Pascal, le maréchal-ferrant, était parti à la recherche du maire et du garde champêtre.

Le fils de Livia attira Virginie à lui, lui caressa la joue.

— Je suis navré de vous avoir entraînée dans cette affaire sordide. Cet homme, Giuseppe Lupo, est mon beau-père. Une vieille haine nous unit l'un à l'autre, mais il n'a pas menti : je suis, paraît-il, le fils d'un prêtre.

Elle leva les yeux vers lui. Depuis que Pascal avait assommé Giuseppe, elle avait l'impression de mieux respirer.

— C'est pour cette raison que vous m'avez fuie, à Apt ? s'enquit-elle.

Il inclina la tête, lentement.

— Vous avez entendu Giuseppe... Maudit je suis, maudit je resterai, toute ma vie. Il est venu faire un scandale le jour de mon mariage, en 1882.

— Vous êtes marié ?

— Je l'ai été. Ma femme est morte du choléra à Marseille en 1884.

— Je connais si peu de choses de vous, murmura Virginie. De toute façon, peu m'importe le passé ! C'est vous que j'aime, Lorenzo, et je me moque bien de ces histoires de malédiction !

Ça y est ! Elle s'était dévoilée. Elle lui jeta un coup d'œil inquiet. Comment allait-il réagir ?

Il l'attira à lui d'un geste à la fois très tendre et possessif.

— J'ai le double de votre âge, Virginie.

Elle rejeta la tête en arrière, comme pour boire la vie. Ses cheveux incandescents accrochèrent la lumière. Elle était la vie, pensa Lorenzo, bouleversé.

— Je prends, dit-elle.

Et, brusquement, il n'éprouva plus de doutes.

49

Le temps était superbe et l'on aurait pu croire que le terrible orage survenu quatre jours auparavant n'était qu'un cauchemar. Le cortège funèbre gravissait la côte pour se rendre au cimetière.

Née à Roussillon, Célestine avait souvent répété à Émilien qu'elle tenait à y être enterrée dans le caveau grand-maternel, où sa mère reposait en compagnie de ses parents. En général, Émilien se contentait de grommeler : « Quelle idée ! » en haussant les épaules. Pourtant, abattu par la mort soudaine de son épouse, il avait tenu à accomplir sa dernière volonté.

L'orage violent qui avait provoqué la chute du grand platane avait laissé des traces à Gargas. On avait même évoqué une tornade. Des granges avaient brûlé, un cèdre gigantesque était tombé sur une charrette et la mule, paniquée, s'était enfuie au galop, faisant verser le charretier.

Si les fils de Célestine portaient le cercueil en compagnie de deux cousins, ils paraissaient plus surpris que peinés. Leur mère leur avait toujours paru indestructible. Hector était venu d'Avignon, non sans avoir prévenu qu'il s'éclipserait à la fin de l'inhumation. Puisque son père refusait de le recevoir en compagnie de Camille, la femme qui partageait sa vie, pas question de compter sur lui pour participer à un semblant de réunion familiale ! Il y avait beau temps que leur famille avait éclaté… Virginie, Achille et Félicité faisaient front à ses côtés, comme pour dissuader Émilien de lui adresser une seule remarque désagréable. Prévenue par un télégramme de sa marraine, Virginie était rentrée en catastrophe. Dans sa tête, les confidences de Lorenzo se mêlaient à la solennité des funérailles. Les notables s'étaient déplacés en nombre, ce qui compensait quelque peu la faible représentation des salariés des ocres Pélissier. Ces obsèques à Roussillon offraient d'ailleurs une excuse toute trouvée à la plupart des travailleurs ; ils n'avaient ni le temps ni les moyens de faire le déplacement jusqu'à la « ville rouge ». Jean-Clément, la mine grave, se tenait au premier rang. À croire qu'il était de la famille ! avait pensé Virginie.

Elle se souvenait de l'enterrement d'Albertine, du sentiment de solitude qu'elle avait éprouvé, jusqu'à cet instant où la main de Félicité était venue chercher la sienne.

Si la jeune femme respectait la tradition, elle n'avait qu'une hâte, retrouver Lorenzo. Le scandale promettait d'être terrible à Saint-Firmin. En effet, Giuseppe à peine arrêté, le maire, embarrassé, avait recommandé à Lorenzo de s'éloigner quelque temps du village, « afin que les passions s'apaisent ».

— Me voici à nouveau condamné à chercher un autre endroit où m'installer, avait soupiré le fils de Livia.

Fils de prêtre, fils maudit... Personne n'oublierait les phrases prononcées par Giuseppe, il en resterait toujours quelque chose. Les regards, curieux ou critiques, s'étaient attachés au menuisier. Il avait sorti son sac et sa malle, y avait rangé ses outils, ceux qui avaient marqué son parcours de Saint-Étienne aux Ardennes, avait rangé sa maison avant d'atteler Vérone, sa jument baie, et de quitter Saint-Firmin.

Giuseppe avait été conduit sous bonne garde à Carpentras. Lorenzo ne redoutait même plus ses révélations. Il lui semblait qu'il avait atteint un point de non-retour. Désormais, Giuseppe ne pouvait plus lui faire de mal.

Il prit la direction de Carpentras. Il apercevait, dans la plaine floutée de brume, les flèches de la cathédrale Saint-Siffrein. Pouvait-il vraiment, à quarante ans, envisager de refaire sa vie en compagnie de Virginie ?

Avant de repartir pour sa forêt, Luisa lui avait recommandé :

— Suis ta route, mon garçon, la tête haute. Tu ne dois rien à personne.

Et si elle avait raison ?

En bonne logique, Virginie n'était pas favorable au mariage.

Lorenzo avait beaucoup insisté pour la convaincre de l'épouser. Elle lui avait répondu en riant :

— Notre engagement, nous nous le sommes déjà donné.

C'était dans un champ, situé au-dessus de Fontrouge, en bordure des bois.

Virginie se souvenait du regard de Lorenzo plongeant dans le sien, comme pour être sûr qu'elle le désirait elle aussi, de ses longues mains qui prenaient connaissance de son corps centimètre par centimètre, comme s'il voulait en graver le moindre détail en lui. Elle se rappelait l'expression de son visage, si grave, et de cet instant où son regard avait chaviré. Elle avait laissé échapper un petit cri – d'étonnement et de plaisir mêlés – et lui s'était aussitôt inquiété. Elle l'avait rassuré d'un sourire. Non, tout allait bien, c'était juste que tout ce bonheur, elle avait du mal à y croire.

Ils n'avaient pas eu besoin d'échanger un quelconque serment. Leurs corps et leurs cœurs étaient à l'unisson. Ensuite, ils avaient organisé leur vie. Ensemble.

Deux jours auparavant, l'inspecteur d'académie avait convoqué Virginie pour la réprimander. Une jeune institutrice se devait d'être au-dessus de tout soupçon. Or, il avait reçu, par le biais des maires de Lorgnes et de Saint-Firmin, des lettres faisant état de son implication dans une affaire de tentative d'homicide.

Son nom avait été cité à plusieurs reprises, de nombreux témoins l'avaient vue sortir en cheveux de l'atelier du menuisier. On parlait d'elle et c'était intolérable.

— Je n'ai commis aucun acte répréhensible, avait protesté Virginie, profondément choquée.

L'inspecteur avait balayé son objection d'un geste de la main. Peu lui importait. Virginie ne devait plus se faire remarquer.

Elle s'était confiée à sa marraine. Une première inspection décevante, cette convocation pendant les vacances... On ne lui laisserait rien passer. Il ne manquerait plus que l'on apprenne que les articles au vitriol signés « Virginie Albertine » étaient de sa plume ! Elle serait alors révoquée à coup sûr.

Félicité savait que Lorenzo désirait épouser sa filleule. Elle savait aussi que Virginie était trop rebelle pour se plier aux exigences du ministère de l'Instruction publique.

— En mémoire de ta maman, je t'en prie, si tu l'aimes et que tu es sûre de toi comme de lui, donne la priorité à l'amour, lui avait-elle conseillé.

Même si l'une et l'autre n'avaient pas évoqué Judicaël, elles y avaient songé. Mais Virginie avait secoué la tête. « Lui ne me trahira pas ! » C'était une certitude qu'elle ne cherchait même pas à s'expliquer.

Une fois sa décision prise, Virginie arrangea une rencontre entre son amant et son père dans la maison de Félicité. Étant encore mineure, elle avait besoin du consentement paternel.

— Nous nous sommes déjà vus, fit Achille en reconnaissant Lorenzo.

L'un et l'autre se tenaient sur la réserve. Lorenzo cumulait les handicaps : fils d'émigrés piémontais, travailleur manuel sans fortune... Au cours du repas, Virginie prit la parole.

— Lorenzo et moi nous marions dans un mois. Ce sera un mariage civil, s'était-elle empressée de préciser.

Trop étonné pour protester, Achille avait gardé le silence. De plus, comme il se sentait toujours vaguement coupable vis-à-vis de Virginie, il était incapable de s'opposer à elle. Quand il avait voulu aborder le sujet de la dot, Lorenzo l'avait interrompu.

— S'il vous plaît, monsieur Pélissier... Virginie et moi sommes farouchement opposés à cette pratique. Nous nous marions pour sacrifier aux convenances mais notre amour n'a pas vraiment besoin de cette formalité.

Achille avait admiré la franchise et l'aplomb de son futur gendre. Après tout, ces jeunes gens avaient peut-être raison. L'amour ne devait pas s'encombrer de considérations financières.

Il avait tiqué, cependant, quand Virginie lui avait parlé de sa décision à propos de sa carrière. Ne s'apprêtait-elle pas à abandonner la proie pour l'ombre ?

— Nous verrons bien, avait répondu sa fille.

Lorenzo et elle se mariaient dans trois semaines. Une cérémonie très simple, en présence de Félicité et d'Achille, à la mairie de Fontrouge. Le couple habiterait la maison du notaire qui appartenait à Virginie et Lorenzo ouvrirait un atelier à Gargas. Il leur restait à déménager la maison de Saint-Firmin, vendue à un jeune couple venu d'Isère.

Achille, vaincu, baissa la tête.

— Tu n'oublieras pas de prévenir ton grand-père. Je ne sais s'il viendra.

— Je n'y tiens pas vraiment, le coupa Virginie d'un ton déterminé.

Elle imaginait déjà les questions d'Émilien au sujet de la situation de Lorenzo, de ses « espérances »... Elle ne le supporterait pas.

De nouveau, Achille observa discrètement sa fille et celui qu'elle nommait « l'homme que j'aime ». Il émanait d'eux une assurance tranquille, une impression de bonheur partagé qui fit naître chez lui une sensation de vertige. Parce qu'il n'avait jamais éprouvé cela, même avec les compagnes qu'il s'était choisies, il se promit de les soutenir.

Il avait envie de croire au bonheur, lui aussi.

50

1906

Était-ce cela le bonheur ? se demanda Virginie, juchée sur un tabouret pour chercher dans la bibliothèque un recueil de poèmes signé Achille Pélissier.

Elle aimait leur bibliothèque, conçue et fabriquée par Lorenzo.

C'étaient leurs livres qu'ils avaient déménagés en premier, lorsqu'ils avaient quitté la maison de Fontrouge pour s'installer dans une ancienne ferme, située entre Gargas et Rustrel. Leur demeure, restaurée par leurs soins. Le bâtiment principal s'ordonnait autour d'une cour fermée, ombragée par une treille et un figuier. Lorenzo s'était constitué un atelier d'appoint dans l'étable et Virginie avait aménagé un bureau à côté de la grande salle.

Elle s'y retirait souvent pour écrire ses articles ou le livre qu'elle consacrait à l'aventure des ocres.

Mariés depuis bientôt dix ans, le menuisier et l'ex-institutrice formaient un couple harmonieux. Virginie était si occupée qu'elle ne regrettait pas de ne plus enseigner. Outre son travail de journaliste, elle se partageait entre Apt et Gargas. À cinquante-huit ans, Félicité, souffrant d'arthrite, ne pouvait plus exercer son métier de couturière. Elle refusait cependant avec force de venir vivre chez sa filleule. « J'ai toujours tenu à préserver mon indépendance », aimait-elle à répéter.

Soucieuse de son bien-être, Virginie descendait souvent à Apt, lui apportait viande, fruits et légumes et restait auprès d'elle à bavarder. De son côté, Émilien, s'il avait encore bon pied bon œil, avait une fâcheuse tendance à se quereller avec ses comptables. Jean-Clément avait la haute main sur la production et la commercialisation mais n'avait guère de temps à consacrer à la gestion.

Achille, dont la vue avait fort baissé, avait passé le relais à sa fille et l'avait formée pour qu'elle puisse tenir les comptes de l'entreprise. Quand Virginie peinait à déchiffrer les pattes de mouche paternelles serrées sur les registres, elle ne pouvait que constater son incapacité à poursuivre sa tâche.

— A-t-on idée de perdre la vue ? grommelait Émilien, toujours prompt à critiquer autrui.

Achille consacrait tout son temps à la rédaction d'une anthologie du félibrige.

— Je mène une lutte contre le temps et contre la cécité, avait-il expliqué à sa fille.

Elle le comprenait et se sentait plus proche de lui qu'elle ne l'avait jamais été.

Fallait-il pour ce faire qu'elle eût beaucoup souffert ? Elle avait perdu son bébé au cinquième mois. « J'espère que tu ne tiens pas de ta mère ! » lui avait lancé méchamment Émilien, et elle l'avait détesté. Depuis, le ventre de Virginie demeurait obstinément plat, à son grand désespoir. Lorenzo avait beau lui répéter qu'ils étaient heureux tous les deux, elle supportait mal cette situation. Elle esquissa un sourire en songeant à l'homme qu'elle aimait. Entre eux, l'amour était comme une évidence.

Lorenzo écrivait beaucoup lui aussi. Toujours en relation avec de nombreux syndicalistes, il avait suivi à distance, le mois précédent, la catastrophe de Courrières. En effet, le samedi 10 mars 1906, un coup de grisou avait provoqué l'éboulement de cent dix kilomètres de galeries entre Courrières et Lens, sur le site de la Compagnie des mines de Courrières, dans le Pas-de-Calais. On avait décompté mille quatre-vingt-dix-neuf victimes, mais, ce qui avait le plus choqué Lorenzo, c'était l'abandon des recherches trois jours seulement après l'explosion. La compagnie était même allée jusqu'à condamner une partie de la mine afin de préserver le gisement et d'étouffer l'incendie. Or, le 30 mars, presque trois semaines après l'accident, treize rescapés furent retrouvés dans le puits n° 2, puis un quatorzième survivant refit surface le 4 avril. Ce qui pouvait être qualifié de miracle fut très mal vécu par les mineurs. En effet, de toute évidence, les secours avaient abandonné beaucoup trop tôt.

Face à la colère des mineurs, qui accusaient à juste titre la compagnie d'avoir privilégié la protection des infrastructures plutôt que la sécurité des ouvriers, le gouvernement n'avait rien trouvé de mieux que d'envoyer la troupe. Rien n'avait changé depuis La Ricamarie ou Fourmies, tempêtait Lorenzo, révolté.

Dans *L'Humanité*, Jean Jaurès avait écrit :

Et serait-il vrai que, par une funeste erreur, ceux qui dirigeaient les sauvetages, croyant qu'il n'y avait plus en effet d'existence humaine à sauver, se sont préoccupés plus de la mine que des hommes ?

C'était l'éternel problème : que valait une vie d'ouvrier ?

Il n'existait pas de poste de secours dans le bassin minier, les sauveteurs avaient œuvré dans des conditions extrêmement précaires, sans même des masques à oxygène, la compagnie minière avait tenu à poursuivre l'exploitation dans les autres puits… « Le prix du sang », avait laissé tomber Lorenzo, écœuré, révolté, découragé. Il avait lancé une collecte parmi les ouvriers ocriers. Partout, en France comme en Europe, on faisait appel à la générosité pour venir en aide aux familles des victimes. Mais cela ne suffisait pas. L'argent ne pourrait jamais compenser une seule vie.

Virginie repoussa la mèche de cheveux qui s'obstinait à glisser sur son front. La tragédie de Courrières l'avait bouleversée elle aussi et lui avait fait prendre mieux conscience des risques qu'encouraient dans les mines les employés de son grand-père. Quand elle avait évoqué ce sujet avec lui, Émilien Pélissier avait levé les yeux au ciel.

— Tu ne vas pas comparer ce qui n'est pas comparable. Mes ouvriers sont de vrais coqs en pâte !

Opinion que, bien entendu, Virginie était loin de partager !

Elle se pencha pour attraper un exemplaire dédicacé du *Calendal* de Mistral, fit tomber par inadvertance deux autres ouvrages. Elle les ramassa, leur jeta un rapide coup d'œil. Il y avait là *Les Fleurs du mal* ainsi qu'un petit livre à la couverture éraflée dont elle ne se souvenait pas. Elle l'ouvrit, lut une dédicace en italien et le referma. Il devait appartenir à Lorenzo.

Elle le lui tendit à son retour, alors que le soir tombait, baignant le ciel de rose violacé et de bleu indigo. Ses cheveux teintés de blanc aux tempes étaient parsemés de sciure. Il gratifia Virginie d'un baiser tendre.

— Belle journée, ma douce ?

Elle fit la grimace.

— Je n'ai pas avancé aussi vite que je l'espérais. Tu sais que je ne suis guère douée pour le rangement ! Mais j'ai trouvé ce petit livre. Regarde, il y a un mot écrit en italien.

Lorenzo tendit la main, parcourut la page de garde avant d'y revenir. Virginie le vit pâlir.

— Ce n'est pas possible..., murmura-t-il.

Rome avait été un éblouissement pour Virginie et Lorenzo. Tous deux, amoureux des arts, étaient tombés sous le charme de la ville impériale. Mais, au-delà de la place d'Espagne, du Colisée et du château Saint-Ange, un endroit bien particulier les avait attirés en Italie.

Lorsqu'il avait lu la dédicace : « À Livia, avec tout mon amour, Federico Spezio », il avait tout de suite deviné qu'il devait s'agir de son père, ce prêtre mystérieux qui avait trahi sa mère. Bouleversé, Lorenzo en avait perdu le sommeil. Il vivait depuis si longtemps avec cette question obsédante qu'il supportait mal de pouvoir mettre un nom sur ce père inconnu. Ce qui ne lui expliquait pas, d'ailleurs, comment cet ouvrage – *L'Ascension du mont Ventoux* de Pétrarque – s'était retrouvé dans leur bibliothèque. Il s'était alors souvenu de la visite de

Luisa, dix ans auparavant, et de cette phrase sibylline qu'elle avait prononcée lorsqu'il l'avait ramenée à Lagarde-d'Apt : « Je me fais vieille, petit, mais je te laisse de quoi penser encore à moi », et il avait esquissé un sourire attendri. Sa vieille amie était morte au cours de l'hiver 1900, dans sa cabane qu'elle avait toujours refusé de quitter. Lorenzo avait tenu à se rendre seul à son enterrement. Il avait voulu régler les frais mais Luisa avait tout organisé à l'avance. Ce jour-là, l'émotion était à son comble. Il s'était senti perdu quand Monica avait entonné une chanson piémontaise que sa mère lui chantait lorsqu'il était enfant. Il avait laissé les larmes couler le long de ses joues. Il lui semblait qu'il disait enfin adieu à son enfance. C'était faux, naturellement, mais Lorenzo souhaitait désespérément s'affranchir du passé.

La découverte du livre dédié à Livia avait ravivé ses questionnements. Lorenzo était allé trouver le père Blondeau à Apt et s'était de nouveau ouvert à lui. Le prêtre lui avait promis d'effectuer des recherches et lui avait parlé de sa rencontre, en 1896, dans la cathédrale Sainte-Anne, avec un certain chanoine Spezio. Lorenzo avait vacillé. Se pouvait-il que ce fût son père ? Leurs chemins s'étaient-ils croisés ? Durant plusieurs semaines, il était resté sombre et soucieux. Jusqu'à ce que le père Blondeau lui annonce avoir reçu une réponse du Vatican. Le chanoine

Spezio, qui se prénommait bien Federico, était mort en janvier 1902 à Rome. Il était enterré au cimetière de Campo Verano.

Virginie serra la main de Lorenzo un peu plus fort.

— Le Verano est situé juste à côté de la basilique San Lorenzo, déclara-t-elle d'une voix émue.

Il inclina la tête, trop ému pour prononcer un mot.

Il notait chaque détail, comme pour les graver dans sa mémoire. La Via Tiburtina, reliant Rome à Tivoli, le cimetière dit moderne créé sous le premier Empire, les quatre grandes statues à l'entrée du cimetière représentant la Méditation, l'Espérance, la Charité et le Silence, l'impression de sérénité baignant les tombes à l'ombre des cyprès, sentinelles bienveillantes…

Le gardien consulté les guida jusqu'à une chapelle funéraire très simple, devant laquelle le couple se recueillit.

« Qui étais-tu, Federico Spezio ? se demanda Lorenzo. Quel homme étais-tu pour avoir abandonné ma mère enceinte ? Un séducteur ? Un jeune homme dépassé par la situation ? »

Il savait qu'il ne connaîtrait jamais la réponse. Mais, face à la dalle de marbre blanc, il songea que cela n'avait plus vraiment d'importance.

Virginie tendit le doigt vers une plaque gravée représentant une minuscule salamandre, semblable en tout point au bijou que Lorenzo gardait dans son portefeuille.

Lui entendait encore Luisa lui expliquer : « Livia l'avait toujours sur elle. Chez nous, dans la vallée Pellice, on l'appelait *salamandra Lanzai*, la salamandre de Lanza. Ta mère y tenait beaucoup. »

— Tout est bien, dit-il lentement.

Même s'il était trop tard, il était parvenu au bout de sa quête.

51

1908

À ceux qui redoutaient de se retrouver dans les galeries souterraines, Émilien Pélissier répondait que c'était simplement une question d'habitude.

À près de quatre-vingts ans, il ne pouvait toujours pas se passer de ses mines, qui lui importaient plus encore que l'usine où il se sentait dépossédé d'une partie de ses prérogatives. Ici, sous terre, il était chez lui.

Il salua d'un signe de tête les mineurs quittant leur poste. Il les connaissait tous par leur prénom, pouvait citer ceux dont le père ou même le grand-père avait travaillé pour lui. Il entretenait de bonnes relations avec la plupart d'entre eux car ils partageaient la même passion. Même s'ils se plaignaient souvent de leurs conditions de vie, ils étaient, tout comme lui, pétris de sable et de minerai.

Sa lampe tempête à la main, appuyé à sa canne, Émilien se dirigea vers la galerie en cours. La beauté des niches en ogive creusées par le mineur d'avancement le surprenait toujours. Il lui semblait se trouver dans une cathédrale d'ocre, créée par le travail et la sueur des hommes.

Le nez en l'air, il observait les saignées, longues d'une soixantaine de centimètres environ, creusées de chaque côté et en contrebas des niches. On y placerait de la poudre noire afin d'extraire la masse de minerai. À la fin de la journée, la mine désertée appartenait à Émilien. Il pouvait l'arpenter à sa guise. Il réprima un soupir. L'humidité régnant sous terre réveillait ses douleurs. Il songea à Célestine et à leurs deux fils. Achille avait sombré dans une nuit presque complète à cause du diabète. Désormais, son aîné ne quittait pratiquement plus le premier étage des Terres Brûlées. Émilien le voyait le moins possible, cela le déprimait trop. Hector, lui, était mort l'an passé d'une congestion cérébrale alors qu'il participait à une exposition à Avignon.

Émilien avait ressenti une impression de profond gâchis. Deux fils et aucun n'était en mesure de lui succéder. Seule Virginie se rendait utile à l'usine. Une fille ! Ce constat le navrait.

De nouveau, il songea à son âge. Sa volonté l'aidait à tenir bon, alors même qu'il se sentait souvent las, revenu de tout. Sa volonté et le désir de développer l'entreprise Pélissier.

Bien sûr, Jean-Clément était pour lui un soutien précieux, mais il demeurait un étranger. Si seulement Virginie avait donné naissance à un fils ! Mais non, elle resterait un fruit sec, comme sa mère avant elle. À se demander si elle aussi ne se livrait pas à des actes contre nature ! Quand Célestine lui avait appris qu'Albertine fréquentait une bonne femme pour se protéger d'une grossesse, Émilien avait vu rouge. Qui se croyait-elle donc, cette fille savante, pour le priver du petit-fils auquel il estimait avoir droit ?

Quand il s'était retrouvé seul avec sa bru dans sa chambre, il avait été victime d'un coup de folie. L'espace de quelques instants, il avait éprouvé la tentation de la forcer, comme pour prendre sa revanche sur Achille, qui lui inspirait du mépris. Lorsqu'il s'était ressaisi, il avait lu une telle panique dans le regard d'Albertine qu'il avait eu peur qu'elle ne le dénonce. Il avait alors commis l'irréparable en la faisant basculer dans le vide.

Une chauve-souris voleta au-dessus de sa tête dans un froissement de soie. Il ne les redoutait pas, étant habitué à les côtoyer depuis l'enfance. Célestine, la pauvre vieille, ne les supportait pas. Mais Célestine n'était jamais venue dans la mine. Chaque époux avait sa sphère d'activité bien déterminée.

Quand il songeait à sa femme, Émilien éprouvait une certaine gêne. Leurs chemins s'étaient éloignés à partir du moment où Émilien avait créé l'entreprise. Elle était restée sur le bas-côté, comme si elle s'était estimée indigne de devenir la « femme du patron ». Il avait souvent pensé qu'il lui aurait fallu une femme comme Albertine, capable de l'accompagner à la sous-préfecture ou de recevoir les clients importants. Il se demandait parfois si Célestine ne l'avait pas deviné.

Il marcha jusqu'au lac, qui paraissait irréel à la lueur des lampes à acétylène. Dieu, qu'il aimait cet endroit baigné de mystère !

Il se pencha légèrement. Vingt ans auparavant, il était encore capable de remplacer le mineur d'avancement. C'en était bien fini désormais. Émilien était un vieil homme qui n'attendait plus rien de la vie. Il avait compris qu'il n'aurait jamais ce petit-fils tant espéré. L'une des prostituées qu'il fréquentait jadis avait donné naissance à un enfant, mais comment savoir s'il en était bien le père ? C'était trop tard, et cette obsession lui avait gâché la vie.

Saisi de vertiges, il chancela. Il se dit alors que mourir ici, dans cette mine qu'il avait aimée plus que tout, serait pour lui une belle mort, conforme à ses souhaits. Longtemps, il s'était cru immortel.

À la disparition brutale de son fils cadet, Émilien avait compris que son tour viendrait bientôt. S'il l'acceptait mal, il avait fini par se résigner et organiser sa succession avec son notaire.

Ne plus jamais arpenter les galeries que les ouvriers avaient sculptées telles des voûtes romanes… Cette perspective inéluctable lui serrait le cœur. Il se détourna de la surface miroitante du lac, reprit le chemin menant à la sortie, à l'air libre. Certains mineurs venaient travailler la peur au ventre depuis qu'un éboulement, dix ans auparavant, avait causé la mort de trois salariés. « Les risques du métier », avait commenté Émilien, toujours abrupt, ce qui lui avait valu l'inimitié de nombreux ouvriers. Il savait qu'on l'accusait depuis des lustres d'avoir fait fortune sur le dos des mineurs, il n'en avait cure. Il avait suivi sa voie, vécu sa passion, lui sacrifiant sa famille. Il n'éprouvait pas vraiment de regrets. Excepté pour Albertine…

Il leva les yeux vers le plafond arrondi. Son ciel, sa religion à lui. Célestine le traitait de mécréant, cela le faisait rire. À présent, il assumait son choix.

— Toute une vie…, murmura-t-il, tandis qu'une douleur, aussi aiguë que soudaine, lui broyait la poitrine.

Il tendit la main vers la paroi la plus proche de lui, comme pour s'y accrocher. Trempé de sueur de la tête aux pieds, il titubait. Ses oreilles tintaient, sa vision se troublait. La douleur se fit plus vive encore, irradiant dans l'épaule et le bras.

— À l'aide, souffla-t-il.

Il savait bien, cependant, que personne ne pouvait l'entendre.

Souffrant horriblement, il se laissa tomber à genoux sur le sol sableux. L'odeur d'humidité régnant dans les galeries le prit à la gorge. Il laissa échapper un gémissement, se recroquevilla pour tenter de résister à la douleur, insoutenable.

Il perdit conscience brutalement.

— Pourquoi moi ? répéta Virginie.

Le notaire de son grand-père, maître Morgon, venait de lui lire les dispositions prises par Émilien Pélissier. Stupéfaite, elle avait appris qu'il lui léguait l'entreprise, à charge pour elle de verser une rente conséquente à son père. Achille recevait également les Terres Brûlées. Virginie avait toujours déclaré qu'elle ne supportait pas cette maison où sa mère était morte.

— M. Pélissier vous a laissé une lettre, reprit maître Morgon.

Elle la saisit, plia l'enveloppe avant de la glisser dans son sac. Elle était incapable d'en prendre connaissance sur-le-champ.

Lorenzo lui sourit. « Tiens bon ! » signifiait son sourire.

Elle avait longtemps pensé détester son grand-père mais s'était sentie perdue en apprenant sa mort. Le contremaître, étonné de trouver la grille ouverte le lendemain matin, avait découvert le corps sans vie de son patron, à quelques dizaines de mètres de la sortie.

L'affaire avait fait grand bruit. On avait parlé de la mort des trois mineurs, survenue dix ans auparavant, et de cette histoire de malédiction attachée aux Terres Brûlées. Virginie, haussant les épaules, avait estimé que le maître ocrier était mort comme il l'aurait souhaité, sur son domaine, au plus près des ocres. Elle savait qu'à présent elle devait rassurer le personnel et convaincre Jean-Clément de rester. Le fils d'Amédée avait écouté, les mâchoires crispées, la lecture du testament. Il héritait seulement de la maison qu'il occupait avec Céleste et leurs deux filles depuis plusieurs années.

De toute évidence, il avait espéré davantage. Décidément, il connaissait mal Émilien ! Même si celui-ci ne se privait pas de critiquer sa famille, il n'avait pas voulu la léser au profit d'un étranger, pourtant dévoué à l'entreprise.

Virginie remercia maître Morgon, affirma à Jean-Clément qu'il était indispensable à l'entreprise et sortit de l'étude au bras de Lorenzo.

Elle se tourna vers son époux.

— Tu imagines notre responsabilité ? Sans Jean-Clément, je suis incapable de faire face.

Ce qui la déroutait peut-être le plus, c'était l'idée de devenir propriétaire de l'entreprise Pélissier.

Lorenzo, qui la connaissait par cœur, lui adressa un coup d'œil complice.

— Ce peut être le moment de mettre en application nos idées, glissa-t-il.

Il devinait qu'il fallait lui laisser un peu de temps. Elle était tout à fait capable de s'en sortir, il en était persuadé.

De toute façon, elle avait vécu parmi les ocres depuis son plus jeune âge. Elles faisaient partie d'elle, fût-ce à son corps défendant.

— Tout de même, reprit-elle, Brûlé le Résolu, patron… C'est le monde à l'envers, non ?

Il se contenta de lui répéter qu'il lui faisait pleinement confiance. Elle se battrait pour les ocres Pélissier et pour les ouvriers.

52

1911

Bien campé sur ses jambes, Adrien se dirigea vers la carrière à ciel ouvert et, s'agenouillant, posa les deux mains dans le sable couleur d'ocre. Se redressant, il s'en frotta le visage et se tourna vers Virginie.

— Regarde, maman ! cria-t-il, très fier de lui.

Elle lui tendit les bras et le serra contre elle sans se soucier de la poussière d'ocre qui maculait la robe, les mains et les joues de son petit garçon. Elle le fit tournoyer dans les airs.

— Eh bien, Adrien, s'écria-t-elle, la relève est assurée, on dirait !

Âgé de deux ans et demi, leur fils était déjà attiré par les ocres. « Bon sang ne peut mentir », affirmait Jean-Clément.

Leur famille avait payé un lourd tribut aux dernières années écoulées. Amédée et Mireille étaient morts à quelques jours d'intervalle d'une mauvaise grippe. Juste auparavant, leur fils s'était réconcilié avec eux sur les instances de Céleste.

« Tout ce temps gâché... », avait marmonné Félicité, résumant l'opinion générale. La marraine de Virginie ne quittait pratiquement plus sa maison. Elle refusait toujours avec force de venir s'installer chez Virginie et Lorenzo. Virginie savait que Félicité ne voulait à aucun prix les embarrasser mais en était peinée. Son père, lui, se repliait de plus en plus sur lui-même aux Terres Brûlées. Josépha veillait sur lui. Virginie lui rendait visite une à deux fois par semaine. Le même amour de la littérature réunissait le père et la fille. Virginie lui lisait des poèmes et les derniers ouvrages parus. Achille soupirait, évoquait les beaux jours à Maillane et à l'Harmas de M. Fabre.

— Nous vivons la fin d'une époque, affirmait-il, et Virginie croyait comprendre ce qu'il voulait dire. Tout changeait !

Entre l'entreprise Pélissier, Adrien et l'écriture des articles qu'elle publiait dans plusieurs revues, Virginie était de plus en plus occupée. Certes, ses activités étaient désormais bien éloignées de son métier d'institutrice, mais elle ne regrettait rien. Elle devait être trop attachée à son indépendance pour se couler dans le moule de l'Instruction publique. De plus, l'application de la loi de la séparation de l'Église et de l'État avait entraîné de tels problèmes que Virginie s'était sentie soulagée. Elle n'osait imaginer quelle aurait été sa situation à Lorgnes ou à Saint-Firmin.

— Nous rentrons, mon chéri, dit-elle à Adrien.

Elle s'émouvait souvent de constater à quel point Lorenzo s'impliquait dans l'éducation de leur fils, se levant lui aussi la nuit lorsque le petit était malade, lui faisant découvrir le bois et la forêt, lui racontant des histoires. Ayant particulièrement souffert de ne pas avoir connu ce qu'était l'amour d'un père, Lorenzo lui donnait l'impression de tout vouloir partager avec Adrien. Cela lui faisait même parfois un peu peur ; elle aurait voulu le protéger. Virginie le savait vulnérable, bien qu'il se refusât la plupart du temps à évoquer son enfance. Le peu qu'elle était parvenue à apprendre l'avait horrifiée. D'ailleurs, sa « rencontre » avec Giuseppe avait été édifiante ! Elle avait longtemps été victime de cauchemars et avait redouté le procès, une nouvelle épreuve pour Lorenzo. Elle avait en effet compris que Giuseppe était prêt à tout pour blesser le fils de Livia.

L'ampleur de sa haine avait effrayé la jeune femme. Cet homme, ce charbonnier de malheur, était un malfaisant.

Aussi avait-elle ressenti un soulagement indescriptible le jour où ils avaient appris la mort de Giuseppe. L'emprisonnement avait certainement paru insupportable à l'homme des bois. Il s'était ouvert les veines dans sa cellule à l'aide d'un minuscule tesson de carrelage et s'était lentement vidé de son sang. Le gardien qui l'avait trouvé le lendemain avait été frappé par l'expression de son visage. « Comme s'il s'apprêtait à maudire Dieu lui-même… », avait-il raconté à Lorenzo.

Elle avait deviné que son mari aussi se sentait libéré.

Elle réprima un léger soupir. Elle aurait tant souhaité qu'il retrouve Maria, sa petite sœur. S'il en parlait peu, il y pensait souvent. Virginie s'en doutait lorsqu'elle voyait Lorenzo songeur, le regard vague.

Tous deux avaient effectué de nouvelles recherches après leur mariage, en vain. Maria s'étant certainement mariée, elle devait porter son nom d'épouse. Pourtant, Virginie rêvait toujours de réunir le frère et la sœur et, dans ce but, faisait passer régulièrement des annonces dans la presse du Vaucluse et des Basses-Alpes. Celles-ci étaient restées sans réponse.

Elle installa son fils sur le siège de la jardinière, s'assit à son tour et le prit sur ses genoux.

— En route ! s'écria-t-elle gaiement.

La jeune fille appuya sur les pédales pour franchir la dernière côte menant à la ferme. Son cœur se serra en apercevant le toit de tuiles rapiécé. Malgré les efforts de sa mère, leur ferme criait misère. Elles étaient à la merci de mauvaises conditions climatiques, de la maladie ou d'une mévente. Il leur aurait fallu au moins un valet, mais sa mère était incapable de le payer. En désespoir de cause, parce qu'elle avait mauvaise conscience, Laurette lui avait proposé de prendre un petit de l'Assistance. Maria avait changé de visage.

— Jamais ! avait-elle lancé, farouche. Qu'on ne compte pas sur moi pour exploiter l'un de ces pauvres gosses !

Laurette pressentait depuis longtemps que sa mère lui dissimulait quelque chose. Maria avait toujours été très tendre, très aimante et, en même temps, sur le qui-vive, comme si elle avait redouté quelque obscure menace. Aglaé, qui lui avait servi de grand-mère, avait le pouvoir d'apaiser Maria.

— Ne t'attends donc pas toujours au pire, lui recommandait-elle régulièrement. Il est déjà arrivé, non ?

Même si elles n'étaient pas riches, les deux femmes avaient entouré Laurette d'amour. Quand elle rentrait de l'école, le nez et les oreilles rougies par le froid, la petite fille se glissait le plus près possible de la cheminée, près du siège de celle qu'elle appelait Mamée Aglaé.

Laurette se rappelait avec émotion les soirs d'hiver, quand le mistral soufflait en force et que, blottie sous le gros édredon, elle attendait dans le lit de sa mère que celle-ci vienne la rejoindre. Maria avait pris la précaution d'envelopper une brique chaude d'un torchon et de la glisser dans les draps glacés. La chatte de la maison, Miette, venait se lover autour du cou de la petite fille. Elle se sentait en sécurité et avait l'obscure prescience que sa mère n'avait jamais éprouvé ce sentiment.

À présent, boursière, Laurette était interne à l'école normale de Digne. Sa mère en était particulièrement fière et attendait avec impatience le jour où Laurette deviendrait institutrice. Fonctionnaire, un rêve pour elle ! La fin de leurs soucis d'argent.

— Bonjour, maman ! s'écria la jeune fille en poussant la porte de la salle.

Elle avait travaillé durant deux étés pour pouvoir s'offrir ce vélo d'occasion qu'elle entretenait avec grand soin. Elle l'entreposait chez le marchand de cycles de Forcalquier d'où elle prenait l'autobus pour Digne. Vive, décidée, elle étudiait avec ardeur, impatiente de pouvoir offrir une vie meilleure à Maria. Depuis la mort d'Aglaé, à quatre-vingt-seize ans, sa mère trimait encore davantage. Sa solitude serrait le cœur de Laurette. Aglaé lui avait confié un jour que la vie de Maria avait été particulièrement difficile et la fillette ne l'en avait que plus admirée.

Le chien Baron aboya et Maria apparut sur le seuil, la main placée en visière devant les yeux.

Elle était jolie, pensa Laurette, émue. Grande, bien proportionnée, Maria avait de beaux cheveux qu'elle nattait et son sourire illuminait ses traits. Laurette se jeta dans ses bras.

— Oh ! maman... Le temps m'a duré, souffla-t-elle.

Elle recula d'un pas pour caresser le berger à la race indéterminée qui sautait autour d'elle.

— Toi aussi, vieux jaloux, tu m'as manqué ! s'écria-t-elle en riant.

Maria lui essuya le visage avec des gestes empreints de douceur et de tendresse.

— Ma petite fille... Rentre vite, tu vas boire du sirop de groseille. Je t'ai préparé du pain perdu.

Instinctivement, en pénétrant dans la salle, Laurette chercha des yeux la silhouette tassée d'Aglaé. Leur vieille amie les avait quittées trois ans auparavant, mais Laurette pensait toujours autant à elle.

Maria l'invita à s'asseoir à la table patinée.

— Raconte..., suggéra-t-elle, tout en la servant.

Le jour où elle avait découvert une reproduction du tableau de Chardin, *La Pourvoyeuse*, Laurette avait songé à sa mère. Avec son grand tablier bleu – « Ça se tache moins que le blanc ! » affirmait-elle –, Maria donnait l'impression de toujours veiller à l'approvisionnement des siens. Elle confectionnait son pain elle-même et la ferme lui permettait de vivre en autarcie.

Tout en faisant honneur au goûter, Laurette parlait. Les livres lus à la bibliothèque de l'école, la sortie à Barcelonnette, les cours de dessin et de gymnastique, tout enchantait Maria.

— Ma fille est une jeune demoiselle savante, commenta-t-elle fièrement.

Laurette rougit.

— Mais non, maman. J'aime apprendre, voilà tout.

Le jour où elle prendrait sa première affectation, elle éprouverait certainement le mal du pays. Elle aimait à aller cueillir des herbes médicinales sur les flancs de la montagne de Lure. Aglaé lui avait appris à les reconnaître. Elle emmenait aussi, pendant les vacances, le troupeau de chèvres du côté de Revest-du-Bion et, en compagnie de Baron, elle dévorait tous les romans qu'elle avait empruntés à la bibliothèque… Elle en achetait quelques-uns sur le marché, des livres d'occasion, à la couverture passée, qui lui permettaient de s'évader.

— Toujours pas de nouvelles ? s'enquit Laurette.

Elle savait que Maria cherchait désespérément à retrouver la trace de son frère Lorenzo. Un jour, peut-être… Elle désirait tant le meilleur de la vie pour sa mère.

Maria soupira.

— Se souvient-il seulement encore de moi ? Pour moi, il était comme un dieu ! Et puis il a dû fuir, le père était si brutal avec lui... Maman m'a parlé de lui tous les jours jusqu'à ce qu'elle meure. Elle me disait qu'il reviendrait, mais il n'est jamais venu.

— Ton père t'a emmenée loin de Lagarde-d'Apt, reprit doucement Laurette.

Le visage de sa mère se ferma.

— C'est une période de ma vie dont je n'aime pas me souvenir, déclara-t-elle d'un ton décidé.

Laurette frissonna. Elle avait peur, parfois, de ce mystère pesant sur ce grand-père violent, qui semblait encore inspirer de la crainte à Maria.

53

1912

« Enfin ! » pensa Virginie, contemplant le frère et la sœur assis sous le figuier de la cour du mas.

Les retrouvailles entre Maria et Lorenzo avaient été simples et chargées d'émotion. Ils étaient tombés dans les bras l'un de l'autre sous le regard de Virginie et de Laurette. Les deux femmes avaient été les artisans de cette rencontre. Début 1912, en effet, Virginie Lupo, chef d'entreprise, avait été invitée par la directrice de l'école normale de Digne pour témoigner de son expérience. Elle avait accepté, au double titre d'ancienne élève et de féministe. Cela ne lui déplaisait pas de montrer qu'une femme pouvait exercer n'importe quel métier. Tout naturellement, l'élève Laurette avait eu envie de mieux connaître celle qui portait le nom de jeune fille de sa mère.

Dès qu'elle avait entendu le prénom « Maria », Virginie avait bombardé Laurette de questions.

Laurette échangea un coup d'œil complice avec Virginie.

— Plus de quarante ans à rattraper..., murmura-t-elle.

La jeune fille avait plu d'emblée à Virginie. Grande, le regard clair, le visage ouvert, elle était sympathique et ravissante. Différente de sa mère, qui donnait l'impression d'avoir beaucoup souffert.

« Une vie gâchée, pensa Virginie en frissonnant. Tout cela à cause de l'infâme Giuseppe. »

Félicité glissa :

— Je vais finir par croire à la providence !

La vieille dame avait consenti à céder aux prières de Virginie et s'était installée au mas juste avant Noël. Adrien, ravi, avait entouré d'attentions celle qu'il appelait Mamée Fée. La fête calendale avait été une période de douceur et de bonheur.

« Un bonheur fragile cependant... », se dit Virginie, songeant à l'actualité. Le mois de janvier avait déjà été marqué par la guerre italo-turque et la bataille de Kunfunda, celui d'avril par le naufrage du *Titanic* et le massacre de la Lena.

Virginie et Lorenzo avaient été particulièrement sensibles à cette dernière tragédie. Les mineurs de la Lena, en Russie, protestant contre des conditions de travail extrêmement pénibles et dangereuses, s'étaient mis en grève courant mars. Ils réclamaient la journée de huit heures, l'augmentation des salaires et la suppression des amendes. En guise de réponse, le tsar avait envoyé la troupe. Cent cinquante mineurs avaient été massacrés par l'armée.

De quoi interpeller le couple qui présidait aux destinées de l'entreprise Pélissier… Dans la mine, la journée de travail était limitée à huit heures, les ouvriers disposaient de deux pauses et de leur dimanche. De plus, Lorenzo et Virginie avaient fait construire de petits bastidons pour leurs salariés. Quand la première pierre avait été posée, Lorenzo avait pensé à sa mère, qui avait vécu dans des conditions plus que spartiates. Livia aurait été plus heureuse qu'une reine dans l'une de ces maisonnettes dotées d'une pompe, au sol dallé de pierres provenant des carrières de Murs, particulièrement robustes.

Ces transformations avaient nécessité une concertation avec Jean-Clément. Pragmatique et foncièrement attaché à l'ocre, le fils d'Amédée avait vite compris le raisonnement des propriétaires. Ils espéraient la participation de tous en s'appuyant sur une rémunération et des conditions de travail plus attractives. Idées qui, si elles paraissaient d'avant-garde, commençaient à faire leurs preuves. Les ocres Pélissier engrangeaient des bénéfices conséquents et exportaient toujours davantage d'ocre.

Les liens entre les deux couples, Lorenzo et Virginie, Jean-Clément et Céleste, s'étaient resserrés. Si Jean-Clément ne faisait pas état de ses remords, Virginie pressentait qu'il regrettait de ne pas s'être rapproché plus tôt de ses parents. C'était si compliqué. Émilien avait empoisonné une famille pour attirer dans son entreprise le fils passionné par les ocres. Félicité savait combien son frère et sa belle-sœur en avaient souffert, mais n'avait pas adressé un seul reproche à son neveu. Comme elle l'avait expliqué avec son solide bon sens à Virginie, elle estimait que, de toute manière, il était trop tard et qu'il valait mieux sauvegarder ce qui pouvait l'être.

— Ma mère aurait agi ainsi, avait-elle conclu, et Virginie avait pensé que, décidément, elle aurait bien aimé connaître Margarido.

Maria et Lorenzo, épaule contre épaule, rejoignirent les trois femmes et le petit garçon installés sous le figuier.

— Nous irons prochainement voir le chêne de Livia, annonça Lorenzo d'une voix un peu cassée.

Virginie sourit.

— J'y comptais bien !

Elle s'émerveillait parfois de leur entente fondée sur l'amour et la complicité. L'un comme l'autre avaient connu des foyers désunis et tout misé sur leur couple. Ils avaient en partage le même idéal, le même enthousiasme et espéraient que le monde changerait au XXe siècle. Quelques années plus tard, Virginie se dirait qu'ils avaient alors encore beaucoup d'illusions.

Elle proposa des rafraîchissements et, de nouveau, eut une pensée pour Albertine. Avec le temps, elle disait de moins en moins « maman » mais plutôt « Albertine ». Le jour de son trente-sixième anniversaire, elle avait brutalement songé que sa mère n'avait jamais atteint cet âge et s'était isolée pour sécher ses larmes. Elle savait qu'elle porterait toujours en elle ce manque, comme Lorenzo portait le manque de Livia. C'était d'ailleurs peut-être ce qui les avait réunis. Mais elle savait aussi qu'elle avait eu une enfance protégée comparée à celles de son mari et de Maria.

Elle serra son fils contre elle. Elle était heureuse.

1915

— Bon sang ! jura Virginie, qui n'avait jamais eu de dispositions pour la couture.

— Laisse-moi faire, ordonna Félicité, la voyant se débattre avec le pied-de-biche de la machine à coudre.

C'était magique ! Malgré son arthrite, l'ancienne couturière imposait sa loi à la machine, parvenait sans problème à la faire fonctionner comme elle le désirait.

Dégoûtée, Virginie secoua la tête.

— Je crois que je ferais mieux de proposer mes services comme bénévole à l'hôpital !

— Tu y serais plus efficace, en effet, approuva sa marraine en souriant.

La guerre avait frappé de plein fouet l'industrie ocrière, jusqu'alors en plein essor. Hommes mobilisés, réquisitions, limitation stricte de la circulation, couvre-feu avaient entraîné l'arrêt de la production.

Jean-Clément était parti pour le front dans le train transportant d'ordinaire les ocres. Ce jour-là, il avait fallu soutenir Céleste, anéantie.

L'entreprise Pélissier avait fermé ses portes à la fin de l'année 1914, quand il s'était avéré que la guerre ne serait pas aussi brève que ne l'espéraient les Français. D'un commun accord, Lorenzo et Virginie avaient refusé d'imiter une société comme la SOF[1] qui avait embauché des femmes et des enfants pour remplacer les ouvriers mobilisés. Tous deux savaient en effet que l'ensachage de l'ocre était particulièrement dangereux et exposait au risque de silicose et de pneumoconiose.

---

1. Société des ocres de France.

Virginie insista pour replanter des vignes et exploiter les vergers entourant la bastide. Maria, qui avait vendu sa ferme à Banon pour venir s'installer dans un bastidon auprès de son frère, avait gardé son troupeau de chèvres et leur avait adjoint quelques moutons. Elle vendait chaque samedi sur le marché d'Apt les fruits et légumes de son potager. Les réfugiés, de Belgique, du nord et du nord-est de la France arrivaient, toujours plus nombreux, et on avait besoin de toujours plus de denrées alimentaires. Maria s'arrangeait aussi pour procurer des vivres à Laurette, institutrice aux Taillades, qu'elle trouvait beaucoup trop maigre. Malgré ses cinquante-huit ans, Lorenzo donnait l'impression d'être partout à la fois. D'abord frappé par l'assassinat de Jaurès, le 31 juillet 1914, il avait fini par accepter l'idée que la guerre était inévitable et avait fermé son atelier pour pratiquer le retour à la terre.

Il abattait des arbres pour procurer aux siens du bois de chauffage, labourait, semait, taillait la vigne, cultivait des pommes de terre. Ils avaient accueilli à la bastide une famille de réfugiés lillois, les Leclercq, et il fallait nourrir toutes ces bouches. Adrien, du haut de ses huit ans, aidait son père dès le retour de l'école et s'intéressait fort aux vignes. Pataud, son gros chien de berger qui l'avait aidé à faire ses premiers pas, l'accompagnait partout. On marchait beaucoup, ou bien on se déplaçait à bicyclette, comme Virginie ou Laurette, car les chevaux avaient été réquisitionnés. Le jour où elle avait vu Lorenzo tirer lui-même la charrue, Virginie avait réprimé un cri de révolte. Elle se disait, cependant, qu'elle ne devait pas se plaindre. Lorenzo, à son âge, n'était plus mobilisable. Elle mesurait sa chance quand elle croisait le regard noir d'angoisse de Céleste. Ses filles tentaient de la distraire, en vain.

— Triste époque..., murmura Virginie pour elle-même.

Cependant, il fallait poursuivre la lutte. Coûte que coûte.

54

1917

Le temps était clair en ce mois de mars. Un temps printanier qui ne correspondait pas à l'état d'esprit des Aptésiens et des réfugiés. Il était de plus en plus difficile, en effet, d'obtenir des renseignements fiables quant à la situation réelle sur le front.

Laurette s'inquiétait pour son filleul, un instituteur gapençais prénommé Augustin, avec qui elle s'était découvert nombre de points communs. Élodie et Juliette, les filles de Jean-Clément, étaient elles aussi marraines de guerre. Leur mère avait maigri de façon effrayante. Elle ne vivait plus qu'au rythme des lettres de Jean-Clément, acheminées avec plus ou moins de retard. Virginie et Maria tentaient de l'entourer, le plus souvent en vain.

— Je n'aime pas ça, marmonnait Félicité.

Son esprit restait vif même si elle se déplaçait de plus en plus difficilement. Elle était la mémoire et l'âme de leur famille.

Les Leclercq s'étaient installés à Apt mais d'autres réfugiés les avaient remplacés à la bastide. Virginie s'ingéniait à nourrir tout son monde, réalisant des prouesses.

Elle se rendait aussi trois fois par semaine à Apt, où elle travaillait comme bénévole à l'hôpital. Elle avait appris sur le tas à effectuer les piqûres et changer les pansements. Comme nombre d'Aptésiennes, elle avait suivi une instruction sanitaire sous l'autorité du docteur Gros, médecin chef. Laurette l'accompagnait pendant ses vacances. La tante et la nièce s'entendaient fort bien. C'était plus facile avec Laurette, se disait parfois Virginie, tout simplement parce que la fille de Maria avait suivi des études comparables aux siennes. De plus, Maria était timide, réservée, et Virginie, bien malgré elle, l'impressionnait. Les deux femmes étaient beaucoup trop différentes. L'indépendance de Virginie suscitait l'admiration et la crainte de Maria. Le jour où Virginie lui avait dit, le plus sérieusement du monde : « Mais, ma chère Maria, nous avons des droits et sommes les égales de ces messieurs », l'émotion avait submergé Maria. Comment pouvait-on tenir pareil langage et, surtout, y croire ? Quelles auraient été les réactions de Giuseppe ou d'Antonin face aux discours de Virginie ? Maria avait parfois l'impression de vivre dans un autre monde, mais elle était soulagée que sa fille s'entende bien avec l'épouse de Lorenzo. Laurette, elle, saurait se défendre !

Maria réprima une grimace de douleur. Ses reins la faisaient souffrir, tout comme son dos. Elle payait, à cinquante ans, toutes ces années de labeur acharné. Le fait d'avoir retrouvé son frère l'avait rassurée quant à l'avenir de Laurette. Lorenzo était bon pour elles deux. Grâce à lui, elle se sentait enfin un peu plus sereine. Presque heureuse, si les cauchemars du passé n'étaient pas revenus la hanter.

Elle se rappelait une phrase de sa mère : « Il ne faut pas offenser les dieux. » Livia disait « les dieux », Maria en était sûre. Giuseppe, un jour, l'avait entendue et avait giflé Livia.

— Ne viens pas me parler de ta religion ! avait-il hurlé.

À présent, Maria comprenait mieux la raison de sa haine, sans pour autant l'excuser. Elle savait que leur enfance, à Lorenzo et à elle, avait été détruite, tout en se félicitant de son propre veuvage. Laurette, au moins, n'avait pas connu la brutalité paternelle.

— Maria, m'accompagnerez-vous ? Je vais porter des œufs à Céleste.

La mère de Laurette sourit à Virginie.

— J'ai encore à faire au potager. De plus, vous savez que je ne suis pas vraiment douée pour la bicyclette !

Les premières tentatives de Maria s'étaient en effet soldées par quelques chutes mémorables.

— Vivement que nous récupérions un cheval ! lança Virginie.

Elle s'éloigna en agitant la main. Félicité s'occuperait d'Adrien à son retour de l'école. Lorenzo travaillait dans les vignes, sur le coteau. Elle n'avait pas l'intention de rester trop longtemps auprès de Céleste, elle avait un article urgent à écrire. Elle était restée en relation avec Marguerite Durand, même après la fin de l'aventure de *La Fronde*[1], ainsi qu'avec Séverine. Elle admirait la journaliste qui n'avait jamais hésité à se rendre sur le terrain. Ainsi, elle était descendue dans la mine à Saint-Étienne, en 1889, après un terrible coup de grisou. Elle s'était aussi déguisée en ouvrière à l'occasion de la grève des casseuses de sucre[2] de la rue de Flandres. Virginie avait pensé à elle lorsqu'elle avait rendu compte, pour un journal parisien, de la grève des ouvrières travaillant pour les fabriques de fruits confits, en juin 1914. Mi-juillet, le journal lui avait transmis une lettre de félicitations

1. Quotidien destiné aux femmes, conçu, écrit, fabriqué et distribué par des femmes de 1897 à 1907.

2. L'article signé Séverine avait fait du bruit en 1889.

signée Judicaël Joannet. Bizarrement émue – et fière ! –, Virginie l'avait lue à deux reprises avant de la froisser et de la jeter dans la corbeille à papier. Judicaël appartenait au passé et c'était fort bien ainsi ! Elle avait parlé de lui à Lorenzo, une seule fois.

— Je suis tombée amoureuse d'un homme, l'année de mes dix-huit ans. Lorsque j'ai compris qu'il s'était moqué de moi, je me suis juré de ne plus aimer. Et puis je t'ai rencontré et j'ai oublié mon serment.

Il lui avait souri tendrement.

— Moi, j'ai eu le sentiment de vraiment exister le jour où j'ai croisé ta route.

C'était vrai. Même s'il ne lui avait pas caché son mariage avec Élisa, dont il chérissait la mémoire, son amour pour Virginie avait illuminé sa vie, lui avait donné tout son sens.

Virginie éprouva une sensation étrange en passant devant les mines. Malgré les pins d'Autriche qui poussaient dru au-dessus des falaises, le site déserté avait quelque chose de poignant. Elle aimait, pourtant, les galeries et la beauté intemporelle du sous-sol.

« L'histoire de nos pères », avait-elle expliqué à Adrien, le jour où elle l'y avait amené pour la première fois.

Elle amorça une descente, freina devant la maison de Jean-Clément et Céleste. Jean-Clément aurait pu aller s'installer à la Brémonne.

Il avait refusé, comme si quelque scrupule, ou remords, l'en avait empêché. Il affirmait haut et fort avant la guerre qu'Élodie et Juliette se la partageraient.

Avant la guerre... Ces simples mots étaient porteurs de tant de souffrances que Virginie n'aurait jamais osé les prononcer devant Céleste.

L'épouse de Jean-Clément était pâle et avait les traits tirés. Durant la nuit, elle écrivait de longues lettres à son mari. Virginie avait parfois l'impression que seul le courrier la maintenait en vie. Elle tricotait, aussi, pour l'ouvroir, de grandes écharpes de laine grise, des mitaines et des chaussettes.

Elle remercia Virginie pour les œufs, lui demanda si tout allait bien à la bastide. Elle aurait aimé avoir ses filles auprès d'elle, mais Élodie et Juliette travaillaient à Apt, l'une dans une fabrique de fruits confits, l'autre dans une usine de fabrication de munitions, qui était à l'origine une entreprise de pyrotechnie. Les jeunes filles logeaient dans la maison de leur tante Félicité, dont Virginie avait gardé un souvenir ému. C'était là, en effet, qu'elle s'était reconstruite après la mort brutale d'Albertine.

Céleste lui proposa une tasse de thé.

— Il reviendra, n'est-ce pas ? répéta-t-elle à deux reprises.

Virginie lui sourit avec affection.

— Nous l'espérons tous, ma chère Céleste. Gardez confiance.

— Je prie tous les jours à la chapelle, reprit Céleste. Si vous saviez, Virginie… L'attente est insupportable, inhumaine.

Virginie hocha la tête en se demandant comment elle aurait réagi à sa place. Cette année 1917, on balançait entre espoir et désespérance. On attendait l'arrivée des Américains, en se répétant qu'ils allaient permettre la victoire.

— Jean-Clément qui aimait tant ses ocres, reprit Céleste.

Virginie sentit un frisson courir le long de sa colonne vertébrale. La fille de faïencier ne venait-elle pas de parler de son mari au passé ?

Elle se pencha, pressa les mains glacées de Céleste entre les siennes.

— Je vous en conjure, gardez confiance, l'implora-t-elle. Vous savez que Jean-Clément fera tout pour vous revenir.

— Cette guerre est si atroce, soupira Céleste en pressant un mouchoir chiffonné contre sa bouche, comme si elle n'osait pas prononcer certaines phrases.

Sa détresse bouleversait Virginie, qui se sentait impuissante. Elle se leva, serra Céleste contre elle.

— Pourquoi vous obstiner à rester seule ici ? insista-t-elle. Venez à la bastide, ou bien installez-vous à Apt auprès des filles.

Céleste secoua la tête.

— Merci, mais je ne puis m'éloigner de cette maison. C'est ici que nous avons tous nos souvenirs, Jean-Clément et moi.

Sur le chemin du retour, Virginie pédala vite, comme pour se débarrasser de l'atmosphère déprimante qui régnait dans la maison de Céleste. Elle comprenait, naturellement, ce qu'elle pouvait éprouver, tout en se disant que, décidément, elle-même serait toujours du côté des battantes. Elle avait de la peine à admettre l'inertie de Céleste. Partout en France, les femmes participaient à l'effort de guerre, dans la plupart des secteurs économiques. Virginie avait d'ailleurs l'intention d'écrire un article traitant de ces femmes qui, désormais, s'habillaient et travaillaient comme les hommes. Mais Céleste n'en faisait pas partie.

Elle attendait.

55

1919

Côte à côte, Lorenzo et Virginie faisaient le point sur les travaux nécessaires. Dans les galeries, le pompage avait été stoppé en août 1914, au début de la guerre, à cause de la mobilisation des ouvriers. De ce fait, elles avaient été inondées, et les détériorations étaient importantes. Il fallait remettre en route les neuf pompes pour éliminer tout ou partie de l'eau, réparer les piliers endommagés afin d'éviter tout risque d'éboulement.

— Nous en avons pour près d'un an, réfléchit à voix haute Lorenzo.

Virginie aimait ce « nous » qui lui était monté spontanément aux lèvres.

Après l'euphorie de l'armistice, signée dans une incroyable liesse, les Français avaient commencé à mesurer l'ampleur des dégâts. Des villes importantes telles que Reims avaient été détruites, des départements entiers sinistrés.

À la fin de 1917, Céleste avait été informée de la « disparition » de Jean-Clément. S'il se battait alors dans l'Aisne, son corps n'avait pas été retrouvé. Virginie, Élodie et Juliette avaient craint pour la santé mentale de Céleste. Celle-ci avait sombré dans une apathie inquiétante. Elle avait repris espoir à la fin de la guerre, répétant à l'envi qu'elle ne croirait pas à la mort de son époux tant qu'on ne lui aurait pas présenté son cadavre. Après avoir bombardé le ministère de la Guerre de lettres implorantes, Céleste avait résolu de partir à sa recherche.

Ce voyage inquiétait Virginie. Céleste était vulnérable, affaiblie. Comment, cependant, l'en empêcher ?

Le père de Virginie était mort de la grippe espagnole en novembre 1918. Il s'était éteint très vite, en quarante-huit heures, et Virginie avait dû promettre de porter un masque et des gants pour se rendre à son chevet. Il l'avait confondue avec Albertine et lui avait demandé pardon. Virginie avait eu de la peine à s'en remettre. La mort d'Achille ravivait des souvenirs enfouis. Les Terres Brûlées, le corps de sa mère dans la cour, le silence, horrible, qui s'était abattu sur leur famille… En rentrant chez elle, Virginie s'était laissée aller contre l'épaule de Félicité. Elle seule, lui semblait-il, pouvait comprendre ;

elle avait été l'amie d'Albertine. Ce jour-là, Virginie avait pleuré sa mère plus encore que son père. Achille était le dernier représentant de toute une génération. M. Mistral était mort en mars 1914, M. Fabre en octobre 1915.

Les derniers mois, alors qu'il avait sombré dans une nuit totale, Virginie lui avait lu des extraits de ses ouvrages préférés. Sa solitude lui serrait le cœur, mais Achille avait toujours refusé de quitter les Terres Brûlées.

« Je dois bien cela à mon père », lui avait-il confié. Ils auraient pu se rapprocher l'un de l'autre, il en était encore temps. Ils l'auraient pu, mais ne l'avaient pas fait. Albertine demeurait entre eux, comme un remords.

Virginie prit une longue inspiration, comme pour chasser ces souvenirs.

— Je crois que nous devrions relancer l'exploitation à ciel ouvert, suggéra-t-elle.

Jean-Clément leur manquait à double titre. Il avait de l'instinct en matière d'ocre. Le vieil Émilien ne s'y était pas trompé.

Lorenzo hocha la tête.

— Il faut embaucher. Les bassins de décantation et les batardeaux ont besoin de réparations, mais ce ne sera pas trop long. Au besoin, nous pouvons faire appel aux mineurs en attendant que les galeries soient praticables.

Virginie aimait la façon dont il réglait les problèmes. Il lui pressa l'épaule.

— Tu verras, nous remonterons l'entreprise.

Malgré ses soixante-deux ans, il débordait de projets. Virginie lui sourit.

— J'ai confiance.

Ils ne contraindraient en aucune façon Adrien à reprendre les ocres Pélissier mais ils tenaient à lui transmettre une entreprise viable. Ensuite, leur fils choisirait sa voie. Menuisier, journaliste, instituteur, ocrier… Ses parents respecteraient son choix, quel qu'il soit. À douze ans, il faisait déjà preuve d'un caractère bien trempé. « Dieu merci, se disait parfois Virginie, il n'a rien de Giuseppe. »

Tout comme Lorenzo, elle se demandait de temps à autre quel homme avait été le chanoine Spezio. Un soir, voyant son mari plongé dans une profonde méditation, elle avait osé lui dire :

— Tu sais, ton père devait être quelqu'un de très bien puisque ta mère l'a tant aimé.

Il fallait que ce fût dit.

Jean-Clément avait mentionné à plusieurs reprises dans ses lettres le nom du chemin des Dames. « Un nom gracieux pour un lieu de combats horribles, l'enfer sur la terre… », avait-il écrit à Céleste. Il avait ajouté dans sa dernière lettre :

Si je m'en sors, ma chérie, je te le promets, nous mènerons une autre vie. Nous ferons des voyages, dont ce séjour à Venise dont tu rêves tant, nous nous installerons en ville, nous achèterons une automobile...

Elle serrait cette lettre dans son sac, tel un viatique.

Le voyage en chemin de fer avait été éprouvant. Seigneur, elle ne pensait pas que l'Aisne fût aussi loin ! Rien, cependant, ne l'avait préparée au choc qu'elle ressentit en découvrant la région déclarée « zone rouge ». Un amas de ruines, des communes totalement rasées, des pans de mur qui imploraient le ciel, des paysages lunaires, dévastés, des rivières contaminées, des baraquements en bois destinés à héberger les réfugiés et, sous un ciel bas et gris, des travailleurs coloniaux – indochinois ou kabyles – occupés à exhumer les cadavres et à combler les tranchées.

Le premier jour, Céleste avait songé à faire demi-tour, mais c'était tout simplement au-dessus de ses forces. Quelque part, dans cette région détruite, Jean-Clément devait l'attendre.

Elle n'était pas la seule femme à errer parmi les décombres. Elles se ressemblaient toutes, vêtues de noir de la tête aux pieds, avec le même air hagard.

Une vieille femme au visage ridé sous son fichu appelait inlassablement son chat – « Minou, Minou » – d'une voix monocorde exaspérante. Deux autres maniaient la pelle et la pioche sous les regards interloqués des coloniaux. C'était un spectacle de fin du monde, où l'espoir ne semblait pas avoir sa place.

Son air perdu apitoya la patronne d'une épicerie, installée dans un baraquement provisoire. Celle-ci, une quinquagénaire affable, accepta de l'héberger dans la minuscule chambre située au-dessus du magasin. Céleste était ainsi à pied d'œuvre.

Chaque jour, elle allait aux nouvelles. On lui répondait toujours la même chose. La priorité était donnée au dégagement des routes. On rechercherait ensuite les cadavres, parfois profondément enfouis sous la terre.

— Nous ne les retrouverons jamais, souffla la vieille qui cherchait son chat.

Un soleil insolent faisait vibrer l'espoir ce jour-là. Et, parmi les décombres, inattendus, surprenants, des coquelicots avaient trouvé le moyen de fleurir.

— Je m'installe dans la maison de ma fille, reprit la vieille femme, qui s'appelait Malvina. Il ne reste plus que deux murs et une fenêtre, mais j'y serai un peu à l'abri.

Gaby, l'épicière, avait raconté à Céleste que la fille de Malvina était morte avec ses deux enfants pendant le bombardement d'Arras. Mais Malvina refusait de l'admettre. Elle parlait de sa fille comme si celle-ci allait revenir d'un jour à l'autre. C'était à la fois absurde et cruel.

Brusquement, alors que Malvina soliloquait, Céleste se demanda ce qu'elle faisait là, dans ce village fantôme. Elle mesurait le caractère désespéré de sa quête. Les vivants enterraient les morts mais les morts ne revenaient pas. Il était trop tard.

Elle embrassa Malvina, Gaby et prit le chemin de la gare la plus proche.

Ses filles l'attendaient à Apt.

1920

La réouverture des usines Pélissier avait attiré du monde. Le maire, les notables, le banquier de la famille observaient Virginie qui, une paire de ciseaux à la main, s'apprêtait à couper le ruban barrant l'entrée des galeries.

Il faisait déjà chaud en ce mois de juin et les falaises d'ocre, couleur de sang, couleur d'or, paraissaient étrangement vivantes sous le ciel d'un bleu profond.

À cet instant, Lorenzo songeait à Livia et à sa vie gâchée. Elle aurait été si fière de les voir réunis, Maria et lui. Laurette avait épousé Augustin, son filleul de guerre, et enseignait avec lui à Gap. La vie avait repris ses droits.

Virginie marqua une hésitation. Les mines Pélissier avaient joué un rôle prédominant pour sa famille. Émilien aurait été capable de tuer pour elles. Mais l'époque de son grand-père était bel et bien révolue. Les affaires avaient repris. Désormais, la demande d'ocre croissait fortement. On en avait besoin pour les crépis, les fards, les caoutchoucs, les toiles cirées, les papiers peints… Partout dans le monde, on réclamait de l'ocre.

Adrien effleura le poignet de sa mère.

— Maman, je peux couper le ruban avec toi ?

Bouleversée, elle lui tendit les ciseaux et se tourna vers Lorenzo.

La relève était assurée.

REMERCIEMENTS

De tout cœur, un grand merci aux miens qui ont une nouvelle fois supporté mes doutes et mes interrogations.

Mille fois merci à Marie-Delphine Mellini, toujours ma première lectrice, aux avis et à l'amitié ô combien précieux, à la bibliothèque de Vaison-la-Romaine, au musée de l'Aventure industrielle à Apt, aux sites du Colorado de Rustrel, du sentier des Ocres à Roussillon et des mines de Bruoux à Gargas dans le Vaucluse, ainsi qu'à leurs guides qui m'ont appris une foule de choses au sujet des ocres.

Je tiens également à remercier l'équipe de Calmann-Lévy, Jeannine Balland, Vincent Brochard et Cécile Rivière, qui m'a soutenue tout au long de cette entreprise.

Grâce à eux tous, l'écriture de ce roman fut une belle aventure.

Du MÊME AUTEUR :

La Forge au loup, Presses de la Cité, 2001
La Cour aux paons, Presses de la Cité, 2002
Le Bois de lune, Presses de la Cité, 2003
Le Maître ardoisier, Presses de la Cité, 2004
Les Tisserands de la licorne, Presses de la Cité, 2005
Le Vent de l'aube, Presses de la Cité, 2006
Les Chemins de Garance, Presses de la Cité, 2007
La Figuière en héritage, Presses de la Cité, 2008
La Nuit de l'amandier, Presses de la Cité, 2009
La Combe aux oliviers, Presses de la Cité, 2010
Le Moulin des Sources, Calmann-Lévy, 2010
Le Mas des Tilleuls, Calmann-Lévy, 2011
Les Bateliers du Rhône, Presses de la Cité, 2012
Les Dames de Meuse, Omnibus, 2012
La Grange de Rochebrune, Calmann-Lévy, 2013
Retour au pays bleu, Calmann-Lévy, 2013
Romans de ma Provence, Omnibus, 2014
Les Sentiers de l'exil, Calmann-Lévy, 2015

PAPIER À BASE DE FIBRES CERTIFIÉES

Le Livre de Poche s'engage pour l'environnement en réduisant l'empreinte carbone de ses livres. Celle de cet exemplaire est de :
400 g éq. CO_2
Rendez-vous sur www.livredepoche-durable.fr

Composition réalisée par PCA

Achevé d'imprimer en mars 2016, en France sur Presse Offset par
Maury Imprimeur – 45330 Malesherbes
N° d'imprimeur : 207475
Dépôt légal 1re publication : septembre 2015
Édition 05 – mars 2016
LIBRAIRIE GÉNÉRALE FRANÇAISE – 31, rue de Fleurus – 75278 Paris Cedex 06

83/7803/2